한국 불교시의 탐구

한국 불교시의 탐구

조태성

한국학술정보㈜

책 머리에

지난 2000년 여름, 첫 번째 연구 논문을 발표하였을 때의 그 희열을 아직 잊지 못한다. 물론 지금에 다시 보면 억지와 오류투성이로 점철된, 그저 낙서 같은 조악한 글이기에 부끄러워 얼굴도 못 들 지경이지만, 그런 글로부터 오늘의 내가 만들어졌기에 조금은 위안이 되는 듯하다.

대학원 수학 시절, 처음으로 맡은 연구과제가 '禪詩'였다. 도대체 선시란 무엇인지, 무엇을 말하고자 뜻도 모를 글자들을 마구 늘어놓는 것인지 도통 종잡을 수 없어 헤맸던 기억이 선연하다. 더불어 나 역시 그렇게 뜻도 모를 글자들을 마구 엮어 논문이랍시고 겁 없이 제출했던 그런 기억이기도 하다.

그러다가 '초의선사'를 만났다. 그 인연 덕에 '추사 김정희'도 만났고, '소치 허련'도 만나게 되었다. '禪'과 '茶'가 하나라는 초의선사의 가르침에서 불가와 유가를 함께 보았고, 시와 글씨와 그림을 함께 보게 되었던 것이다. 그리고 그들이 서로 만났던 절집의 고즈넉한 내음을 맡을 수 있게 되었다.

그러나 나는 그들로부터 언제나 주변인이었다. 그들 곁에 좀처럼 다가서기 어려웠고, 그들의 생각을 읽어내는 것도 너무 힘들었다. 그저 짐작에 짐작만을 더해 볼 뿐이었다. 그런 짐작은 꼭 그래야만 하는 것인 양 하나씩의 숙제를 안겨 주었고, 언제부터인가는 그 숙제를 풀어 나가는 것이 마치 습관처럼 익숙해지기 시작했다.

그 못난 익숙함, 지지리도 못난 그 익숙함이 이제 한 권의 종이뭉

치에 스며 내 곁을 떠나려 한다. 아직은 더 붙들어야 한다는 생각이 가슴 한 켠에 똬리를 틀고 있음에도 애써 무시하며 떠나려 한다. 더 붙들어야 하는지, 아니면 '휘이', 하고 마냥 내보내야 하는지 이젠 그 선택마저도 생경할 뿐이다. 그나마 조금이라도 위안이 되는 것은 한량없이 너그러운 부처님의 미소를 기억하기 때문이리라.

고전문학을 전공으로 선택하면서부터 곁에서 줄곧 棒과 喝의 질책을 마다하지 않으신 전남대학교 국어국문학과의 김신중 교수님! 좋은 차 한 잔 끓여 그저 조용히 내어 올리면 더불어 미소 지으시며 여전히 또 하나의 묵언만 주실 게다. 그러나 그것이 그렇게 달 수가 없다. 肥膩의 잎을 구할 수만 있다면, 아니 구한다 하여도 그 감사의 마음을 모두 전할 수는 없을 것 같다. 그저 이렇게 몇 개의 글자로 감사의 마음을 대신 올려야 하는 것이 오히려 부끄러울 따름이다.

갑자기 둘째 아이를 안고 있을 아내의 얼굴이 떠오른다. 더운 여름 무척이나 힘겨워하다 엊그제 드디어 둘째 아이를 내게 안겨주었다. 못난 글이나마 세상에 나오는 것이 어디 쉬운 일이냐며 도리어 어깨를 떠밀어 주던 나의 사랑스런 아내 조향숙. 그리고 여전히 예쁜 딸 우리 윤서, 복덩이 우리 아들 윤형이에게 항상 미안함만 가득하다. 그저 이 미안함으로 사랑의 마음을 대신 전할 뿐…….

2007년 7월
용봉골 어느 그늘에서

차　례

제 **1** 장

法宗 虛靜의 雜體詩

1. 머리말

法宗 虛靜(1670~1733)은 英祖 8년(1732) 그의 문인인 明顯·普愚 등의 주선으로 開印되었다. 법종은 妙香山과 매우 밀접한 관계를 가진 승려였는데, 李重協이 撰한 碑文에 따르면, 그는 일찍이 香山(묘향산)에 들어가 月渚 道安(1638~1715)에게 글을 배우고, 다시 道安의 嫡嗣인 秋鵬 雪巖(1651~1706)의 法嗣가 되었다고 한다. 이로 보아 그의 법맥은 雪岩을 거쳐 月渚 道安에게로 소급이 되는 듯한데, 道安은 곧 鞭羊禪師의 孫弟子로서, 법종 역시 鞭羊禪師의 嫡孫이라 할 만하다.

본 장은 조선 중기에 활동했던 법종의 저술물을 토대로, 특히 그가 남긴 雜體詩에 주목하여 그 형식과 주제 및 특성을 알아보고자 한다. 또한 잡체시라 하면 보통 유가 문인들의 전유물로 인식되어 왔으나, 불가에 몸담은 승려로서 그가 다른 이들보다도 훨씬 많은 잡체시를 제작하게 된 배경을 인식하는 것도 본 장의 목적에 부합될 것이다.

이를 위하여 법종이 남긴 잡체시 14편[1]을 대상으로 그 종류와 내

---

1) 문집에 '雜體'라고 분류되어 있는 시의 편수가 14편이며, 모두 17수로 되어 있다.

용을 연관된 항목별로 나누고, 각각의 詩體가 가진 형식적 특성들을 우선 살필 것이다. 또한 이를 근거로 법종이 남긴 잡체시의 전체적인 이해를 도모할 것이다. 그리고 잡체시의 범주나 일반적인 이해 등에 관련하여서는 그 성과가 이미 자세하므로[2] 본 장에서는 생략할 것이며, 더불어 본 장은 법종의 잡체시에 대한 내용상의 접근이 아닌 형식상의 접근임을 미리 밝힌다.

그간 잡체시에 대한 연구는 儒家의 시인들에 한정하여 이루어져 왔으며, 佛家의 경우에는 아직까지 그 성과가 이루어지지 못하고 있다. 승려들이 남긴 문집들을 들추어 보면 고려시대에서부터 조선시대에 이르기까지 잡체시를 남겨놓은 경우가 빈번한 편이나, 그것만을 연구의 대상으로 삼은 경우는 없었기 때문이다. 본 장은 이러한 불가의 잡체시를 연구의 대상으로 삼았기에, 그 내용적 측면에서의 접근보다는 형식적 측면에서의 접근을 먼저 시도하고자 하며, 나아가 불가에서 잡체시를 제작한 직접적인 동기를 밝혀보고자 하는 데 그 의의를 둔다.

법종의 『虛靜集』(동국대학교출판부, 『韓國佛敎全書』[3] 第九冊, 朝鮮時代篇三, 1997.)을 연구의 주 대본으로 삼았다.

2. 『虛靜集』과 法宗의 저술 태도

법종은 한평생을 주로 妙香山에서 보내며 禪과 敎를 아울러 통했다고 전해지는 승려다. 그리하여 열반할 때 靈骨 1편과 舍利 3과를 얻어, 묘향산과 구월산·대둔사(해남) 등에 각각 나누어 分盾하였다고

---

2) 鄭珉, 「石洲 權韠의 雜體詩 硏究(其一)」, 『한양어문연구』 제4집(한국언어문화학회, 1986)의 Ⅱ절에 이에 대한 설명이 매우 자세하다.
3) 이하 전 장에 걸쳐 『韓佛全』이라 칭한다.

한다. 또한 그가 남긴 『虛靜集』은 上·下 2책으로, 卷上은 주로 詩, 그리고 卷下는 記·疏·跋 등 각종 文體가 망라돼 있는데, 이 가운데서도 가장 비중이 큰 것은 詩 부분이라고 할 수 있을 것이다.

本集의 내용은 그 실린 순서대로 다음과 같다.

- <虛靜大師詩集序>
- 卷上: 辭 3편—<山中辭>, <幽居辭>, <閑詠>4) / 古風 4편—<長帳望> 등 / 四言絶句 5편 / 六言絶句 5편 / 五七言 4편 / 三五七言 5편 / 五言絶句 77편 / 五言律 35편 / 七言絶句 31편 / 瀟湘八景次韻 8편 / 平遠十詠次韻 15편 / 雜體 17편 / 七言律 67편 / 雜著 4편
- 卷下: 記 8편 / 碑銘 5편 / 勸文 6편 / 疏 8편 / 跋 2편 / 錄 2편— <遊金剛錄>, <續香山錄>

이러한 내용으로 구성된 『虛靜集』의 가장 큰 특색을 보자면 '雜體'라 분류된 14편의 시와 <瀟湘八景次韻>이라 명한 8편의 시, <平遠十詠次韻>이라 제한 15편의 시와 「錄」5)으로 분류된 <遊金剛錄> 14장과 <續香山錄>이 될 수 있을 것이다. 그 외에 卷下에 보이는 「記」 8편은 주로 사찰의 史料에 관한 것이 대부분이며, 「碑銘」 5편 역시 모두 스님과 사찰에 대한 내용으로 되어 있다. 이들 작품의 면면을

---

4) <閑詠>이라는 작품에는 '虛靜歌'라는 부기가 있다. 그가 기거하던 초당을 두고 지은 시인데, 그의 호인 '허정'의 유래를 찾을 수 있는 작품이다.

5) <遊金剛錄>은 모두 14장으로 글자 그대로 금강산 기행문인데, 금강산의 이모저모를 샅샅이 소개해 놓고 있는 대작이다. 그리고 <續香山錄> 역시 전후 9장 반에 달하는 대작으로, <遊金剛錄>과 더불어 일종의 案內記 역할도 됨직한 글이라고 한다. 이 <續香山錄>은 그의 法師 雪岩의 문집 중에 있는 <妙香山記>를 補足한 글이며, 동시에 이 양편의 문장을 아울러 兼讀하면 '香山九千峯의 情景'이 앉아서도 방불하게 되어 있다고 한다.
(http://kyujanggak.snu.ac.kr/BA/SGP-185-023867.htm 참조)

살펴보면 법종이 僧侶로서 經典 이외에도 각종 문장에 능했던 그의 면모 내지는 그가 佛門 이외에도 속세의 대중에게 얼마나 많은 관심을 가지고 있었는지를 이해하기에 충분할 것이다.

 법종의 시 작품은 주로 『虛靜集』 卷上에 수록되어 있는데, 약 276편에 이른다. 이들 시에 대해 金鼎大는 <虛靜大師詩集序>에서 '柔艶'과 '平淡'이 시의 본성에까지 이르렀으며, 그러한 까닭에 모든 저작이 '淸圓'하지 않은 바가 없다[6]고까지 말한다. 부드러우면서도 고움을 잃지 않고, 그러면서도 화려한 태가 없어 마치 불가에 몸담은 그 마음처럼 맑고 원융한 시 제작의 경지를 말하는 것이다. 그러나 그의 이러한 작시 능력은 어쩌면 전혀 어울릴 것 같지 않은 '파격의 잡체시'와 만나게 되어 불가 시문학사상 가장 많은 수의 잡체시를 남기게 된다.

 물론 詩僧이라 일컫는 불가의 문인 중에 잡체시를 애용한 이가 더러 있기도 하였다. 고려시대 眞覺 慧諶(1178~1234)은 <寶塔詩> 1편과 <回文體> 1편을 남겼으며, 조선시대로 넘어오면 白谷 處能(1617~1680)이 <數詩> 1편을 비롯한 다섯 종류의 잡체시를 남기기도 하였다.

 또한 법종의 스승이라고 할 수 있는 雪巖 秋鵬(1651~1706) 역시 <藏頭體> 1편을 비롯한 몇 편의 잡체시를 남겼으며, 그 외에도 無竟 子秀(1769~1837), 梵海 覺岸(1820~1896) 등도 몇 편의 잡체시를 남긴 詩僧에 속한다. 특히 동시대를 살았다고 할 수 있을 楓溪 明察(1640~1708)은 <玄機葫蘆之體>, <擬古織錦龜紋詩體>, <水勢文>, <火焰文>, <錦錢花枝>[7] 등의 갖가지 모양으로 이루어진 작품을 남기기도 하였다. 그러나 그 양과 종류에 있어 이들의 작품은 법종의

---

6) 若師之詩 體法柔艶 態度平淡 五蘊皆空 諸漏已盡 慈雲靄和 慧日鮮朗 斯豈非
   詩本性情者耶 集中諸作 无不淸圓 亶可謂滄海僧寶也 (金鼎大, <虛靜大師詩
   集序>, 『虛靜集』. 『韓佛全』 第九冊, 487쪽.).
7) 明察, 『楓溪集』(『韓佛全』 第九冊, 132~133쪽.).

그것에 비견되지 못한다. 이제 그의 잡체시를 살펴보기로 한다.

3. 佛道의 詩器, 雜體詩

법종이 남긴 잡체시는 14편이나 실제 17수로 되어 있다. 『허정집』의 「雜體」라는 항목에서 '十四皆效古製而煩不書效'라는 부기를 달아, '열네 수 모두 옛 것을 본받아 지었으나 번거로이 그 본받은 바를 쓰지 않는다.'고 스스로 말하기도 하였다.

그가 지은 17수의 잡체시는 <陽關體讚山中妙香>, <黃山谷體送惠遠之故鄕>, <回文體題香山>, <巫山一段雲體題金剛山>, <玉連環體勸同徒>, <東坡體>, <側入體句皆用側入>, <屈曲體>, <拗體>, <一二言體寄安谷(一言至十言)>, <數詩體>, <建除體>, <演雅體誡妙體>, <更占演雅體示妙體(右此雜體皆因妙體之勤請不得已鳩聚故及之)>, <回文體次靑山空白頭題韻>, <東坡體再步>, <藏頭體戱贈中嶽妥化師>이다. 이로 보아 잡체 14수는 잡체의 형식이 14개라는 뜻이며, 실제 작품의 수는 17수임을 알 수 있다.

이러한 그의 잡체시는 먼저 시의 형식보다는 그 형식의 연원이 되었던 시와 그 내용이 전해오면서, 그 시의 제목을 형식으로 내세움으로써 내용을 짐작하게 할 수 있는 작품군과 특정한 규칙이나 모양을 가지고 있어 그 형식이 비교적 뚜렷하게 드러나는 경우의 작품들로 나눌 수 있다. 전자의 경우 陽關體와 巫山一段雲體가 대표적이라면, 후자의 경우는 回文體, 玉連環體, 側入體, 一二言體, 數詩體, 建除體, 藏頭體가 이에 해당한다고 볼 수 있다. 본 절에서는 이러한 분류에 의해 법종시를 논하고자 한다.

3.1. 陽關體와 巫山一段雲體로 지은 시

陽關體는 처음에 당나라 王維가 친구를 안서로 보내면서 지은 시인 <送元二使安西>에서 시작되었다. 양관은 현재 중국 간쑤성 둔황현[鈍煌縣]의 서쪽에 있는 前漢 시대의 關所를 말한다. 후에 이 시가 전하여 <渭城曲>, <陽關曲>이라고 하였으며, 이후 주로 멀리 이별하는 친구들 사이에 부르는 詩體가 되었다.

다음은 王維(701～761)의 시로, <送元二使安西>라는 제목의 작품이다.

渭城朝雨浥輕塵　　　위성에 아침 비가 가볍게 먼지를 적시니
客舍靑靑柳色新　　　객사에 푸른 버들 더더욱 푸르구나
勸君更盡一杯酒　　　그대에게 또다시 한 잔 술을 권함은
西出陽關無故人　　　양관 나선 서역엔 친구가 없으리니

<送元二使安西>

陽關을 나서 멀리 서역으로 떠나는 친구와 함께 마지막 밤을 보내고 마침내 떠나보내야 하는 아침이 되었다. 하필이면 비마저 내리는데, 왕유에게는 눈물을 감출 수 있어 오히려 고마운 비다. 마지막으로 멀리 서역 땅으로 떠나는 벗을 붙잡고 술잔을 건네는 왕유에게는 떠나는 벗에게 오히려 친구가 없을까 안타까울 따름이다. 이때부터 陽關은 이별의 대명사가 되었다.

陽關은 조선시대 서거정이 노래한 칠언절구 <大邱十詠>에도 보인다. 다음은 서거정의 시이다.

官道年年柳色靑　　　한양 길 버들잎은 해마다 푸르고
短亭無數接長亭　　　크고 작은 주막들 무수히 늘어섰네
唱盡陽關各分散　　　이별의 노래 그치고 흩어진 뒤에는

沙頭只臥雙白據   빈 술병만 짝이 되어 모래밭에 뒹구네

<櫓院送客>8)

　　이 작품은 <大邱十詠> 중 제8경으로 '櫓院送客'이라 題한 작품이다. '노원에서의 송별'을 노래한 것으로, '送別'에 대한 의미의 시구로 '양관'을 사용하였다. 시구 중 '短亭長亭'은 작은 숙사와 큰 숙사를 말하는 것으로, 옛날에 五里마다 短亭을, 十里마다 長亭을 두었던 제도를 말한다.

　　이 노래에 대해 『신증동국여지승람』에 의하면, 櫓院은 大櫓院의 약칭인데, 당시 대구의 북쪽 관문인 이곳 大櫓院에서 惜別의 情을 노래한 것이라고 하였다. 원래 도로 연변에 행인들이 쉬어가게 해놓은 곳을 院 또는 亭이라고 하는데, 거리가 먼 곳을 長亭, 가까운 것을 短亭이라 했고, 이곳이 대구에서 서울로 가는 길목의 첫 나루터여서 길손들이 쉬어감은 물론 이별과 만남의 哀歡이 교차되던 곳이라고 하였다.

　　다음은 법종의 작품이다.

四時長翠色芬芳   비취 빛 그 향기 사시사철 머물고
正若仙宮嫩桂昌   신선 사는 집 마냥 어린 계수나무 푸르네
遊人翫取山中妙   산중의 묘한 기운에 취하여 가지고 놀다가
遙訪金剛無此香   멀리서 금강으로 찾아왔더니 이 향기가 없어라

<陽關體讚山中妙香>9)

　　산중의 묘한 향을 찬한다는 양관체의 작품이다. 원래 법종이 활동했던 곳은 묘향산이다. 묘향산의 묘한 기운에 취해 선을 수행하고, 불도를 닦던 그가 어느 날 금강산을 찾았다. 금강산의 이곳저곳을 빠짐없이 둘러보고 살피는 중에 그가 찾던 묘향산의 禪氣는 체감하지 못한 듯하

---

8) 서거정, <大丘十詠>, 『四佳詩集』 補遺三, 詩類興地勝覽 편.
9) 法宗, 『虛靜集』 卷上(『韓佛全』 第九冊, 500쪽.).

다. <遊金剛錄> 14장을 지을 만큼 금강산을 오르내렸으나 묘향산에서의 그것만큼은 느끼지 못하고 종내 아쉬운 마음에 쓴 작품인 것이다.

그러나 이 시에서 법종이 직접적으로 무언가 떠나보내거나 이별을 이야기한 것은 아니다. 선사에게 가는 곳마다 불국토가 아닌 곳이 없거늘 하물며 불경에서 말하는 '金剛'이라 이름 붙인 산에 이르고서야 더 무엇을 말하겠는가. 이별은 떠나보냄으로써만 성립이 된다 함은 속세의 이야기요, 불가의 사람으로서 찾고자 하는 것이 눈앞에 펼쳐져 있음에도 찾지 못하는 것 또한 이별의 한 모습일 수 있는 것이다. 결국 이 시는 금강에서 妙香을 찾지 못한 아쉬움을 토로하고 있는 작품이 되는 것이다.

巫山一段雲體는 사천 지방을 근거지로 삼고 있는 후촉의 毛文錫(생몰년 미상)이 巫山10)에 올라 <무산일단운>詞를 처음 지었다는 데서 기인하는 것으로 보는 것이 일반적인 견해이다. 이러한 '무산일단운'체는 대개 44자체와 46자체가 있는데, 우리나라의 경우에는 44자체가 주류를 이룬다.

유기수의 논문에 우리나라의 <무산일단운> 詞와 관련한 사항이 비교적 자세한 편인데, 고려시대의 경우 이제현, 이곡, 정보의 <무산일단운> 詞가 있으며, 이 중 특히 이제현은 중국 瀟湘 일대의 풍경과 松都의 풍경을 읊는 등 모두 36수의 <무산일단운> 詞를 남겼다고 한다. 또한 조선시대에 이르면 정도전을 위시로 하여 권근, 강희맹, 임제, 이형상, 법종 등 약 29명의 작가가 253수의 <무산일단운> 詞를 남겼다11)고 한다.

특이할 만한 것은 대부분의 작가가 유학자들인 데 비해 유일하게 승려작가인 법종의 작품이 한 수 남아 있다는 점이다. 게다가 현전하는 대개의 작품들이 瀟湘이나 松都 혹은 新都를 제재로 하여 그

---

10) 무산은 중국의 사천성 무산현에 있는 산의 이름이다.
11) 柳己洙, 「中國과 韓國의 <巫山一段雲>詞 硏究」, 『중국학연구』 8(중국학연구회, 1993), 20~38쪽.

경치를 노래하는 반면, 법종은 금강산을 제재로 하여 불법을 노래
하고자 하였다는 점12)이다. 다음은 법종의 <巫山一段雲體題金剛山>
이라는 작품이다.

望中大海平	바라보니 큰 바다는 평평하기만 하고
足下千峯列	일천 개 봉우리는 발 아래 벌려 있네
老木几如人立殺	늙은 나무로 만든 제기는 사람이 서서 베는 모양 같고
奇巖白勝雪	기이한 암석들은 눈빛보다 더 하얗네
嶽露華嚴形	산 이슬은 화엄의 모양이요
溪含般若說	시내는 반야의 말씀을 머금었네
於茲認得曇無竭	이에 깨달음을 얻으니 불법은 마르지 않고
頭頭本寂滅	머리끝까지 고요히 없어지네

<巫山一段雲體題金剛山>13)

이 작품은 44자체의 형식으로 구성상 앞의 네 구에서는 금강산에
올라 바라본 경치를 원경에 의해 가감 없이 표현하고 있다면, 뒤의
네 구에서는 근경에 의해 보고 느낄 수 있는 사물에 불법을 빗대어
표현하고 있다고 볼 수 있을 것이다.

물론 제목에 나오는 巫山과는 전혀 상관이 없는 금강산을 노래하
고 있으며, 노래의 내용 또한 遊行이 아닌 感悟가 주된 내용이다. 그
렇기 때문에 눈에 보이는 금강산의 승경을 단지 찬하는 것으로 그치
는 것이 아니라 자신과 동화되는, 그리하여 자신이 몸담고 있는 불법
의 세계로까지 승화하는 경지로 이끌고 있는 작품인 것이다. 즉 반짝
이는 이슬의 모습에서 화엄의 세계를 보고, 졸졸거리며 흐르는 시냇

---

12) 법종이 남긴 작품 중에는 <瀟湘八景次韻> 8편이 있다. 이로 보아 법종에게
   있어 무산일단운체의 사용은 이미 익숙한 방식의 작시법이 아니었을까 하는
   추측을 해볼 수 있다.
13) 法宗, 앞의 책, 500쪽.

물 소리를 들으며 반야의 말씀을 떠올리는 그 모습이야말로 '色卽是
空 空卽是色'의 '般若世界'와 다름없는 경지인 것이다.

3.2. 回文體와 玉連環體, 藏頭體로 지은 시

回文體는 앞에서 읽어 가거나 뒤에서부터 읽어도 혹은 돌려 읽어
도 그 의미가 각각 통하는 형식의 시를 이르는 말이다. 回文詩는 본
래 前秦 시대 蘇伯玉의 아내가 지은 '盤中詩'가 그 시초이며, 竇滔
의 아내인 蘇惠가 남편의 전근으로 떨어져 있게 되자 그를 생각하며
베에다 짜 넣은 480자로 된 織錦詩를 지었는데, 이로 인해 그 체제
가 갖추어졌다고 한다. 이러한 회문체에 대하여 고려시대의 문인이었
던 이인로(1152~1220) 역시 다음과 같이 말한 바 있다.

회문시는 齊와 梁에서 시작된 것이니 대개 문자의 놀음이다. 옛날 竇滔
의 아내가 시를 지어 비단에 짜낸 뒤에 그 문장의 구성법이 남아 있고, 宋
의 三賢도 여기에 조예가 깊었다. (중략) 무릇 회문시라는 것은 순서대로
읽으면 부드러우면서 쉽고, 거꾸로 읽더라도 소리가 딱딱하거나 껄끄러운
태가 없어 말과 뜻이 잘 어울려 미묘하게 되어야 잘 되었다고 말한다.[14]

다음은 법종의 작품으로 <回文體題香山>라는 작품이다.

長天碧豁眼高望　　　드넓고 푸른 하늘 눈 들어 바라보니
上下層分庵子堂　　　위 아래로 층층이 암자와 집을 나누었구나
凉壑夜聲川聒聒　　　밤 깊은 찬 시내엔 물소리 요란하고
照窓寒影月蒼蒼　　　홀연 비추는 찬 그림자 달빛만 푸르네

---

14) 回文詩起齊梁　蓋文字中戲耳　昔竇滔妻織錦之後　杼柚猶存　而宋三賢亦皆工焉
(中略) 夫回文字　順讀則和易　而逆讀之亦無聲牙艱澁之態　語意俱妙然後謂之
工(李仁老, 柳在泳 譯註, 『破閑集』, 서울: 一志社, 1994, 4~8쪽.).

光開玉處收雲白　　　빛 들이는 아름다운 곳에 하얀 구름 거두고
色散金時落葉黃　　　색들은 흩어져 금빛 날 때 낙엽도 황색이라
忘却世間人事萬　　　세상의 인간 만사 모두 잊고서
狂遊浪踏遍山香　　　미친 듯 노닐며 산 향기를 밟아보네

<回文體題香山>15)

　　묘향산의 모습과 그 안에 유유자적하는 지은이의 모습을 노래한 시다. 먼저 층층이 둘러싼 묘향산의 전경을 설명하고, 이어 시선을 거두어 현재 자신이 서있는 어느 밤 시냇가의 달빛 푸른 풍경을 이야기한다. 그 풍경에 동화된 지은이는 어느 사이인지 山香에 취하여 미친 듯 노니는 모습이다. 이 시를 逆讀하면 다음과 같다.

香山遍踏浪遊狂　　　향산을 두루 다니며 미친 듯이 노니나니
萬事人間世却忘　　　인간의 만사는 세월 따라 잊혀지네
黃葉落時金散色　　　노란 잎 떨어질 때 금빛도 흩어지고
白雲收處玉開光　　　흰 구름 걷히는 곳에 좋은 경치 열리네
蒼蒼月影寒窓照　　　푸르디 푸른 달 그림자 찬 창에 비추고
聒聒川聲夜墅凉　　　요란한 시냇물소리 밤 계곡에 더욱 서늘하네
堂子庵分層下上　　　집과 암자 나뉘어 위 아래로 서있고
望高眼豁碧天長　　　눈 높이 들어 바라본 곳 푸른 하늘이로다

　　'山香'과 '香山'의 조화가 절묘하다. 順讀의 경우에 나오는 '山香'은 말 그대로 '산에서 흘러나오는 향기'일 것이나, 더 나아간다면 법종이 추구했던 '불법의 향기'라고도 이야기할 수 있을 것이다. 그 향기가 오롯이 배어 있는 곳, 그곳이 바로 逆讀의 경우에 나오는 '香山', 즉 '묘향산'이니, 자신이 題한 그대로 '回文體題香山'이 되는 것이 아니겠는가.

---

15) 法宗, 앞의 책, 500쪽.

두 경우의 작품에 차이가 있다면 전자의 경우 '靜的인 이미지'가 강하여, 자신이 있는 바로 그곳에서 노래하고 있다는 느낌을 주는 반면에, 후자의 경우는 스스로 돌아다녀 '香山의 山香'을 찾고자 함이니 '動的인 이미지'가 더욱 강한 느낌을 준다는 차이일 것이다.

법종의 회문시를 한 수 더 소개한다.

悠悠恨極病胸身　　걱정으로 생긴 한은 극에 이르러 병든 몸이 되었는데
坐對空山靑晚春　　앉아 빈 산 대하니 푸름 가득한 봄이로다
愁裏鏡容相見照　　시름은 안에 두고 거울에 얼굴 비추어 보니
頭蒙雪色老生人　　머리 하얗게 센 늙은이가 나타나네

<回文體次靑山空白頭題韻>16)

人生老色雪蒙頭　　인생 늙어지니 머리 끝은 하얀 눈 색이요
照見相容鏡裏愁　　비추어보니 얼굴엔 근심이 드러나네
春晩靑山空對坐　　봄은 청산에 가득하나 텅 빈 듯 앉아 대하고
身胸病極恨悠悠　　몸에는 병이 가득 한스러움만 유유하네

앞의 시와 마찬가지로 順讀과 逆讀의 경우이다. 누군가 '靑山空白頭'라 제한 시에 회문체로 차운한 작품이다. 次韻의 시는 매우 흔하게 볼 수 있는 것으로 새삼 이야기할 바는 아닐 것이나, 그 형식이 회문체임은 매우 주목할 만하다. 과문할 수도 있는 이야기겠지만, 아직까지 차운시의 작품들 중 회문체로 제작된 경우는 법종의 작품을 제외하고는 보지 못했기 때문이다.

다음은 玉連環體와 藏頭體이다. 옥련환체란 말 그대로 옥으로 만든 고리처럼 계속 글자가 이어진다는 시체인데, 이를 장두체라고도 한다. 각 구절의 첫 글자에 감춰진 규칙을 찾아야만 시의 묘미를 느낄 수 있는 형식의 시로, 각 구의 마지막 글자를 破字하여 쪼개진 글

---

16) 法宗, 앞의 책, 501쪽.

자를 연속되는 다음 구의 첫 자로 삼는 방법이 일반적이다. 겉으로
보기에는 여느 한시와 다를 것이 없어 보이지만, 감춰진 규칙을 고려
하면 각 구의 끝 글자가 놓이는 순간 다음 구절의 첫 글자가 제한되
니, 창작상 고도의 기교와 언어 구사력이 요구되며, 그러면서도 운자
는 엄격하게 지켜[17]져야 하는 詩體인 것이다.

　다음은 법종이 玉連環體로 지은 작품이다.

一住香山寺	묘향산의 절에서 처음 머물렀는데
寸陰皆有情	작은 그늘에도 모두 정이 있더라
靑春勤學者	젊은 날 공부에 열심이었고
白首做功名	늙어서는 공명을 만들었네
口誦尋仙誌	입으로는 신선의 기록을 찾아 읊으며
心行向道誠	마음은 정성스럽게 도를 향해 갔다
成人仍作佛	사람이 되고자 거듭 부처를 만들었지
弗費力長生	오래 살기 위해 힘을 쓰지 않았다

<玉連環體勸同徒>[18]

　먼저 이 작품의 각 구 끝 글자를 보면, 각각 寺, 情, 者, 名, 誌,
誠, 佛, 生이다. 첫 구인 '一住香山寺'의 끝 글자인 寺는 土와 寸으
로 파자되어, 그중의 寸이 다음 구인 '寸陰皆有情'의 첫 글자가 되었
다. 계속해서 寸으로 시작되는 제3구는 마지막 글자가 情인데, 이 글
자 역시 忄과 靑으로 파자되어, 靑이 이어지는 제4구의 첫 글자가 되
고 있다. 이런 식으로 마지막 구까지 연결되는 작품인데, 내용도 내용
이려니와 그 구성이 복잡하고 율시로서의 형식도 지켜야 하니 보통의
作詩 능력으로는 이루기 힘든 경지라고 할 수 있다.

　이 시는 이러한 특정 형식을 이용하여 함께 공부하는 이들에게 수

---

17) 정민, 『한시미학산책』(서울: 솔출판사, 2001), 303쪽.
18) 法宗, 앞의 책, 500쪽.

행정진을 위해 힘쓰라고 권하는 내용을 담고 있다. 특히 시가 담고 있는 내용보다는 우선 그 형식에 중점을 두고, 시를 이해하는 과정에서 그 말하고자 하는 바를 더욱 강조하고 있다는 점이 주목된다.

물론 기존에 이러한 시의 형식이 전혀 없는 바는 아니다. 석주 권필도 이러한 형식의 시를 3편 남겼고, 계곡 장유도 1편을 남긴 바 있으며, 기타 수많은 작가들이 이러한 형식의 시를 남긴 바 있다. 그중 특히 석주 권필의 작품의 경우, '말의 연결을 중심으로 한 말꼬리 따기이며, 기존에 보이지 않는 이러한 형식은 석주만의 독창'[19]이라는 주장도 있다.

만약에 석주의 작품이 그만의 독창이었다면, 법종은 석주의 시형을 계승한 셈이 된다. 더군다나 불가의 승려가 이런 형식의 시를 짓는 일은 좀처럼 드문 일로서, 이는 법종의 詩才를 확연히 보여주는 것뿐만 아니라 그가 유가와의 인연을 맺으려는 노력의 일환으로서 그들의 시 형식을 빌렸다는 점에서도 그 의의가 있다고 하겠다.

다음 시는 법종이 <藏頭體戱贈中嶽妥化師>라 명명하여 제작한 작품이다.

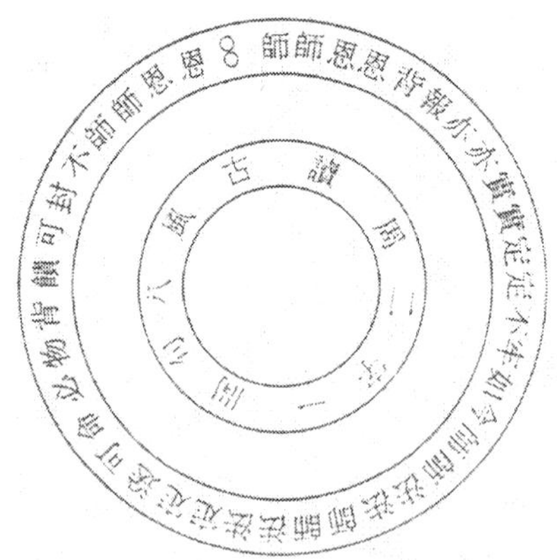

〈藏頭體戱贈中嶽妥化師〉

---

19) 鄭珉, 앞의 논문, 124쪽.

師師恩恩背報亦　　　報亦亦實實定定
定定不牢如今師　　　今師師法法師師
師師法法定定送　　　定送可命必物背
物背饋可封不師　　　不師師恩恩師師

스승에게 배운 은혜는 은혜 뒤에 또한 갚으니
갚음 또한 열매라 열매 또한 반드시 정해졌네
반드시 정해진 것 지금 스승처럼 간혀 있지 않으니
지금 스승에게 배운 법 그 법이 또한 스승이네
스승에게 배운 법 그 법 또한 반드시 보내려니
반드시 보내질 수 있는 명은 만물 뒤에 꼭 있으리로다
만물 뒤에 올려 봉할 수 있는 건 스승이 아니고
배우지 않은 배움으로 은혜가 은혜 되고 스승이 스승 되네

　우선 이 작품은 장두체라고 題하였으나 앞서 설명한 작품과는 약간의 차이가 보인다. 앞서의 작품이 각 구의 끝 자를 파자하여 다음 구의 첫 자로 삼는 방법의 시체였다면, 이 작품은 각 구절 끝의 두 글자가 다음 구절 첫 구에 그대로 반복되어 시를 완성하는 방법을 사용하는 시체이기 때문이다. 법종은 옥련환체와 장두체를 달리 보아, 전자의 방식을 옥련환체라 하고, 후자의 경우를 장두체라 명명한 듯하다.
　어쨌든 이 작품의 경우 그 읽는 방법까지 이미 안쪽의 원에 설명해 놓았다. 안쪽 원에 있는 문장의 경우 '古'에서부터 시계 반대 방향으로 읽어나가면 '古風八句間一字二周讀'이 된다. '古風의 시 여덟 구 사이에 한 글자를 두 자씩 되돌려 읽으라'는 뜻인데, 이 방법대로 하면 스승과 배움에 대해 놀리듯 이야기하는 다음과 같은 시가 된다.

3.3. 演雅體와 建除體로 지은 시

演雅란 '演出爾雅'의 의미로서, 『爾雅』에 蟲魚禽獸의 이름을 기록하였지만 빠진 것이 많았던 까닭에 옛사람들이 시를 지을 때 빠진 蟲鳥의 이름을 엮어 말을 만든 다음 이를 演雅體라 하였다[20]고 한다. 즉 시에 蟲魚禽獸의 이름이 매구마다 나타나야 하는 것이 연아체의 특성이라고 할 수 있는 것이다.

일반적으로 연아체 시에는 두 가지의 형식이 주류를 이루는데, 먼저 각 구에 蟲魚禽獸의 이름을 내세우지 않고 제작하는 경우와, 다음으로는 그 이름들을 각 구의 전면에 드러내는 경우가 그것이다. 전자의 경우 演雅體임을 미리 밝히지 않으면 언뜻 알아내기 어려울 정도로 세련된 시가 되는 것도 이러한 기교상의 특성에서 비롯된다.

다음은 법종이 지은 연아체의 작품이다.

如龍脫殼在須臾　　兎穎垂言死後圖

雖剜虫文聯正帙　　莫將魚目擬明珠

無縫鴈塔眞禪語　　沒字龜碑亦聖謨

蟬脫行裝何事事　　鶴林遺蹟本虛無

아주 잠깐 사이에 마치 용이 껍질을 벗듯
토끼가 늘어놓은 말씀 죽은 후에 그림이다
비록 새겨진 벌레무늬 책갑에 바르게 연이어 있어도
고기 눈이 밝은 구슬을 헤아리지는 못하리라
기러기 탑을 참 선어에 붙이지 말고
거북비에 글자 없애니 또한 성스러운 계략일세
매미가 탈을 벗고 꾸며 가니 어찌 일마다 일이리오

---

20) 演雅者 演出爾雅也 爾雅記蟲魚禽獸之名而有遺闕矣 故古人作詩以遺落蟲鳥之名 綴以
　　爲辭 命之曰演雅體(趙緯韓, <演雅體長律二十韻 寄梁鄭二友 幷引>, 『玄谷集』卷十.).

두루미 숲에 자취 남기니 본래 허무함일세

<演雅體誠妙體>21)

이 작품은 妙體에 대해 스스로 삼가며 조심한다는 내용으로 演雅의 형식을 빌려 제작한 시이다. 이 작품에서는 蟲魚禽獸의 이름으로 龍, 兎, 虫, 魚, 鴈, 龜, 蟬, 鶴이 쓰였다. 특히 '토끼가 늘어놓은 말씀 죽은 후에 그림'이라든가, '고기 눈이 밝은 구슬을 헤아리지는 못하리라' 등의 시구는 言語道斷이라고 불려도 좋을 만큼 상식의 범위에서는 그 내용이 이해가 되지 않는다고도 할 수 있다. 그러나 그것이 곧 禪詩의 한 가지 특성이고 보면 선시와 가장 잘 어울리는 형식이 또한 연아체라고도 할 수 있을 것이다.

世上忘機海上鷗　　笑他蟬噪亂啁啾
文章不過遺音鳥　　名利眞同衣繡牛
已作蟠龍深蟄計　　更無尺蠖壯伸謀
神心蟲蝕知爲苦　　因汝擸搜雜體鳩

羊肶光陰應蠻臽　　鼠肝身世亦蜉蝣
穀穿雀出吾知蚤　　燕處先尋象嶽幽
<更占演雅體示妙體(右此雜體 皆因妙體之勤 請不得已鳩聚故及之)>22)

세상의 틀을 잊은 바다 위의 기러기
저 매미 소리 시끄럽다 웃으며 어지러이 비웃네
문장은 새소리로 전하는 것에 불과하고
명리는 참으로 소에다 수놓은 옷 입히는 것과 같구나
이미 용을 두르고 깊게 숨어 도모하니
다시금 능히 굴욕을 참음이 없이 씩씩하게 꾀를 펼치네

---

21) 法宗, 앞의 책, 501쪽.
22) 法宗, 위의 책, 같은 쪽.

신심을 벌레가 좀먹으니 씁쓸함을 알겠고
너로 인해 찾아 주우니 비둘기 몸으로 섞이네(一)

양갑은 광음으로 번데기에 응하고
쥐의 간 같은 신세는 또한 하루살이 같구나
비단 뚫어 참새 나니 내가 벼룩인 줄 알겠고
제비 사는 곳 먼저 찾으니 코끼리 산만 그윽하네(二)

연아체의 시들은 蟲魚禽獸가 주된 시어들이기에 다양한 주제를 나타내는 데 있어 아주 효과적인 詩體가 된다. 특히 그 표현상의 기교에서 은유와 풍자성이 강한 시가 많이 나오는 것도 이러한 시어의 효과일 것이다. 이러한 기교는 작가가 작품을 통하여 말하고자 한 바를 더욱 강력하게 전달할 수 있는 무기가 될 수 있을 것이다. 특히 '蟲魚禽獸'가 佛家의 시와 만나면 '禪의 宗指'를 가장 효과적으로 표현하는 수단이 되며, 그렇게 표현된 수단을 일러 우리는 '禪詩'라고 말한다. '비단 뚫어 참새가 날아오르니 내가 벼룩인 것을 알겠다'는 시구는 그야말로 '言語道斷'이요 '離言絶慮'로 표현되는 선시의 모습이 아니겠는가.

또한 이 두 편의 시에서 법종은 모두 '妙體'를 제목으로 내세우고 있다. 연아체가 묘체임을 이야기하며 연아체로 말하고자 하는 자신의 이야기 또한 불법의 妙諦를 말하고자 함이니, 연아체라는 전체 시의 형식과 더불어 쌍관의의 기법을 적절히 활용하는 그의 詩才가 과연 뛰어나다 하지 않을 수 없을 것이다.

다음은 建除體 시이다. 건제체는 南朝 宋의 鮑熙가 처음 지은 詩體를 말한다. 이 체는 모두 24구로 이루어져 있는데, 제1구에서부터 홀수 구의 첫머리에 '建, 除, 滿, 平, 定, 執, 破, 危, 成, 收, 開, 閉'의 12자를 얹어서 짓는 방법을 사용한다. 이 12개의 글자는 본래 음양가들이 해와 달, 특히 날의 길흉을 가리기 위해 建除 12神과 결합

시킨 것으로, 결국 음양가들이 만들어낸 月建法을 시와 결합시켜 만
든 독특한 양식의 詩體23)라고 할 수 있다.
  다음은 법종의 <建除體>이다.

<table>
<tr><td>建法入宗旨</td><td>법을 세워 종지에 들어서니</td></tr>
<tr><td>寔爲導世師</td><td>참으로 스승에 이르게 하는구나</td></tr>
<tr><td>除糞取價棄</td><td>더러운 것 제하여 값진 것을 버리고</td></tr>
<tr><td>專付家業推</td><td>오로지 가업만을 받든다네</td></tr>
<tr><td>滿腔善財願</td><td>마음 속 가득 착한 재물 원하여</td></tr>
<tr><td>歷叅諸禪知</td><td>여러 선지식과 함께 지내네</td></tr>
<tr><td>平生行脚下</td><td>평생을 운수행각하였더니</td></tr>
<tr><td>雙鬢白如絲</td><td>양 수염은 마치 하얀 실인 듯</td></tr>
<tr><td>定巢亦不定</td><td>정해진 보금자리 또한 정해지지 않았으니</td></tr>
<tr><td>如雲逐風吹</td><td>바람 불어 쫓기는 구름 같구나</td></tr>
<tr><td>執拂操拔篲</td><td>빗자루 떨쳐 잡고 티끌을 잡으니</td></tr>
<tr><td>愧無二空隨</td><td>두 마음 비었어도 부끄럼 없이 따르노라</td></tr>
<tr><td>破衲兼蔬食</td><td>납의와 채소음식 깨트리고</td></tr>
<tr><td>寄過一世資</td><td>일세의 재물에 초월하여 보낸다</td></tr>
<tr><td>危脆身何惜</td><td>약하고 위태한 몸 어찌 애석해하리</td></tr>
<tr><td>切切更偲偲</td><td>끊고 끊으니 다시금 굳세어지네</td></tr>
<tr><td>成功在雪芭</td><td>공을 이룸은 눈꽃에 있으니</td></tr>
<tr><td>佛祖豈我欺</td><td>내 어찌 불조를 속이리</td></tr>
<tr><td>收衣宴坐處</td><td>옷을 거두고 잔치자리에 머무니</td></tr>
<tr><td>講說也大癡</td><td>설법을 행함은 또 얼마나 크게 어리석으냐</td></tr>
<tr><td>開卷爲他敎</td><td>책을 열고 남을 설교한다 함은</td></tr>
<tr><td>莫如自己持</td><td>스스로 자신을 보전하는 것만 못하다</td></tr>
<tr><td>閉關絶諸冗</td><td>문 닫고 모든 여가를 끊으니</td></tr>
<tr><td>一心念阿彌</td><td>한 마음으로 아미타불 염불만 되뇌네</td></tr>
</table>

<建除體>24)

---

23) 尹浩鎭, 「建除詩의 表現形式과 內容」, 『慶尙大論文集』 36집, 1997, 2쪽.

건제체란 홀수 구의 첫 글자가 이미 정해져 있고, 또한 짝수 구의 마지막 글자는 운자를 지켜야 하기 때문에 창작하기가 매우 까다롭다고 알려져 있다. 그러다 보니 두 구마다 내용의 연결이 부자연스러운 작품이 되기 십상이다.

그러나 법종의 작품은 그런 부자연스러운 모습이 보이지 않는다. 첫 구부터 마지막 24구까지 법종의 불가의 생활과 선 수행의 과정이 마치 물 흐르듯 자연스럽게 연결되어 있음을 느낄 수 있다. 불가에 몸을 담은 일에서부터 시작하여 불도를 깨우치기 위해 선지식을 만나고 운수행각을 했던 일, 불도를 찾지 못했다는 느낌에 초조해하던 일 등등 결국 이 모든 것은 자신의 마음에 있음을 알고 조용히 염불만 되뇐다고 말하는 법종의 모습은 전형적인 선사의 모습에 다름 아니다. 이러한 생활 그 자체가 까다롭다고 여겨지는 건제체라는 詩體에 아주 자연스럽게 녹아 있는 것을 보면, '破格'이 불가에 끼치는 영향이 얼마나 대단한지 짐작할 수 있을 것이다.

3.4. 一二言體와 數詩體로 지은 시

一二言體란 특별한 명칭 없이 그저 '一言至十言' 등으로 불리기도 했던 형식을 말한다. 보통 처음 1언부터 차례로 글자의 수를 늘려가는 형식을 취하는데, 그 모양이 마치 글자로 층이 이루어진 듯하여 '層詩'라 부르거나, 절집의 탑과 같은 모양이라 하여 '寶塔詩'라고 부르기도 한다. 이러한 層詩의 전통은 漢詩에서만 아니고 우리 國文詩歌나 英詩에서도 이따금씩 시도되어온 것으로, 시각적인 회화성을 노려 제2의 효과를 기대하려 한 시도에서 나온 것이다. 특히 한시의 경우 예전부터 四言·五言·六言·七言 등의 여러 가지 字數에 의한 詩型이 별도로 존재해왔[25]다고 한다.

---

24) 法宗, 앞의 책, 501쪽.

다음은 법종의 <一二言體寄安谷>26)으로 '一言至十言'27)이라는 부기가 붙어 있는 작품이다.

依

俙

道體

禪衣

要相見

恨長違

一別久別

言歸未歸

十年雲水隔

千里夢魂飛

關外遠離鶴態

山中獨閉松扉

禪心却向人情薄

道念飜爲世事微

風敲九月黃花方發

霜落千林紅葉已稀

愁裏鴈聲嘐唳江天暮

吟邊月色依微夜枕輝

鷗風遠地相問候非攸望

花雨諸天同賞春是所希

---

25) 鄭珉, 앞의 논문, 140쪽.

26) 法宗, 앞의 책, 501쪽.

27) 보통 이런 식의 방식으로 자수가 늘어가는 시의 형식이 있는데, '三五七雜言體', '五七雜言體' 등이 그것이다. 그러나 이런 형식과는 달리 자수가 1자부터 7자 이상 연속으로 늘어나는 경우를 일러 寶塔詩라 한다.(寶塔詩從一字句至七字句逐句成韻亦有增至八字句或九字句者蓋源於詞之一七令也每句之字依次遞增如寶塔然故名, 『中文大辭典』 3冊, 620쪽, 참조.) 또한 본 장의 대상이 되는 법종의 작품에도 보탑시 외에 자수를 늘려가는 형식의 시가 있으나, 문집 분류 항목의 「雜體」에서는 제외된 까닭에 본 장의 연구 대상으로 삼지는 않았다.

어렴

풋이

도의 몸

선의 옷

서로 보아주며

오랜 헤어짐을 한하네

한 번 감은 오랜 헤어짐

오신다 말하더니 오시질 않네

십 년 세월을 떠돌다가 보내고

천 리 꿈길에 혼만이 날아간다

고향 밖 멀리서 부모님과 이별하고

산 속에 홀로 남아 솔 살짝 닫아두네

인정으로 약해진 마음 선심으로 물리치고

세상만사 사소한 일은 도념으로 뒤엎었네

바람은 바야흐로 구월 피어난 국화를 두드리고

서리는 온 숲에 내려 붉은 잎이 이미 드물구나

속엣 시름은 맑은 기러기 소리에 강천으로 저물고

달빛 가 읊는 노래는 희미한 밤 의지한 베갯가에 빛나네

먼 곳에서 날아온 매와 바람에 안부 묻고자 바라지 않고

꽃비 내리는 봄 하늘을 감상하니 이것이야말로 바라는 바일세

이 시는 산속 절집에서 생활하면서 함께 뜻을 나누어왔던 안곡처사에게 자신의 심회를 노래하고 있는 작품으로, 법종 자신의 근황을 담담히 풀어가고 있는 내용이다. 禪道에 대해 언제나 서로 살펴주고 이끌어주던 그들이 떨어져 살게 된 지가 꽤나 오랜 듯한데, 이제는 보고 싶은 마음보다는 그저 자연 속에 동화되어 있는 서로의 삶들을 확인하고 있는 내용으로 여겨진다. 그래서 바라는 것은 서로 간의 안부가 아니라 언제나 보이는 그 봄 하늘을 다시 보는 것이라고 하였다.

형식의 묘미에 이끌리도록 시구의 배열을 가운데로 모으니 절집의

탑 모양으로 되었다. 불가에 몸담은 사람으로서 불탑의 모양을 닮은 이러한 詩體는 좀 더 특별한 감흥을 일으킬 수 있는 형식이 될 수 있었을 것이다. 세간의 대중들에게 부처의 모습을 직접 그리게 하여 불심을 일으키게 하는 수행법이 널리 쓰이듯 수행승들에게도 불탑을 닮은 이러한 詩體의 활용은 그 자체가 성스러운 불도의 감흥이었을 것임을 충분히 짐작할 수 있다.

다음으로 數詩體란 건제체를 제작하는 방식과 마찬가지로 매 홀수구 첫 자에 一에서부터 十까지 차례로 배치하는 방식으로 지은 詩體를 말한다. 이와 같은 방식은 우리나라에서도 예전부터 민요 등에서 자주 불리던 것으로 숫자놀음 혹은 셈노래라고도 하여 흔히 時事를 풍자하기도 하였다[28]고 한다.

다음은 법종의 <數詩體>이다.

一入緇門後	하나에 절집에 들어선 후
便爲出家兒	출가 아이가 되어 편하네
二十學禪佛	이십에 선과 부처를 배우고자
歷叅諸講師	여러 강사들과 함께 하였고
三十作宗匠	삼십에 종장이 되어
龍蛇混拂搥	용사를 섞어 떨쳐내 버렸네
四十胸作痞	사십엔 가슴이 결리더니
又增嘔吐嘻	또한 이상한 소리만 더욱 토해내고
五十有九歲	오십 구세가 되어서는
老疢並相隨	늙은 몸에 오랜 병이 함께 따르네
六根忽衰變	육근[29]은 홀연 쇠약해지고
筋力減四肢	근력은 사지에서 사라지네
七識上合湛	칠식은 위로 맑게 합해지고

---

28) 鄭珉, 앞의 논문, 130쪽.

29) 六根이란 六識을 낳는 여섯 가지 根을 말하는데, 곧 眼, 耳, 鼻, 舌, 身, 意의 총칭을 이름이다.

聰明漠然遺   총명은 조용히 후세에 전해지네
八萬定慧門   팔만 정혜문에서
恨未一一闢   일규가 처음이 아님을 한스러워하네
九原路不遠   아홉 근원 이르는 길 멀지 않으니
閻羅鬼來推   염라 귀신이 내려오누나
十聲念佛願   십성30)의 염불원으로
以待命殘時   명이 다함을 기다리네

<數詩體>

　이 시는 연속되는 숫자를 이용한 數詩體의 작품으로, 그 형식이 그대로 제목이 되었다. 수시의 형식을 보다 쉽게 알 수 있도록 구의 배열을 조정하여 배치해 놓은 모양이다. 각 구의 첫 글자는 一에서 十까지의 숫자 한자로 되어 있음을 볼 수 있다.

　一에서 五로 시작되는 구까지는 법종 자신의 일생을 함축적으로 풀어놓은 구절들이다. 출가에서부터 시작하여 선을 배우는 과정, 선을 깨우친 뒤의 자신의 모습, 그리고 병들어 늙은 몸에 이르기까지를 각각 10글자로 함축하여 보여주고 있는 것이다. 나아가 六에서부터 十으로 시작하는 마지막 구에서는 노년의 생활이 어떠한지, 자신의 과거에는 후회함이 없는지 등을 술회하면서 죽음을 기다리는 심정을 노래한다. 또한 건제체에 담았던 자신의 생활보다 수시체로 담은 생활의 모습이 훨씬 더 구체적인 까닭은 숫자가 가리키는 직접성 때문일 것이다.

---

30) 十聲은 念佛을 말하는 것으로, 念과 聲은 같은 뜻이다.

4. 맺음말

어떤 이가 잡체시에 능하다고 함은 곧 그 사람이 한시에 뛰어난 재능을 가지고 있었음을 미루어 알게 해주는 근거가 된다. 또한 잡체시의 제작은 이러한 능력과 아울러 실험정신과 도전 정신이 특출해야만 얻어질 수 있으며, 고전과 전고에 박학해야 함도 필수적인 요건일 것이다. 그런 의미에서 본다면 법종은 詩僧이라 일컬어지는 이들 중에서도 매우 특별한 능력을 지닌 시승이었다고 하겠다.

또한 잡체시의 여러 형식 중에서 연아체나 건제체 시는 선시와 가장 닮아 있거나 혹은 선시를 표현하는 가장 훌륭한 형식일 수도 있을 것이다. 특히 言語道斷이라고 불려도 좋을 만큼 상식의 범위에서는 그 내용이 이해가 되지 않는 연아체 시의 경우, 그것이 곧 禪詩의 한 가지 특성이고 보면 선시와 가장 잘 어울리는 형식이 또한 잡체시가 된다는 말과도 다름없는 것이다. 이미 형식이 형식이 아니고 내용이 내용이 아님은 선시만의 고유한 영역이라고 할 수 있기 때문이다.

이런 면에서 법종이 남긴 잡체 14편은 우리 불가 한시의 맥락을 이해하고 그 지평을 넓히는 데 있어서도 일정한 기여를 하리라고 여겨진다. 게다가 법종이 활동하던 그 시기에 불가에서 남긴 잡체시는 그 종류와 양의 면에서 정점을 이루고 있었을 때라는 사실 역시 불가 시문학사에서 한 번쯤은 되새겨 볼 만한 가치가 있으리라 여겨진다.

이 글에서는 법종이 남긴 14편의 잡체시 중에 <黃山谷體送惠遠之故鄕>, <東坡體>, <側入體句皆用側入>, <屈曲體>, <拗體>는 다루지 않았다. 이들 남겨진 시 형식들은 모두 시어의 제약을 받는 작품들로서 더욱 세밀한 논의를 위하여 다음으로 남겨둔다.

제 **2** 장

茶禪一如 · 儒佛融合, 草衣의 茶詩

1. 머리말

　　예로부터 선인들은 차를 즐겨 마셨다. 특히 절집에서는 부처님께 차 공양하는 것을 무엇보다 중히 여겼고 또한 수행에 도움이 된다 하여 승려들이 즐겨 마시곤 했다. 차에 관한 기록으로 『三國遺事』를 먼저 꼽을 수 있다. 여기에 보면 향가인 <安民歌>와 <讚耆婆郎歌>를 지은 忠談師는 '경덕왕이 왕위에 오른 지 24년 되는 3월 3일, 여느 해처럼 경주 남산의 미륵세존에게 차[茶] 공양을 하고 돌아오는 것을 왕이 歸正門樓에서 굽어보시고 그를 불러, 왕을 위하여 <안민가>를 지어달라고 하자, 왕에게 이상한 향기가 풍기는 차를 끓여 올리고 즉석에서 지어 바쳤다.'[31]는 기록이 보인다.

　　한편, 고려시대나 조선시대에 차 제품을 파는 상인과 차를 달여서

---

31)　……更有一僧 被衲衣 負櫻筒[一作荷簣] 從南而來 王喜見之 邀致樓上 視其筒中 盛茶具已 曰 汝爲誰耶 僧曰 忠談 曰 何所歸來 僧曰 僧每重三重九之日 烹茶饗南山三花嶺彌勒世尊 今茲旣獻而還矣 王曰 寡人亦一甌茶有分乎 僧乃煎茶獻之 茶之氣味異常 甌中異香郁烈 王曰 朕嘗聞師讚耆婆郞詞腦歌 其意甚高 是其果乎 對曰 然. 王曰 然則爲朕作理安民歌 僧應時奉勅歌呈之 王佳之 封王師焉 僧再拜固辭不受 …… (一然, <紀異>, 『三國遺事』卷之二).

찻물을 파는 茶店과 茶房이 있었다는 기록도 보인다. 그리고 귀한 사람에게 차를 선물하고 차를 소재로 시를 짓기도 하였는데, 이렇게 차를 소재로 한 시를 茶詩라고 한다.

조선시대의 유명한 茶人으로는 草衣 意恂32)와 茶山 丁若鏞(1762~1836), 그리고 秋史 金正喜(1786~1856)를 꼽을 수 있다. 초의선사는 한국의 茶經으로 불리는 <東茶頌>과 차의 지침서인 <茶神傳>을 저술하여 우리나라에 차를 재배하고 보급하는 데 적지 않은 공헌을 하였다. 초의는 당시 불교를 배척하는 사회적 환경 속에서도 정약용, 김정희, 山泉 金明喜(1788~1857), 紫霞 申緯(1769~1847), 海居 都尉 洪顯周(1793~1865) 등 당대의 유수한 유학자들과 교류하며 화운한 시가 60여 수에 이를 정도로 교유의 범위가 넓었으며, 이들과의 이런 교유를 가능하게 했던 중요한 매개물 중의 하나가 바로 차라고 할 수 있다.

초의의 茶詩는 크게 두 가지 측면으로 접근할 수 있다. 그 하나는 선의 수행과정에서 자신을 다독이며 늘 함께했던 과정에서 지어진 茶詩이고, 나머지는 여러 유사들과의 교유에 있어 일종의 방편이 되는 사물로서의 차를 읊은 茶詩이다. 본 장에서는 이렇듯 두 가지의 성격으로 대별되는 그의 작품을 찾아 분석하고, 그의 茶詩가 갖는 문화사적 의의를 찾아보고자 한다.

---

32) 초의는 1786년(정조 10년) 4월 5일 전남 무안군 삼향면 왕산리에서 출생하였다. 俗姓은 張氏이며, 본관은 興城이다. 意恂은 법명이고 字는 中孚이며, 艸衣는 그의 堂號이고 이외에 草師, 海翁, 海師, 海上野鳖人 등으로도 불린다.
　　초의의 출생과 생애에 대한 기록으로 『興城張氏世系』, 소치 허련의 『小癡實錄』, 이능화의 『朝鮮佛敎通史』 하권, 신헌이 撰한 <草衣大宗師塔碑銘>, 이희풍이 찬한 <草衣大師塔銘> 등이 있다.

2. 禪의 修行과 自我의 省察

먼저 초의가 선의 수행과정에서 자신을 되돌아보며 지은 茶詩부터 살펴보기로 한다.

선이 茶道에 상통한다는 것은 사물을 단순화하고자 하는 데 그 공통의 의미가 있다. 다시 말하자면 불필요한 것을 없이 하는 것을 선에서는 구극실행의 직각적 파악에 의하여 성취하고, 차에서는 喫茶에 의하여 전형화한 것을 생활 속에 옮김으로써 단행하게 된다.

차는 원시적이고 단순한 것을 세련화한 정신 집약적 사물이다. 자연에 가깝게 접한다고 하는 그 이상을 실현하기 위하여 띳집의 좁다란 방이지만 그 아담한 구조와 조화의 기교를 극진히 하여 거기에서 茶道를 펼쳐 나가는 것이다.

한편 선에 있어서는 인류가 자기를 찾기 위해서 일체의 인위적이고 가식적인 것을 탈피해야 한다는 데 그 의미가 크다. 선이 知性과 다르다고 하는 것은 지성이 일상생활의 실용에 이바지할지는 모르지만 자신의 존재를 깊이 파고 들어가는 데에는 방해가 되기 때문이다.

그리고 철학은 삶에 있어 수많은 문제를 제기하여 지적인 해결을 요구하고자 하지만 정신적인 만족은 채워주지 못한다. 철학의 길은 그러한 경향을 갖추고 있는 특수한 사람들에게 열리지만 일반 감상의 주제나 제목이 되지는 않기 때문이다.

차는 노송의 그늘진 자락의 아담한 띠집에서 행위 하는 일체를 상징한다. 이러한 행위, 즉 그렇게 상징화된 이상을 기교적으로 취급한다 하더라도 무관하겠지만, 이러한 형태를 취급하는 원리는 그 형태를 일으킨 독창적인 관념, 즉 '不要物의 제거'라고 하는 것과 전적으로 일치한다고 하는 점에 있다. 茶와 禪이 분리되지 않고 하나라는 '茶禪一如'의 사상은 바로 여기에서 비롯된다.33) '茶禪一味'라는 용어 역시 같은 뜻으로 쓰인다.

본래 '다선일미'란 표현은 趙州禪師에게서 유래한 것이다. 다음 이
야기에 그 유래가 있다.

> 어느 날 두 승려가 조주선사를 방문하였는데 조주가 한 승려에게 "일
> 찍이 이곳에 온 적이 있는가?"라고 하니 "예, 왔었습니다."라고 하자 "그
> 럼 차나 마시고 가게."라고 하였다. 또다시 다른 승려에게 "일찍이 이곳에
> 온 적이 있는가?"라고 묻자 그 승려는 "한 번도 와본 적이 없습니다."라
> 고 하자 조주 선사가 "그렇다면 차나 마시고 가게."라고 하였다고 한다.
> 옆에서 이를 지켜본 원주가 "어찌하여 이곳에 온 적이 있는 사람이나 온
> 적이 없는 사람이나 차나 마시고 가라고 하시는 것입니까?"라고 물었다.
> 그러자 조주 선사가 "자네도 차나 마시고 가게."라고 하였다.34)

이 이야기는 훗날 '喫茶去'라는 화두가 되었고, 趙州茶는 禪家茶
의 대명사가 되었다.

다시 앞에서 선의 의미는 '자기를 찾기 위해 일체의 가식과 인위를
탈피한다'는 데서도 찾을 수 있다고 하였다. 이 점이 바로 茶와 禪이
연결되는 지점이요, 경계이다. 나아가 차를 곁에 두고 차를 노래함은
바로 '자신을 內觀하며 자신으로 돌아가는 몸부림'일 수도 있는 것이
다. 그렇기 때문에 초의에게 있어서도 차와 선은 결코 분리되어 존재
하는 별개의 것이 아니었다. 예컨대 한 잔의 차를 통해서도 내면을
관조하는 자신의 모습과 더불어 法喜禪悅을 맛볼 수 있었던 것이다.

한편 초의에게 있어서 평범한 일상사로서의 차를 달이는 일과 좌선

---

33) 如然, 「禪과 茶의 文化」, 『禪의 세계』(법홍 엮음, 서울: 도서출판 호영, 1992),
   60쪽.

34) 師問二新到 上座曾到此問否 云不曾到 師云 喫茶去 又問那一人 曾到此問否
   云曾到 師云喫茶去 院主問 和尙不曾到 敎伊喫茶去 卽且到 曾到爲什麽敎
   伊喫茶去 師云 院主 院主應諾 師云 喫茶去 (金雲學, 「韓國 禪茶의 硏究」,
   『佛敎學報』 제12집, 동국대학교 불교문화연구소, 1975, 158쪽, 재인용).

과 같은 종교적인 수행을 통한 깨달음은 전혀 별개의 것이 아니었다. 차를 마시는 것, 즉 喫茶에서 맛보는 쓰고[苦], 떫고[澁], 시고[酸], 짜고[鹽], 단[甘] 다섯 가지 맛을 통해 인생의 희로애락을 음미하여 달관하고 또 화로에 불을 피워 물 끓이고 차를 달여 마시는 단순하고도 하찮은 일을 통해 현실 생활의 중요성을 터득하였다. 아울러 차의 眞味를 통해 知恩과 報恩하는 마음을 일으켜 마침내 大慈悲行을 목표로 하여 실천하였다.35)

초의는 이와 같이 바라밀에 이르는 길에서 모든 法이 不二하니 禪과 茶도 不二하고, 또 모든 法이 一如하니 禪과 茶도 一如하다고 했다. 諸法不二와 茶禪一如의 사상이 그대로 드러난다. 이러한 사상은 초의의 모든 면에서 나타난다. 禪과 茶가 그러하고, 茶와 詩가 그러하며, 詩와 禪이 또한 그러했다. 그리하여 초의는 禪의 과정에서 시를 읊고, 그림을 그리고, 차를 마시며, 글씨를 썼으니, 세인들은 詩·書·畵의 三絶36)이라고 일컬었던 것이다.

다음은 <金剛石上與彦禪子和王右丞終南別業之作>이라는 시이다.

聽鳥休晩參	새 소리에 취해 저녁 예불 쉬었고
薄遊古澗陲	옛스런 시냇가에서 천천히 노닐었네
遣興賴佳句	절로 이는 흥취 좋은 구절에 실었으니
賞心會良知	그윽한 깨달음 마음속에 모였구나
泉鳴石亂處	샘물은 어지러이 돌 틈 사이 졸졸거리고
松響風來時	바람 불어 소나무가 울음 울 때에
茶罷臨流靜	흐르는 물 마주보며 고요히 차를 마시니
悠然忘還期	돌아갈 때 잊는 것이 무에 걱정일레라

이 시에는 '금강석상에서 언선자와 더불어 王右丞의 <終南別業>이

---

35) 홍윤식, 『5월의 문화인물—초의』(한국문화예술진흥원, 1997), 28쪽.
36) 千柄植, 『韓國茶詩作家論』(서울: 國學資料院, 1996), 218쪽.

라는 작품에 화운한다'는 제목이 붙어 있다. 왕우승은 詩佛이라고도 불렸던 당나라 시인 王維(701~761)를 말하는 것으로, 그의 시 중 <終南別業>37)이라는 시가 있는데 이를 典據 삼아 노래한 시이다. 종남별장은 왕유가 開元 말년에 종남산에서 은거할 때 머물렀던 거처이다.

<종남별업>에 드러난 왕유의 시적 경지를 초의는 금강석상에 올라 느꼈던 듯하다. 그런데 초의의 시에서는 왕유의 것과는 분명 비슷한 것 같으면서도 또 다른 독특한 분위기가 있다. 바로 새소리를 듣다가 예불시간을 넘겼다는 대목이다. 승려의 신분으로서 보자면 예불은 곧바로 불심과 직결되는 하나의 상징일 수 있다. 그러한 예불을 넘겼다는 것은 초의가 승려의 신분을 망각했다는 말과도 통할 것이다.

그러나 바로 여기에서 초의 禪觀의 진면목이 드러난다. 초의는 승려로서 지켜야 할 계율에 굳이 얽매이지 않았다. 일지암에서 보낸 40여 년 동안에도 선에 전념했다[專禪]는 말을 하지 않고 止觀했다는 말을 썼던 것만 보아도 알 수 있는 일이다. 즉 깨달음으로 더 몰입되어 갈 수 있다면 기존의 질서마저도 깨뜨려 버릴 수 있는 그러한 경지에 있었다고 할 수 있다. 돌 틈 사이의 시냇물, 바람에 흔들리는 소나무 등등 이러한 모든 것들이 초의에게는 깨달음의 한 방편이 되었던 것이다.

게다가 위 시의 結句처럼 이 모든 것이 茶에 이르면 상황은 또 달라진다. 차를 매개로 한 망각, 즉 초월이라는 경지에 다다르는 것이다. 초의는 차를 끓이면서 예불시간도, 샘물도, 소나무도 모두 잊어버리고 있다. 단순한 존재의 망각을 넘어 진정한 참선으로 들어선 것이다. 茶禪一如의 실체를 보는 셈이다.

이제 <石泉煎茶>란 시를 살펴보기로 한다.

---

37) 中歲頗好道 晚家南山陲 興來每獨往 勝事空自知 行到水窮處 坐看雲起時 偶然值林叟 談笑無還期, 王維, <終南別業> (기세춘, 신영복 편역, 『中國歷代詩歌選集』2, 서울: 돌베개, 1994, 258쪽. 재인용).

天光如水水如煙	하늘빛 물과 같고 물은 연기와 같으니
此地來遊已半年	이곳에 와서 노닌 지 반 년 나마 흘렀네
良夜幾同明月臥	밝은 달밤 아래 누웠던 적 몇 번이던가
淸江今對白鷗眠	맑은 강가에서 기러기 바라보며 잠이 드네
嫌猜元不留心內	시기하고 미워하는 마음 원래 내게 없었으니
毀譽何曾到耳邊	폄하고 기리는 소리 어찌 귓전에 이르겠는가
袖裏尙餘驚雷笑	소매 속에는 뇌소차가 아직 남아 있으니
倚雲更試杜陵泉	구름에 기대어 다시 두릉의 샘물을 긷는다네

石泉의 물로 차를 달이는 심회를 읊고 있는 작품이다. 젊은 시절 전국의 산천을 유람하였던 초의는 두륜산으로 돌아와 두어 칸 모옥을 짓고 그곳에서 차밭을 일구며 늘 차를 마시면서 생활하였다. 그에게 차를 '구걸'하였던 수많은 유사들과의 교유시문에서도 이 같은 사실은 확인된다.

이 시는 초의가 한양에 온 지 반 년 남짓 지난 후에 지어졌다. 지인들과의 끊임없는 만남을 다소 정리한 후 비로소 한가로이 자신을 돌아볼 여유가 생기자, 오랜만에 다기를 앞에 두고 차를 끓이면서 차향과 함께 우러난 자신의 정신세계를 관조하려는 의지가 나타나는 작품이기도 하다. 한강을 마주한 杜陵에서 맑은 샘물을 긷고 물을 끓여 자신의 삶을 회고하고 내관하려는 모습이 역력하게 담겨 있음이 보인다.

석천의 샘물을 길어다 차를 끓이며 다도를 즐기면서 티 없이 맑은 정신을 잃지 않는 이 생활이야말로 茶禪一味라 할 수 있을 것이다. 차를 마시는 것은 곧 선의 참 맛을 느끼는 것과 같다고 한다. 불법은 고차원의 것이 아니라 일상생활에서 가고 머물고 앉고 눕고 하는 곳에 있으며, 차를 마시고 밥을 먹는 데에 있다는 것이다. '平常心之道' 인 것이다.

중국 당나라 시대에 유명한 馬祖 道一 선사는 이러한 인간의 평범한 일상생활에서 전개하는 선불교의 정신을 "평범하고 일상적인 우리들의 平常心으로 전개하는 이것이 다름 아닌 바로 진실한 삶[道]인 것이다[平常心是道].”라는 한 마디로 주장하였다.

즉 불교에서는 우리들 인간 누구나 지금 여기에서 평범한 삶을 전개하는 근원적인 자기의 주체를 불성, 혹은 자성청정심 등으로 말한다. 이러한 인간의 근원적이고 성스러운 불성을 마조선사는 '平常心'이란 말로 바꾸어서 표현하고, 그러한 평상심으로 살아가는 우리들 인간의 평범한 일상생활의 그 모두가 다름 아닌 진리의 세계[道]라고 분명히 주장했던 것이다.

속세를 떠나 깊은 산속에서 살면서 차와 함께하는 자신의 생활을 읊은 시를 한 수 더 옮겨본다. 자신의 회포를 노래한 것이라는 부제가 붙어 있는 작품으로 위당 신관호에게 주는 시 중 한 수이다.

爲人性癖愛淸休	사람됨이 맑고 그윽한 것을 좋아하니
不有靑山底處遊	청산에 있지 않고 어찌 속세를 노닐겠나
澹素幽閒先着脚	담박하고 한가로운 곳엔 내 앞서 가보고
繁華榮慕懶回頭	번화한 곳엔 고개조차 돌리지 않네
澗道深深泉響遠	시냇물은 깊고 깊어 샘물 소리 아득하고
松風細細茗烟浮	살랑거리는 솔바람에 차 연기도 아롱지네
萬緣消盡明窓內	속세의 모든 인연 사라지자 밝은 빛 들이치니
玉殿珠樓未校尤	옥전과 주루를 어찌 이곳에 견주리

<奉和于石申公見贈> 중의 '自述鄙懷'

신관호의 사람됨이 본래 청징함을 먼저 칭찬하며, 비록 속세에 몸을 담고 있더라도 번화와 영욕에 눈을 돌리지 말고 항상 경계해야 될 것임을 은근히 충고하는 듯한 느낌을 주는 작품이다. 또한 이러한 충고를 푸른 산의 우직함과 한 올의 차 연기가 주는 한가로움으로 돌려 잔잔히 표현해내는 초의의 시적 경지를 보여준다.

여기서 초의가 말하는 청산이라는 공간에서는 속세의 번화하고 영

화로운 기운은 찾아볼 수 없으며, 단지 간간이 흐르는 샘물 소리, 솔바람 소리만 들려올 뿐이다. 이렇게 세속과는 동떨어진 곳에서 한 잔의 차를 끓여내어 이내 禪定에 들 수 있으니, 초의에게는 옥전과 주루보다 한 잔의 차가 더 소중할 수밖에 없다는 의미가 숨어 있다.

이 작품에 드러나 있는 청산과 샘물 소리, 솔바람 소리, 차 연기는 전혀 특별함을 주지 않는다. 누구나 눈을 들어 바라보면 얼마든지 볼 수 있고 들을 수 있는 자연 그대로의 모습이라고 할 수 있다. 매우 평범한 소재이나 결코 평범하게만 느껴지지 않는 이러한 자연물의 모습은 그대로 초의를 닮았다고 할 수 있다.

즉 자연은 이제 자신의 분신처럼 조금도 거리낌이 없는 존재로 다가왔고, 세속의 일들도 무심하게 대할 만한 여유가 피어났다는 말이기도 하다. 한 가닥 차 연기와 함께 出世間에서 出出世間으로 나아가려는 초의의 삶과 정신이 잔잔하게 기술된 작품이라고 할 수 있다.

다음은 제자인 小癡 許鍊이 말하는 초의의 차 생활이다.

이 노사께서 내 평생을 그릇되게 하였습니다. 젊은 시절 만약 초의선사를 만나지 않았다면 어떻게 멀리 종유할 생각을 하였겠습니까? 게다가 지금에 이르도록 이처럼 고적하고 담박하게 살 수 있었겠습니까?

을미년(1835년)에 대둔사의 한산전을 방문하였는데, 초의선사는 기뻐하면서 내가 머물 수 있도록 거듭 탁자를 권하였습니다. 쉴 새 없이 왕래한 기미가 있었어도 서로 변한 것이 없는 것은 늙도록 고쳐지지 않았습니다.

우리가 거처하는 곳은 두륜산 꼭대기 바로 아래였습니다. 소나무가 울창하고 대나무가 무성한 곳이었는데, 몇 개의 기둥을 얽어 초가를 만들었고, 늘어진 버들가지는 처마를 스치고, 어린 꽃들은 섬돌을 덮을 만큼 무성한 곳이었습니다.

뜰 복판 위아래에 연못을 팠는데 서로 비치는 모습이 화려했습니다. 밑에는 크고 작은 절구가 있었습니다. 스스로 지은 시에서 노래하기를,

못을 파니 허공에 달은 밝게 가득 차고

장대는 아득히 구름 샘에 잇닿았네.

또 노래하기를,

눈앞을 가리는 꽃가지를 꺾어 없애니
석양 하늘에 좋은 산은 많기도 하구나

라고 하였는데, 이와 같은 시구들이 매우 많았습니다. 그러나 그 청고하고
담아함은 한 줄기 연기 같은 말이 아니었습니다. 눈 내리는 새벽이나 달
뜬 저녁이면 매양 고요히 잠긴 채로 흥취를 자아내곤 하였습니다. 향불
피우고는 차를 반쯤 마시다 유유자적 거닐면서 흥취에 빠지기도 하였습니
다. 곳곳의 작은 난간에 기대어 새소리를 듣다가 상대도 하고, 손님 올까
저어하여 깊숙한 오솔길에 숨기도 하였습니다.
　초가에는 책 묶음이 시렁에 연달아 있었는데, 모두 연화와 패엽이었습
니다. 상자에 가득 찬 옥구슬 같은 두루마리는 법서와 명화 아닌 것이 없
었습니다. 나는 바로 그림을 그리고 글씨를 배우며 시를 읊고 경전을 해
석하였으니 맞춤한 곳을 얻은 것이지요.
　하물며 날마다 나누는 대화는 물외의 고아한 성정이 아니겠습니까. 내
비록 평범하고 탁한 사람이지만 어찌 그 빛에 어울리지 않을 수 있겠으
며, 어찌 세속의 티끌과 함께할 수 있겠습니까? 초로께서 나를 그릇되게
했다는 까닭은 바로 이를 두고 하는 말이었습니다.38)

　소치의 말처럼 물욕 밖에서 청고하고 담아하게 살다간 초의의

---

38) 此老誤我平生矣　早年若不見草衣　何以作遠遊之想　乃至今日而若是若孤淡寂
　　耶　乙未年入大芚寺之寒山殿訪　草衣歡曲仍借榻留寓　往來數載氣味相同至老
　　不改　其住處則乃頭輪絶頂之下也　松深竹茂處縛箇數楹草室　垂柳拂簷幼花滿
　　砌掩　映交錯庭中鑿上下池榮　下設大小槽自詩云　鑿沼明涵空界月　連竿遙取
　　溪雲泉　又曰　碍眼花枝剗却了　好山多在夕陽天　此等句語甚多　而淸高澹雅非
　　烟火口氣也　每雪晨月夕沈吟耐興　香初茶半逍遙適趣　家家小欄聽啼鳥而相對
　　深深曲徑怕客來而潛韜　連架緣裏　盡是蓮花貝葉　滿箱玉軸罔非法書名畵　我
　　乃工畵學筆吟詩解經得其所哉　況日日對話都是物外高情　我雖凡胎濁骨　安得
　　不和其光而同其塵乎　所以草老之誤我云者此也 (許鍊,『小癡實錄』).

차 생활은 한 폭의 신선도와 같다고 할 수 있다. 이처럼 초의는 차를 마시다가 흥얼흥얼 시를 읊조리기도 하고 때로는 깊은 禪定에 들어 세상사를 잃어버리기도 하며, 정적에 잠긴 난간에 기대어 지저귀는 새소리를 듣기도 하며, 깊숙한 오솔길을 따라 송림에 걸린 달을 보기도 하고, 향을 피워 그 향내가 은은히 퍼질 때 차 한 잔 달여 놓고 무심히 앉아 있으니, 선사의 청고하고 담적한 차 생활은 참으로 쉽고 편안하다고밖에 달리 표현할 길이 없다. '내 마음을 보는' 생활 그 자체였던 것이다.

초의에게 있어서 차는 자신과 거의 동격의 사물이었다. 차를 대하는 순간에 '차를 대하는 초의'는 사라지고, '無心히 움직이는 초의'가 나타났던 것이다. 초의는 차를 대할 때마다 언제나 또 다른 자신을 보고 있었다. 항상 본연의 자신을 잊지 않으려는 '內觀'을 행하고 있었음이다.

이러한 내관은 수행 생활 내내 자신을 잊지 않게 하는 원동력이 되었으며, 차는 바로 그 원동력의 밑거름이 되었다. 그러나 그 자신이 이렇게 중요하게 다루었던 차의 역할에도 불구하고 정작 작품 속에서의 '차'의 모습은 결코 신비화되거나 찬송이 되지 않는다는 점도 간과해서는 안 될 초의 茶詩의 한 가지 특징이 될 수 있다.

3. 茶道를 통한 交遊의 完成

계속해서 이제 초의가 교유의 방편으로 삼았던 茶詩에 대해 살펴보고자 한다.

초의 선사는 해마다 봄이 되면 차를 법제하였는데 그 솜씨가 대단하여 차 맛이 가히 일품이었다고 한다. 여기서 金命喜39)가 초의선사로부터 차를 선물 받고 쓴 시를 보도록 한다.

老夫平日不愛茶	늙은이 평소에는 차를 즐겨 않다가
天憎其頑中瘧邪	하늘이 노여워했나 몹쓸 병에 걸렸네
不憂熱殺憂渴殺	열병 아니라 소갈증에 죽나 근심하다가
急向風爐瀹茶芽	급히 풍로를 지펴 찻잎을 달였노라
自燕來者多贗品	연경에서 가져온 차는 가짜가 많으니
香片珠蘭匣以錦	향나무로 곽을 하고 비단으로 묶었네
曾聞佳茗似佳人	들으니 좋은 차는 예쁜 사람과 같다니
此婢才耳醜更甚	우리 여종은 추하기가 한량없구나
草衣忽寄雨前來	초의선사 홀연히 비 오기 전에 보내주니
籜包鷹爪手自開	죽순껍질에 담긴 차를 손수 꺼내보았네
消壅滌煩功莫尙	막힘을 없애고 번뇌 씻어주니 비할 바 없고
如霆如割何雄哉	우레인 듯 쪼개는 듯 어찌 그리 웅장한가
老僧選茶如選佛	노스님 차 고르길 부처님 고르듯 하여
一槍一旗嚴持律	일창일기가 엄숙히 계율을 지켰도다
尤工炒焙得圓通	초배에 더욱 정성 들여 원융을 얻었으니
從香味入波羅密	향내음을 좇아서 바라밀이 되었구나
此秘始抉五百年	이 비방은 오백 년 전부터 시작되었으니
無乃福過古人天	옛사람 슬기로운 복을 지니지 않았다 하리오
明知味勝純乳遠	그 맛이 맑은 우유보다 심원함을 밝히 아니
不恨不生佛滅前	불멸에 앞서 불생한 것을 한탄하지 않으리라

---

39) 1788~1857, 조선 후기의 서예가로 호는 山泉이다. 추사 김정희의 아우로, 학문이 깊고 시문과 글씨에 능하였다. 1810년(순조 10) 진사에 급제하여 홍문관 직제학을 지냈으며, 관직은 강동현령에 그쳤다. 1822년 동지 겸 사은정사인 아버지 노경을 따라 자제군관으로서 청나라에 가 금석학자 유희해 및 진남숙, 오승량, 이장욱 등의 명사들과 교분을 맺었다. 특히 유희해에게 우리나라의 금석학본을 기증하여 『海東金石苑』을 편찬하는 데 많은 도움을 주었다. 그의 글씨는 구양순의 법을 따랐지만, 형인 추사의 글씨도 익혔으며, 특히 그의 小楷는 형의 글씨와 흡사하다. 그리고 감식에도 상당히 뛰어났으나, 형의 명성이 워낙 높아 오히려 빛을 발휘하지 못한 느낌이 있다(한국정신문화연구원, 『민족문화대백과사전』, 272쪽.).

茶如此好寧不愛	차가 이처럼 좋은데 어찌 사랑치 않겠는가
玉川七椀猶嫌隘	옥천의 칠완도 오히려 적다 하겠네
且莫輕向外人道	범속한 인간에게는 경솔히 말하지 말라
復恐山中茶出稅	산중의 영험한 차 새나갈까 걱정된다네[40]

굳이 위의 시를 통해 확인하지 않더라도 초의는 차에 관한 한 이미 달인의 경지로 이름나 있었다. 또한 그의 <茶神傳>에는 차를 따는 방법에서 만드는 법, 보관법, 끓이는 법, 마시는 법, 다구에 관한 것 등이 자세하게 설명되어 있다. 이것으로 보아도 이러한 엄정한 과정에 따라 차를 법제하였으니 그 맛과 향이 어떠할지 능히 짐작할 수 있다. 또한 그 맛과 향으로 인하여 바라밀의 세계에 든다고 하였으니 이것을 두고 '茶禪一味'라고 한다.

이 시를 받고 초의는 <奉和山泉道人謝茶之作>이란 작품으로 화운한다.

古來賢聖俱愛茶	예로부터 성현은 차를 모두 사랑했나니
茶如君子性無邪	차는 군자와 같아 성품에 사악함이 없다네
人間艸茶差嘗盡	사람이 일찍이 차를 맛보게 된 것은
遠入雪嶺採露芽	멀리 설령에 들어 노아를 따면서 일세
法製從他受題品	법제를 좇아 품격을 부여하고
玉壜盛裹十樣錦	옥담에 가득 채워 무늬 비단으로 묶었다네
水深黃河最上元	물은 황하에서 찾은 것이 가장 좋으니
具含八德美更甚	여덟 가지 덕 갖추어 아름답기 그지없네
深汲輕軟一試來	깊은 물 길러다 가볍고 부드러움 다시 맛보니
眞精適和體神開	진정 정갈한 맛 어울리어 體神이 절로 열리네
麤穢除盡精氣入	거칠고 더러운 것 없애니 정기가 스며들어
大道得成何遠哉	대도를 이루는 것이 어찌 먼 일이 되겠는가
持歸靈山獻諸佛	영산으로 가지고 돌아와 부처님께 바치고

---

40) 林鍾旭, 『艸衣選集』(서울: 東文選, 1993), 317~318쪽, 전문 재인용.

煎點更細考梵律	끓이면서 범률을 세세히 헤아려 보니
關加眞體窮妙源	關加의 참모습은 끝없이 묘한 근원에 있고
妙源無着波羅蜜	묘한 근원에 집착하지 않으면 바라밀이네
嗟我生浚三千年	아, 내 삶이 삼천 년이 지나도록 찾아왔는데
潮音渺渺隔先天	조음은 아물아물 선천과 끊겼네
妙源欲問無所得	묘한 근원 묻고자 해도 들을 곳 없으니
長恨不生泥洹前	열반에 앞서 태어나지 못함을 깊이 한탄하네
從來未能洗茶愛	끝내 차에 대한 사랑 버리지 못하고
持歸東土笑自隘	이 땅에 가지고 와 스스로 웃음거리가 되었네
錦纏玉壜解斜封	비단으로 묶인 옥담 마개를 끌러
先向知己修檀稅	먼저 속수로 지인에게 선사하네

<奉和山泉道人謝茶之作>

초의가 山泉 金命喜에게 보낸 시로, 친구인 김명희가 몸겨누워 있다는 소식을 듣고 차 한 첩을 약재인 양 보내주었는데, 병에서 완치된 김명희가 감사의 시를 보내오자, 이에 차운한 시이다. 여기에서 그는 친구가 보내온 감사를 차의 덕성으로 돌리고, 또한 자신이 차를 사랑함은 성품이 사특하지 않아서 어떠한 욕심에도 사로잡히지 않기 때문이라고 하였다. 이 시는 마치 <東茶頌>의 축약편인 듯한 인상까지 준다.

차는 梵語로 關加(Argha)라고 하여, 그 뜻이 始源 혹은 源初의 뜻을 지니고 있다. 불교에서 시원이나 원초는 無着波羅蜜로서 욕심에 사로잡히지 않는 순수한 본래의 마음을 의미한다. 그래서 초의는 순수한 마음을 가리키는 차를 통해 어디에도 집착이 없는 바라밀의 세계, 즉 禪의 세계를 허허로운 마음으로 가고자 했다. 종래 이상의 세계에 있을 것으로 막연히 생각해 왔던 道를 인간의 일상생활 가운데서 실현하고자 했던 것이다.

초의는 그의 시에서 八德을 겸비한 眞水를 구하여 眞茶와 어울려

體와 神을 규명하고, 거칠고 더러운 것을 없애고 나면 大道를 얻는 것도 어렵지 않다고 했다. 그래서 예로부터 성현은 차를 즐겨 마셨고, 또 차는 군자의 성품을 닮아 사악하지 않다는 것이다. 사악하지 않은 차, 바로 이 차가 묘한 근원을 가지고 있어 그 근원에 집착하지 않으면 바라밀의 경지에 이를 수 있다고 믿었다.

바라밀이란 일체 법에 집착하지 않는 것을 말한다. 즉 이 세상 어떠한 것에도 집착하지 않고 걸림이 없음으로 인해 자유자재한 경지에 이르는 것을 말한다. 쉽게 말하자면 조주선사가 도를 묻기 위해 자신을 찾아온 이들에게 모두 '차나 한 잔 마시고 가라'는 말과 동일한 의미이다. 진정으로 차나 한 잔 마실 수 있다면 이 세상에 아무런 문제도 없고 그저 차 맛이 쓰니 다니 하는 말 정도에서 빙그레 웃을 수 있을 뿐일 텐데, 제대로 차를 마시는 사람이 없어 밤낮 도에 대한 집착으로 허송할 뿐이라는 것이다.

다음은 秋史 金正喜가 초의가 법제한 차 맛이 그리워 어서 차를 보내 주라고 재촉하는 글이다.

나는 師를 보고 싶지도 않고 또한 師의 편지도 보고 싶지 않습니다. 다만 차의 인연만은 차마 끊어버리지도 못하고 쉽사리 부수어 버리지도 못하여 다시 차를 재촉할 뿐입니다. 편지도 보낼 필요 없고 오로지 두 해의 쌓인 빚을 한꺼번에 챙겨 보내시되 다시 지체하거나 빗나감이 없도록 하는 것이 좋을 것입니다.

그렇지 않으면 마조의 喝과 덕산의 棒을 받을 것이니, 이 한 喝과 이 한 棒은 아무리 백 천의 겁이라도 피할 길이 없을 것입니다.[41]

추사는 위와 같이 해학이 넘치는 글을 보내어 차를 청하기도 하였

---

[41] 吾則不欲見師 亦不欲見師書 唯於茶緣 不忍斷除 不能破壞 又此促茶進不必書 只以兩年積逋 並輸 無更遲悞可也 不然馬祖喝 德山棒 尙可承當 此一喝 此一棒 雖百千劫 無以避躱耳(金正喜, 『阮堂全集』, 卷之五).

으며, 언젠가 초의가 차를 보내면서 다른 친구 白坡에게도 전해줄 것을 부탁하자 좋은 차에 욕심이 난 추사가 "나누어주신 차를 백파에게 주기가 아깝습니다. 큰 싹과 고아한 향기며 맛이 너무도 뛰어납니다. 한 포만 더 보내줄 수는 없는지요?"라고 쓴 편지도 있다.

추사는 연경을 방문했을 때 그곳에서 맛본 勝雪茶에 매료되어 茶道에 접하게 되었는데 그 차맛을 잊지 못해 '勝雪道人'이라는 호를 쓰기도 하였으며, 제주도의 대정에서 귀양살이를 할 때 '竹爐之室'이라는 휘호를 쓰기도 하였다. 죽로는 차 화로에 씌우는 대씌우개이다. 이렇듯 추사 역시 누구 못지않게 차를 즐겼던 茶人이나 차에 관한 시편은 많이 남기지 않은 듯하다. 한편 이에 대한 초의의 答書가 분명 존재했으리라 짐작은 되지만, 현전하지 않아 살펴볼 수 없음도 안타깝다.

마지막으로 海居齋 洪顯周와 주고받은 茶詩이다. 홍현주는 정조의 사위로 본관은 豐山이며, 자는 世叔, 호는 海居齋 또는 約軒이라 하였다. 당시 우의정이던 淵泉 洪奭周의 아우이기도 하다. 해거는 정조의 둘째 딸 淑善翁主와 혼인하여 永明尉에 봉해졌으며, 문장에 뛰어난 인물로 알려져 있고, 저서로는 『海居齋詩集』이 있다.

초의는 1837년 봄, 해거와의 인연으로 한국의 茶經이라 할 수 있는 <東茶頌>을 저술했다. <東茶頌>은 東國, 즉 우리나라에서 생산되는 차를 偈頌으로 지었다는 뜻이다. 모두 31句頌으로 되어 있는데, 차의 기원과 차나무의 생김새, 차의 효능과 제다법, 우리나라 차의 우월성 등을 말하고 있다. 또한 각 句마다 註를 달아 자세히 설명을 첨가해서 알아보기 쉽도록 해놓았다.

1838년 봄에는 일지암을 출발하여 서울을 거쳐 금강산 구경을 갔는데, 다시 돌아올 때에 한양에 들려서 해거의 시집에 발문을 지어주었다. 해거는 시에 능하고 학문이 깊어 모든 선비들의 추앙을 받고 있었던 사람으로, 초의가 沙門의 몸으로서 그의 시집에 발문을 쓰게 되었음은 당시 정말로 드문 일이었다. 게다가 <東茶頌> 역시 해거의 부탁을 받고 지었다는 점으로 볼 때, 초의와 해거의 친분은 분명 남다른 데가 있었음을 어렵지 않게 짐작할 수 있다.

다음은 1838년(무술년)에 금강산을 유람하고 돌아오는 길에 해거의 별장에 들러 머무르면서 나눈 <遊金剛山詩>라는 제목의 시이다.

山萬疊兮水萬重	산 첩첩 물도 첩첩
重重疊疊鬱穹窿	울창하게 겹치고 쌓여 하늘을 가렸네
崝嶸參錯奇秀傑	가파르게 이어진 봉우리들 그 모두 빼어나
皆含肅穆正齊容	엄숙하고 화목한 모습 바른 위용 갖추었다
琮琤喧吼遞相響	계곡물 옥 구르듯 서로가 갈마들며
時會碧潭靜溶溶	때로는 푸른 연못에 고요히 머무르네
闊脚步步尋源去	확 트인 발걸음 근원 찾아 발을 떼고
境深步窮源不窮	깊은 지경 이르러도 근원은 끝나지 않으리
風凉雲暖日華妍	서늘한 바람 따뜻한 구름 햇살은 곱디곱고
樹葉相舒花欲紅	나뭇잎 서로 펼치니 꽃도 붉게 피자 하네
將恨春歸無覓處	아 이 봄 가면 찾을 곳도 없으려니
誰知轉入此中住	이런 곳에 들어와 머무를 줄 아는 이 누구인가
蘂英收藏堅固林	꽃부리 드리우니 숲은 더욱 짙게 숨어들고
流曦攝入光明戶	햇빛은 흘러서 밝은 빛을 들이치네
我願與爾同住持	내 너와 함께 의지하며 머물기를 원하노니
長年常作主中主	오랜 세월 언제나 주인 중의 주인 되련다
淸洞澗流庾如藤	맑은 골 흐르는 시내 등나무처럼 엉키는데
鐵心石腸寒無慕	철석같은 마음이야 그리워할 것 무에 있으랴
霧露雲霞作衣裳	안개, 이슬, 구름, 노을 내 옷으로 지어 입고
霜花雪葉充糇糧	눈서리 맞은 꽃과 잎은 양식으로 충분하리
水邊林下乾坤靜	시냇가 숲 아래 세상은 고요하고
像外壺中日月長	형상 밖 마음 가운데 세월은 길고 기네
也有家風自展揚	가풍이 있다 함은 스스로 펼쳐 오름인가
鳥歌花舞弄一場	새들 노래 꽃들 춤이 한바탕 희롱일세

共居不知觀自在　　함께 있으면서도 관자재를 모르고
相逢不拜妙吉祥　　서로 만나서도 묘길상을 배알하지 못하네
若人問我向他道　　누가 있어 나에게 다른 길을 묻는다면
只緣識得自金剛　　단지 인연 따라 스스로 금강에서 얻었다고 알
　　　　　　　　　려주리

초의가 이 시를 지은 때의 나이는 그의 사상이 절정에 달하는 53세였다. 이때 처음으로 금강산을 여행하면서 느꼈던 것은 온몸을 휘감는 법열 그 자체였다. 깊은 숲 속에 이르러 길이 끊겼다 할지라도 그것은 자신의 몸을 잠시 멈추게 하는 한 가지 물리적 현상에 지나지 않을 뿐, 마음은 벌써 근원에 가까워지고 있음을 스스로 알고 있었다.

또한 금강산은 초의에게 있어 발 딛는 곳곳이 모두 순수도량이었으며, 그러한 곳이었기에 그곳에 머무는 이를 부러워하고 찾아다니는 노력 자체가 또한 법열이었다. 그렇기 때문에 그는 그곳을 떠나지 않을 수 없음을 알고 있으면서도 그곳의 주인, 나아가 주인 중의 주인이 되고자 하는 심경으로 금강산을 대했던 것이며, 또 다른 앎을 이루게 해준 정토로 대했던 것이다.

이때 이 작품에 해거가 화운한 시가 있다.

林下把臂八年後　　숲 아래서 헤어진 지 팔 년 지나니
我已衰甚舊塵容　　나는 어언 쇠약해져 속세 티끌 모양이네
師從怛怛山中來　　스님께서 기달산 따라 내려오시니
兩眼瑩集千潭溶　　두 눈은 연못의 물결처럼 밝게 빛나네
我亦前生佛弟子　　나 또한 전생은 불제자인데
苔岑輪廻互不窮　　이끼 긴 멧부리 윤회하는 까닭 모르고
夜燈耿耿仍不寐　　저녁 등불 반짝거려 잠 못 이루네
鉢輿出郭初曒紅　　편여 타고 성밖을 나왔을 때는 해돋이였지
鉢錫本自無定所　　스님은 본래 정처 없는 몸인데
奇緣蹔得我墅住　　기이한 인연으로 내 별장에 머물렀도다

(중략)

手製新茶感珍貺	손수 만든 새 차를 고맙게 받았으니
暴富詩廚三夏糧	갑자기 선비의 부엌에 한여름 양식 쌓였네
忽漫相逢卽相別	홀연히 서로 만났다가 또 이별하나니
壞緒自與柳絲長	그 서운함이 버들가지처럼 길구나
惡詩海深灾棗梨	좋은 시 쓰지 못하고 세간 일 어긋나니
只恐汚穢淸淨場	다만 청정한 집안을 더럽힐까 두려우네
濫想申乞一語弁	생각컨대 스님의 한 말씀 빌리자면
頂禮非比祝吉祥	지극한 예의 어찌 길상에 축원한 데 비길까
觀山不足爲師重	산 구경하는 것만으로는 스님 위함 부족하니
師心堅固一金剛	스님의 굳은 마음이 곧 금강이어라

　　교유가 본격화되고 초의의 인격과 학덕에 반한 해거가 초의의 방문을 더없이 기뻐하며 지은 시이다. 불가의 생활이나 사상을 전혀 모르고 있다가 초의로 인하여 감화를 받고 그 고마움을 읊고 있는 것이다. 새 차의 선물은 해거에게 있어서 전혀 새로운 사상이나 다름없었던 불학 자체의 선물로 인식되고 있다.

　　교유 초기에 해거와 초의가 나눈 시들을 보면 사상에 관한 언급은 거의 없었다. 그러나 교유가 좀 더 본격화되면서 앞의 시처럼 사상을 나누고자 언급한 시들이 나오고 있다. 여기서 초의를 위한 마음이 곧 자신의 수양이며, 그러한 수양으로 초의처럼 되고자 하는 해거의 마음이 드러나 있음을 알 수 있다. 이 시에서도 역시 차가 주요 소재가 된다. 사상의 교유에 있어 차가 아주 훌륭한 매개물이었다는 사실을 다시 한번 확인시켜 주고 있음이다.

　　이외에도 초의는 다수의 유사들과 차에 관한 편지나 시를 주고받았으며, 또한 차를 선사하기를 즐겼는데, <借分一株又疊>, <奉答酉山茶詩>, <奉答耘逋茶詩> 등의 시들이 이러한 이유에서 지어진 작품들이다.

그의 교유는 이렇듯 차에서 시작했다고 보아도 무방할 것이며, 차는 그의 교유를 이어주는 아주 훌륭한 매개물로, 나아가 초의와 그 교유 인사들에게 있어서는 단순한 자연물의 의미를 뛰어넘는 존재로 인식되었다고 할 수 있다.

4. 맺음말

초의의 작품 347수 중 차와 직접 관련된 茶詩는 약 15수 정도에 지나지 않는다. 그럼에도 불구하고 우리는 茶詩에 대해 언급할 때 초의선사를 빼놓지 않는다. <동다송>이나 <다신전>을 굳이 언급하지 않더라도 차를 통해 이룩한 정신세계의 고매함, 수많은 인사들과의 교유 등 당대의 정신문화를 이끌어왔다고 평가되기 때문이다. 이러한 평가는 당대 인사들의 각종 序跋文 및 서신 등을 통해 충분히 확인할 수 있다.

그러나 자신이 그렇게 중요하게 다루었던, 그리고 누구나 숭앙해 마지않았던 차의 역할에도 불구하고 정작 작품 속에서의 '차'의 모습은 결코 신비화되거나 찬송되지 않았다는 점은 결코 간과해서는 안 될 초의 茶詩의 한 가지 특징이 될 수 있다.

또한 그의 교유는 차에서 시작되었다고 보아도 무방하다. 차는 그의 교유를 이어주는 아주 훌륭한 매개물로, 나아가 초의와 그 교유 인사들에게 있어서는 단순한 자연물의 의미를 뛰어넘는 존재로 인식되었다고 할 수 있다.

위당 신관호는 『艸衣詩藁』<跋文>에 '초의와 같은 사람은 깊은 깨달음이 있어 『周易』에서 말하는 소위 돌아가는 곳은 같으나 가는 길이 다른 이'42)라고 표현하며 그를 기린 바 있다. 이 말은 『周易』

의 「繫辭」 하편 3장에 나오는 말로, 근본이 되는 이치는 동일하지만 유가의 선비와 불가의 승려로서 그곳에 이르는 방법이 다른 것을 비유한 말이다.

다시 말해 초의의 교유는 그에게 있어서는 당시 불교계의 회통 운동에 앞장서게 하는 도구가 되었으며, 유가의 인사들에게 있어서는 고도의 정신문화를 직접 수용할 수 있게 하는 매개가 되었다는 의미이다.

이러한 구체적인 모습은 초의의 茶詩뿐만 아니라 그가 평소에 나누었던 交遊詩를 더불어 논하여야 온전히 제 모습을 찾을 수 있을 것이라고 여겨지며, 그 부분에 대해서는 다음의 연구 과제로 남긴다.

---

42) 爲如草衣者 深有悟於易 所謂 同歸而殊塗者歟 (申觀浩, <跋文>, 『艸衣詩藁』).

제 **3** 장
自然과의 交感, 梵海의 禪詩

1. 머리말

'禪詩'의 전성기라고 일러도 좋을 고려시대에는 승려들의 적극적인 作詩 활동뿐만 아니라 당대의 유명 학자들까지 불교문학의 영역에 뛰어들어 주옥과 같은 작품을 남겼다고 평가받는다. 그러나 조선시대로 접어들면서 사회적·문화적·정책적 배경의 영향으로 인하여 그간의 작시 풍토는 급격히 쇠퇴하게 되며, 이러한 기운은 선시의 주체였다고 할 수 있는 승려들에게서도 예외가 되지 못하였다. 이러한 이유로 조선시대, 특히 전기는 '불교한시(내지 선시)의 암흑기'였다고도 할 수 있겠다.

하지만 임·병 양란을 겪은 후 북학파 문인들을 중심으로 새로운 사상이 펼쳐지고, 더불어 서민 의식이 대두하게 되면서 생겨난 사회·문화적 변화는 산중에까지 그 영향을 광범위하게 미치게 된다. 이 시기에 불교계는 불법의 포교를 위한 불교가사 작품들을 제작하여 보급하기 시작하였고, 그때까지 산중에서만 지어지던 당대 선사들의 한시 작품들이 세상에 드러나기 시작한다. 이러한 경향은 서산대사의 문하에서 특히 두드러지게 나타나며, 18세기 중엽부터는 고려시대 못지않은 '禪詩風'이 일어나게 되었다.

이 시기 선시풍의 주역은 바로 해남 대흥사의 초의선사로, 당대 학계를 주도하던 자하 신위, 완당 김정희, 해거도위 홍현주 등과 교유를 맺으며 佛家文學의 진수를 보여주었다. 이렇게 초의선사의 영향으로 말미암아 이들은 자신들의 작품세계에서 '禪的 思惟'를 성찰하게 되고, 이로부터 조선 후기 문인들의 작품에서 '선적 취향'이 유행처럼 퍼지게 된 것이다. 바로 이 무렵, 초의선사로부터 구족계를 받고 불법을 전수 받았던 梵海 覺岸禪師가 본격적으로 활동을 시작하게 된다.

그러나 범해선사가 살다간 19세기는 사회적·문화적·사상적으로 혼돈의 시대였다고 할 수 있다. 주자학의 고질적인 병폐가 만연되어 가는 가운데 실학이 융성하게 되었으며, 민중들 사이에는 천주교가 급속히 전파되어 가는 실정이었다. 이러한 혼돈의 양상을 보이던 당시의 시대적·문화적 상황에서, 범해선사가 충실한 수행승이면서도 불조의 연원을 찾는 일에 전념하게 된 동기나 배경이 무엇이었는지가 여전히 의문으로 남아 있다. 이러한 의문의 해결은 당대 불교문화사를 재구하는 데에도 일정한 역할을 할 수 있으리라 기대된다.

본 장에서는 범해선사가 불조의 연원을 찾는 일에 전념하던 그의 삶이 시문학에는 어떻게 투영이 되어 있는지, 그리하여 그의 시가 갖는 특질은 무엇인지 밝혀 당대에 그가 차지했던 문학적 위상을 정립하는 데 있다.

이를 위하여 범해선사가 남긴 『梵海禪師遺稿』와 『東師列傳』, 『梵海詩稿』, 『警訓記』, 『東詩選』, 『遺敎經記』, 『眞寶記』, 『史略記』 등의 저술 중에서, 본 연구에서는 『梵海禪師遺稿』를 주요한 연구 대상으로 삼고, 필요한 경우 기타의 문집을 참고 자료로 활용할 것이다.

2. 범해의 저술활동과 그 특징

범해선사의 자는 幻如, 법명은 覺岸이며 梵海는 그의 법호이다. 1820년(순조 20) 전남 완도에서 출생하여 1833년 두륜산 대둔사로 가서 출가하였고, 1835년 縞衣를 은사로 삼아, 荷衣에게서 사미계를 받았으며, 草衣로부터 구족계를 받았다. 1846년에 호의의 법통을 이어 진불암에서 개당하여 『화엄경』과 『범망경』을 강설하고 禪理를 가르쳤다. 22년 동안을 강당에서 학인들을 가르치다가 다시 조계산·지리산·가야산·영축산 등지에 있는 사찰을 순방하였고, 1873년에는 제주도를, 1875년에는 한양과 송악을 거쳐 묘향산과 금강산을 순례하였다. 그 뒤 다시 대둔사로 돌아와 후학들을 지도하다가 1896년(건양 1) 법랍 64세로 입적하였다.

범해선사의 시문집인 『梵海禪師遺稿』는 여러 가지 특이한 점이 보인다. 우선 이 책은 문집 2권, 시집 2권, 補遺 1권이 전하고 있으며, 新鉛活字本으로 되어 있다. 여기서 특히 『梵海遺集補遺』라 하여 본집 보완의 의미인 보유편이 한 권의 분량도 더 된다는 점이 주목된다. 본집의 권 1에는 102편의 시가 수록되었고, 권 2에 68편이 수록되어 있으면서도 『補遺』편에 114편의 시가 더 수록되어 있는 것이다.43)

자세히 살펴보면, 먼저 문집 권 1에는 <雌雄鐘記>를 비롯하여 記·跋·說·辨·論·銘·贊·祝 등 다양한 형식의 글이 31편이나 수록되어 있고, 권 2에는 <聞香閣上樑文>을 비롯하여 <禪門謾語>의 서문, <大芚寺無量會募緣疏>, <寄一虛居士書> 등의 상량문과 서문·모연소·書·祭文을 비롯하여 범해선사의 행장 등 42편의 글이 수록되어 있다.

권 1의 <자웅종기>는 化主하는 승려가 시주를 받아 큰 종을 만들었으나 종소리가 맑지 않아 罪報를 받았다는 내용으로서, 조선 후기

---

43) 이종찬, 『한국불가시문학사』(서울: 불광출판부, 1993), 759쪽.

불교사상의 일반적인 경향을 알게 한다. <逐蝸峓說> 및 <順天朱黔突大同色說>에도 神力으로 惠哲國師가 모기떼를 쫓아버린 이야기, 그리고 죽은 자의 영혼이 나타난 일 등이 있어 범해선사의 불교관을 더불어 살필 수 있다.

권 2의 <受菩薩戒契案序>에는 석가로부터 보리달마까지 28世, 달마로부터 혜능까지 중국의 6世, 혜능으로부터 석옥까지가 중국의 방계로서 23世, 석옥에서 범해까지 한국의 16世를 모두 합해 73世라는 선종의 정통 계보를 밝히면서 범해 자신을 선사의 계보에 올리고 있다. 또 <대둔사무량회모연소> 및 <無量會重修募緣疏> 등에 서방왕생을 서원하고 있고, 염불과 참선을 둘이 아니라고 보고 관음을 참선에 대응시키는 점은 범해의 불교사상이 천태사상 계통과도 관련을 가지고 있음을 알게 한다.

그리고 시집 권 1에는 <次石屋和尙山居詩> 12수 외에 승려와 신도들에게 보낸 시가 49수 수록되어 있고, 권 2에는 <木樨子千念佛> 등 시 35수와, <人物歌>, <山水歌>, <茶歌> 등의 長時歌가 수록되어 있다. 또한 부록인 『補遺』편에도 시 114수가 실려 있는데, 오언절구로서 <立琓虎祖師碑>, <閱仙巖寺大覺國師集> 등의 작품과 <草衣茶>를 비롯한 19수의 오언율시, <過首露王陵>을 비롯한 58수의 칠언절구 작품 등이 수록되어 있다.

이러한 저술활동에 대해 범해는 『東師列傳』의 <자서전>에서 스스로 아래와 같이 평한 바가 있다.

> 성격이 본디 유화적이고 행동이 태평하여 위급한 유사시에 하나도 불만한 점이 없다. 그러나 마음은 하늘을 거스르지 않아 고개를 들어 남에게 부끄러운 점이 없다. 부지런히 배우고 널리 물어 지식은 넓고 문장은 쉽다. 사람은 보지 않아도 들어 알고 벗은 기약하지 않아도 스스로 온다.
> 사람들은 문답을 주고받으면 반드시 입속으로 흥볼 것이고 사람들과

시를 창화하면 응당 대부분 마음속으로 못마땅해 할 것이다. 옛 사람이 시는 정의 꽃이고 글씨는 마음의 마디라고 하였다. 정이 안에서 움직였는데 손뼉치고 발을 구르는 것은 바깥에 꽃핀 것이니, 이는 이백과 두보의 문장인 것이다. 마음이 속에서 피어나 가로로 세로로 쓰인 것은 겉에 마디진 것이니, 이는 왕희지와 조맹부의 글씨인 것이다. 어찌 감히 선현에 비길 수 있겠는가. 때때로 읊은 것은 속태가 과다하고 기록한 것은 속어가 난잡하다. 알면서도 고치지 않은 것은 또한 남들이 허물하는 것을 두려워하지 않겠다는 뜻을 내포한 것이다.44)

라고 하였다. 이 글은 입적하기 2년에 쓴 글로서, 이로 보아 2권으로 된 원집은 범해 자신이 직접 편집했던 것으로 보이고, 보유편은 자신이 필삭했던 것을 제자들이 시집과 함께 새롭게 엮은 것이 아닐까 하는 추측이다.

3. 原集의 시와 禪의 표현

원집에 실린 시들의 특징은 宋泰會의 서문에 잘 드러나 있다.

그러나 뒷날 이 글을 읽는 이가 선을 찾고 계율을 지키는 마음 법을 상고하지 않고, 다만 구름 안개 달 꽃이나 읊는 말기만 살핀다면 이 어찌 범해선사가 문도들에게 바란 것이겠는가.45)

---

44) 性本柔和 行履安詳 緩急有事 一無可觀 然心不逆天 仰不愧人 勤學博訪 知廣文易 人不見而聞知 朋不期而自至 所與人問答者 必有口呸 所有人唱和者 應多心非 古人曰 詩者 情華 筆者 心節 情動於內 而抃之蹈之 華於外也 此李杜之文章也 心發於衷 而縱者橫者 節於表也 王趙之筆法也 何敢擬於先賢也 有時所吟者 俗態夥多 所記者 俚語雜遝 知而不改者 亦含於不畏人之效尤也 (梵海, 『東師列傳』, 『韓佛全』 제10책, 1049쪽.).

45) 然後之讀此者 若不攷其求禪持戒之心法 只觀其諷詠於烟雲花月之末而已 則此豈梵師之所望於其門徒也哉 (<梵海詩稿叙>, 『梵海禪師詩集』, 『韓佛全』 제

　　범해의 시를 살피기에 우선 그 표면에 보이는 시구에 얽매인다면
응당 본연의 뜻을 알지 못하리라는 설명이다. 그러하기에 비록 원집
에 실린 시가 일면 자연시의 모습을 보이고 있다고 하더라도 그 내면
에는 분명 감추어진 禪의 宗指가 있을 것이니 그것을 면밀히 음미한
다음에야 비로소 범해의 시를 알 수 있다는 것이다.

　　다음은 이러한 선의 종지가 잘 나타난 <一爐香室>이라는 작품이
다. '일로향실'은 초의선사가 거처하며 수행하던 일지암의 茶室 이름
인데, 추사가 그 현판의 글씨를 써준 곳이다.

<table>
<tr><td>由來看字坐床頭</td><td>침상 끝에 앉아 글자 참선 하는 중에</td></tr>
<tr><td>忘却窓前歲月流</td><td>창밖의 세월 흐르는 것도 잊는구나</td></tr>
<tr><td>衣食淸閑人事懶</td><td>먹고 입는 것은 청한해도 인사는 게을러</td></tr>
<tr><td>貧嗔淨盡自居幽</td><td>가난해져도 깨끗해서 스스로 그윽히 머무네</td></tr>
<tr><td>齋罷樓中同客飯</td><td>재에 쉬며 누 가운데 손과 함께 식사하니</td></tr>
<tr><td>風輕樹下與禽休</td><td>나무 아래 바람은 살랑 짐승도 쉬고 있네</td></tr>
<tr><td>重來香室思量見</td><td>향실로 돌아와 깊이 생각하여 보니</td></tr>
<tr><td>雲出無心任去留</td><td>떠다니는 구름에 무심함만 실어 나르네</td></tr>
</table>

<一爐香室>46)

　　그저 고요함, 그리고 무심함만이 흐르는 작품이다. 선사의 평소 생
활이며 그 자체가 곧 선의 경지인 것이다. 스스로 게으르다고 표현한
것은 생활하는 그 자체가 바로 선임을 알려주고자 하는 범해의 생각
이다. 부산하게 이리 저리 다녀보고, 이것저것 둘러보아도 선이라는
것은 도대체 쉽게 알아지는 것이 아니며, 만물이 놓여 있는 그 자리
에서 주어진 운명대로, 그저 삶이 흘러가는 대로 그 자리에 있는 그
모습을 발견하는 것이 곧 선을 발견하는 일이라고 범해는 이야기한다.

　　10책, 1099쪽.).
46) <一爐香室>, 『梵海禪師詩集』 권1(『韓佛全』 제10책, 1106쪽).

선의 수행에는 일체의 도구가 필요 없다. 결국 그저 무심히 마음 가
는 대로 바라보는 것 그 자체가 수행이라고 말하고 싶은 것이다.

生涯淸閒	평생 생활이 맑고 한가하니
數斗茶芽	두서너 말의 차 싹을 되어
設苦窊爐	거칠고 일그러진 화로를 설치하고
載文武火	약한 불과 세찬 불을 베풀었네
瓦罐列右	질항아리는 오른쪽에 벌리고
瓷盌在左	사기주발은 왼쪽에 두었네
惟茶是務	오직 차에 힘쓰는 것을 즐기니
何物誘我	나를 유혹하는 것이 무엇 있으랴

<茶具銘>47)

이 시는 범해의 평상 생활을 엿볼 수 있는 작품이라고 할 수 있다.
범해는 그 행장에서도 드러나듯이 한평생을 담박하고 소박하게 보냈
다. 그런 생활을 한 잔의 차를 끓이고 즐기는 것으로 비유하여 나타
낸 작품이 바로 이 작품이다. <茶具銘>이라는 제목의 작품인데, 내용
중에 나타나는 '약한 불과 세찬 불을 스스로 베푸는' 모습은 바로 선
수행에 다름 아니다. 차를 끓이는 마음처럼 때로는 약하게 때로는 강
하게 자신을 다그치는 모습을 비유한 작품이라고도 하겠다.

범해에게 있어 '禪'은 곧 '茶'였을까? 이 작품 외에도 범해가 차에
대해 언급한 경우가 꽤 있는 편이다. 범해가 지은 '古風長篇' 형식의
시 중에 <茶歌>라는 작품이 보이며, 초의가 차를 달이는 모습을 보
며 지은 <草衣茶>라는 작품도 있다. 또한 '한 잔을 마시면 뱃속이
편안해지고, 두 잔을 마시면 정신이 상쾌해지며, 서너 잔을 마시면 온
몸에 땀이 흘러 청풍이 뼛속까지 스며드는 것'이 차의 약효라는 등의
이야기를 풀어놓은 <茶藥說>이라는 작품도 있다.

---

47) <茶具銘>, 『梵海禪師文集』 권1(『韓佛全』, 1083쪽).

이 밖에도 범해는 자신의 주변에 흔히 두는 물건에 수행의 마음을
실은 시가 적지 않다. 계속해서 이러한 작품들을 살펴보자.

藏則方丈	숨기는 것은 곧 방장이요
行乃樹下	행하는 것은 나무 아래이다
柱杖一條	주장은 한 가지요
鉢盂四顆	발우는 사과라
靑州布衫	청주의 베적삼과
江東米價	강동의 미가
髮已種種	머리털은 이미 짧아져 버렸으나
高心大坐	높은 마음이 크게 자리 하네

<行藏銘>48)

行藏은 도를 행하는 일과 숨기는 일을 말한다. 이 시는 절에서 스
님들이 살아가는 데 있어 최소한으로 필요한 것들과 그 숨은 의미에
대해서 말하고자 한다. 넘쳐도 수행에는 방해요, 모자라도 방해가 되
니 그 옛날 조사들께서 해 오신 그대로 소박하게 사는 것이 곧 수행
이라는 의미가 숨어 있음을 알 수 있다.

進止嚴整	나아가고 멈춤은 엄하고 정돈되게 해야 하고
償罰分明	벌은 내림에도 분명함이 있어야 하네
獅子作吼	사자는 크게 울음을 지어도
衆獸斂聲	뭇 짐승들은 소리를 바라네
動乃守默	움직여 침묵을 지키게 하고
靜必含情	고요하면 필히 뜻을 머금게 되네
古人談柄	옛사람은 자루에 이야기를 담았으나
今我口銘	지금 나는 입에다 새기네

<竹篦銘>49)

---

48) <行藏銘>, 『梵海禪師文集』 권1(『韓佛全』, 1083쪽).

참선 수행에 있어 반드시 필요한 죽비에 대해 느낀 바를 노래하고
있는 작품이다. 고요한 가운데 나아가고 멈추어야 할 그 자리를 지키
지 못하면 사자후와 같은 소리로 꾸짖어 다시 있던 자리로 오게 하는
죽비와 그 소리에 대해 이야기하고 있다. 마치 스스로를 다그치는 듯
한 모습을 보여주고 있는 작품이라고 할 수 있겠다.

手中百八	손에는 백 팔 개
堂內一千	당내에는 일 천 개
高聲念數	높은 소리는 수 없는 염원
默坐禪詮	묵묵히 앉아서 선을 설명하네
證席呱呱	증거하는 자리에선 지독히 울어대고
講筵綿綿	강연하는 자리에선 면면히 이어지네
長掛身上	몸 위에 길게 걸고
要防邪牽	사악함으로 이끄는 것을 막는데 필요하다네

<念珠銘>[50]

굳이 스님들이 아니라도 불가와 인연을 둔 사람이라면 한 개씩은
가지고 있는 염주에 대해 노래한 작품이다. 그 염주가 수행인들에게
는 어떠한 의미인지, 또 수행과정에서 어떻게 그 역할을 하는지를 말
하고 있는 것이다.

범해는 이렇게 수행에 필요한 도구들에 대해 하나씩 노래함으로써
선이란 무엇인가에 대해 애써 말하는 수고를 덜었다고 할 수 있다.
그저 수행자들의 주위에서 쉽게 보아 넘길 수 있는 도구들에 대해 담
담히 설명함으로써 자연스럽게 선에 대해 알게 해 주었다고 할 수 있
을 것이다. 이와 똑같은 형식으로 제작된 <木鐸銘>, <柱杖銘> 등의
작품들이 더 있으나 이 글에서는 생략한다.

---

49) <竹篦銘>, 『梵海禪師文集』 권1(『韓佛全』, 1083쪽).
50) <念珠銘>, 『梵海禪師文集』 권1(『韓佛全』, 1083쪽).

4. 補遺편의 시와 자연에 대한 영탄

보유편에 실린 작품들은 모두 114편이다. 비록 제자들에 의한 특별한 편집 의도라고 추측되기는 하지만, 범해가 남긴 시문 중에서 특히 자연에 대한 영탄을 노래한 시들만을 간추려 모은 듯한 느낌을 주는 작품집이다.

다음은 枕溪樓에 올라 지은 작품이다.

壓鎭大雄殿	짓누르는 대웅전
光華不古時	빛은 고와 예스럽지 않구나
塔高烟翠壁	탑은 아지랑이 파란 벽으로 높고
樓泛月明池	누대는 달 밝은 못에 떠 있네
山色雲收顯	산빛은 구름 걷혀 드러나고
溪聲雨霽隨	시내 소리는 비 개이자 뒤따르니
諸天長奏樂	모든 하늘에서 길이 알리는 음악
百鳥舞高枝	온갖 새 높은 가지에서 춤을 추네

<枕溪樓>[51]

침계루는 대흥사의 중심을 가로질러 남원과 북원을 구분 짓는 계류인 금당천에 면하여 우뚝 선 2층 누각이다. 북원 일곽의 정문과 같은 기능을 하며 심진교를 건너 누하의 통로를 통해 내정에 들어서게 된다. 보통 주불전 앞 누각이 지면에서 반 층 정도 높인 누마루인 데 비해 침계루는 완전한 중층 누각이 중층 주각으로 하층은 돌담과 판벽으로 막은 광이고 상층 전체가 하나의 홀로 이루어진 강당류의 건물이다. 정면 5칸 측면 3칸으로 30평 규모로, 누다락 위엔 큰 북과 종, 목어가 걸려 있고 양측 벽에 사천왕 탱화가 걸려 있다.

---

51) <枕溪樓>, 『梵海禪師詩集』 補遺(『韓佛全』, 1120쪽).

　이 작품은 이러한 침계루의 누대를 중심으로 한 대둔사의 자연 경
관을 자연스럽게 묘사하고 있다. 어느 구절에도 불가에서 사용하는
용어가 들어 있지 않은 것을 볼 수 있다. 그저 평범한 시인묵객의 눈
에 비친 서경 그 자체이다. 못 위에 서있는 누대에서 바라보는 밝은
달, 구름 걷혀 더욱 짙은 산 빛, 그리고 정적을 깨는 맑은 시냇물 소
리는 그곳이 절집이 아니라도 가능한 서경이며, 그렇기에 더욱 자연
을 닮은 작품이 되는 것이다.
　다음 작품을 보자.

特有海南萬仞山	일만 길 높은 산 해남 땅에 솟아 있고
星羅遠岳爭來環	별처럼 벌린 듯 먼 산 다투어 에워싸네
孤高道透靑空立	높푸른 허공에 수직으로 뚫은 도는
方丈蓬萊伯仲間	방장산 봉래산과 백중 사이네

<頭輪峯>52)

　대둔사가 자리한 頭輪峯을 읊은 시다. 해남 땅에 우뚝 솟은 두륜
봉을 방장산, 봉래산과 더불어 같은 격으로 묘사하고 있다. 주변의
그렇고 그런 산들 사이로 우뚝 솟은 두륜봉과 그 산을 닮은 지은이
의 기상이 눈에 보이는 듯한 느낌이다. 시에서 특별히 사용된 기교
나 수식어구 등은 찾아볼 수가 없다. 오히려 너무 담백한 묘사로 자
연에 대한 시적 감흥이 더욱 드러나는 그런 작품이라고 하겠다. 이
작품이 두륜봉을 대상으로 白湖 林悌(1549～1587)가 지은 시와 비교
해도 그 시적 묘사와 감흥에 있어 전혀 뒤지지 않음을 알 수 있는데,
다음은 백호 임제의 작품이다.

長春洞裏古仙府	장춘동의 옛 선부는

---

52) <頭輪峯>, 『梵海禪師詩集』 補遺(『韓佛全』, 1121쪽).

十二瓊樓人到稀	열 두 경루나 찾는 이 드물고
溪流淸淺白石出	야트막한 계곡물에 백석이 드러나고
竹路高低紅葉飛	고개 숙인 대숲에 홍엽이 나른다
山風凄冷落桂子	산바람은 낙계자를 싸늘케 하고
海雨飄蕭霑草衣	바닷비는 나부껴 초의를 적신다
頭輪峰頂八千嶙	팔천 길 두륜봉 꼭대기에 올라
待得麻姑笙鶴歸	마고와 학을 타고 피리 불 날을 기다린다[53]

이 시는 대둔사에 들렀던 백호 임제가 두륜봉에 올라 지은 작품이다. 長春은 두륜산의 동쪽에 있는 곳으로, 잣나무와 풀이 무성한 가운데 동백나무가 그늘을 이루어 온통 푸른 산 빛 속에서도 붉은 꽃망울이 피어나 낙엽 지는 가을이 없고 사시사철이 항상 봄이라고 일컬어지는 곳이다.

이 작품 역시 유·불가의 차이를 떠나 지은이의 기상을 엿보게 하는 작품이라고 할 수 있다. 품에 담은 사나이로서의 기상과 호방함은 아무 곳에서나 드러나는 것이 아닌 듯, 두륜봉 꼭대기에 올라서야 비로소 '학을 타고 피리 불 날을 기다려보겠다'는 백호의 마음이 엿보인다. 이 두 작품 사이에서는 그 어떤 특이한 입장을 찾아볼 수가 없다. 그저 눈에 보이는 대로 마음 가는 대로 두륜봉이라는 자연물과 그로 인해 일어나는 흥취를 담고 있을 뿐이다.

成道庵開大嶺頭	큰 고갯마루에 열려 있는 성도암
巖屛時勝穴泉流	바위 병풍은 굴 뚫어 흐르는 물보다 낫다
瀛洲萬里呈靑勢	제주도는 만 리 밖에서 푸른 기세 드러내고
淸海一江泛白舟	완도의 한 줄기는 흰 배처럼 떠 있다
古木凌空雲掛佛	하늘 뚫은 고목은 구름에 걸려 나부끼고

---

53) 이 작품은 『大芚寺志』(대둔사지 간행위원회, 강진문헌연구회, 1997)에 제목이 없이 소개되어 있다.

新鉤懸壁客登由   암벽에 걸린 새 갈구리는 나그네의 등반 길
久居不見人間事   오래 사노라 세상사 볼 수 없지만
花發知春落葉秋   피는 꽃에 봄, 지는 잎에 가을임은 알겠구나
<成道庵>[54]

위는 成道庵[55]에 있으면서 지은 작품이다. 성도암이라는 암자의 이름에 걸맞게 범해는 이미 선의 경지를 이루었음을 스스로 표현하고 있다. 꽃이 피면 봄이요, 잎이 지면 가을이라는 아주 평범한 진리를 다시금 깨닫는 것, 그것이 바로 선이라고 생각한 범해였다.

그러나 범해는 그런 선의 모습을 전혀 내보이지 않고 있으며, 오히려 자신이 머무는 성도암 주변에 위치한 자연 경관을 묘사하고 있을 뿐이다. 넘실거리는 바다, 그 가운데 서있는 고목들, 세월이 지나도 전혀 무심한 존재들이며, 그래서 더욱 아름다운 존재라고 말하고 싶은 것이다.

다음은 눈 오는 날, 길을 나서면서 지은 작품이다.

天雨白花頭上積   하늘에서 흰 꽃 내려 머리 위에 쌓이니
非時蝴蝶欲探香   때 아닌 나비가 향기를 탐하려 하네
衣裳變作銀金甲   의상은 금은 갑옷으로 변하여지고
不對軍兵股戰行   전쟁 길 다투는 군사들도 대적을 못하네
<雪中行>[56]

하얀 눈이 내려 허벅지까지 쌓인 어느 날, 길을 나서면서 지은 작품이다. 하늘에서 내리는 하얀 눈을 흰 꽃이라 표현하고, 꽃에 어울리

---

54) <成道庵>, 『梵海禪師詩集』 補遺(『韓佛全』 제10책, 1125쪽).

55) 臨海嶺 바깥 3리쯤에 있으며 石壁이 斗絶하여 쇠줄로 사다리를 놓았다. 항상 선객 5, 6인이 살았으며 소나무 잎을 먹고 지냈다. 『大芚寺志』(대둔사지간행위원회/강진문헌연구회, 1997) 227쪽.

56) <雪中行>, 『梵海禪師詩集』 補遺(『韓佛全』 제10책, 1121쪽).

는 나비를 등장시키는 묘사는 일면 상투적인 표현이라고도 할 수 있
을 것이다. 그러나 범해는 가장 상투적인 표현을 가장 적시에 그리고
적소에 사용함으로써 오히려 신선함을 배가시키는 능력을 보여준다.
불가에 몸을 담은 선사의 시라고는 믿겨지지 않을 정도이다.

다음 시는 꽃에 대해 노래한 작품이다.

牧丹三四本　　　　목단 꽃 서너 뿌리
小滿共爭開　　　　작지만 가득하게 다투어 피어있네
白日向陽鑠　　　　낮에는 양지에서 꽃 거울 이루고
淸宵承露杯　　　　맑은 밤에는 이슬 잔에 오르네
香風來觸鼻　　　　향기로운 바람은 콧내음을 자극하고
嫩態照紅腮　　　　어린 자태는 빨간 볼에 비친다
富貴當如此　　　　부귀가 마땅히 이와 같으니
稱王豈不嵬　　　　왕이라 칭하여 어찌 높다 아니하리

<牧丹花>[57]

당 앞 조그마한 마당 한쪽에 무리지어 가득히 피어 있는 목단 꽃을
보고 느낀 감회를 적은 작품이다. 눈에 보이는 꽃의 형상을 단조로울
정도로 담박하게 묘사하고 있음을 알 수 있다. 게다가 마지막 구인
'富貴當如此 / 稱王豈不嵬'는 宋代 학자인 周敦頤이의 <愛蓮說> 중
'牧丹 花之富貴者也'라는 구절에서 빌려왔다. 이 작품과 함께 '牧丹'
을 소재로 하여 지은 <秋牧丹>, 일명 '唐菊花'라는 작품이 또 있으
며, 기타 꽃에 대해 읊은 시로 <映山紅>, <玉梅花> 등의 작품이 더
있다. 다음은 <秋牧丹>이라는 작품이다.

開花紅紫白　　　　다홍 자주 하얀 색 꽃은 피어서
浥露向陽團　　　　이슬을 머금고 무리지어 볕을 향하네

---

57) <牧丹花>, 『梵海禪師詩集』 補遺(『韓佛全』, 1121쪽).

| 能耐風霜苦 | 풍상의 고통을 능히 견뎌 내었으니 |
| 名稱秋牧丹 | 이를 일러 가을의 목단이라 하는고 |

<秋牧丹－一名唐菊花>58)

범해의 자연시는 이처럼 시어의 구사에서 가장 큰 특징이 나타난다. 여느 자연시들과는 달리 일부러 꾸미는 듯한 수식어구의 사용을 절제한다는 것이다. 그러한 절제는 범해의 평소 생활의 방식과 다름이 없다. 범해에게 있어서 가장 자연스럽고 가장 평범한 것이 선이었던 것처럼, 가장 자연스러운 언어로 가장 쉽게 노래하는 범해의 자연시야말로 자연 그 자체와 가장 닮아 있는 것이다.

그리고 앞 절에서 茶具와 관련한 범해의 시를 간략히 살피면서 그것이 선에 이르는 도구의 역할을 한다고 밝힌 바 있다. 여기서는 '茶' 그 자체를 즐기면서, 또한 은사인 초의선사를 흠모하는 마음까지 담은 작품을 한 수 살펴본다.

穀雨初晴日	곡우 전후 맑은 날
黃芽葉未開	노란 싹 아직 피지 않았을 때
空鐺精妙世	빈 솥에 쓸어 넣고 볶아서
密室好乾來	밀실에 건조하게 놓아 둔다
栢斗方圓印	잣나무 되로 둥글게 담아 봉인하고
竹皮苞裏裁	대나무 껍질로 겉을 싸서 마름질하고
嚴藏防外氣	외기를 막도록 엄중히 저장하면
一椀滿香回	한 잔의 차에는 향기가 가득 돌아오네

<草衣茶>59)

초의에게 선 수행을 지도받으면서 생활하다가 어느 날 초의가 차를

---

58) <秋牧丹－一名唐菊花>, 『梵海禪師詩集』補遺(『韓佛全』, 1119쪽).

59) <草衣茶>, 『梵海禪師詩集』補遺(『韓佛全』, 1120쪽).

만드는 것을 지켜보게 되었다. 초의가 차를 만드는 법은 언제나 변함이 없었다. 곡우를 전후하여 항상 좋은 찻잎만 골라내어 볶고, 담아서 건조하게 만들어 보관하는 그 모습, 그리고 홀로 앉아 차를 음미하는 그 모습이 범해에게는 선의 경지에 이른 바로 그 모습이었을 것이다. 그러나 범해는 선에 관한 이야기는 단 한마디도 하지 않는다. 그저 묵묵히 바라보며 느낀 바를 서술하였을 뿐이다.

5. 맺음말

범해선사는 당대에 이미 불조의 유업을 세운 佛史家로서 그 명성을 떨쳤을 만큼 불교사에 정통한 선사였다. 이러한 범해선사에 대한 기존의 연구는 앞서 말했다시피 거의 전무한 실정이기도 하다. 우선 그의 시문학에 대한 연구가 시급한 것도 사실이지만 이러한 연구들과 나란히 그의 불교 문화적 업적까지도 동일하게 연구되어야 만이 비로소 범해선사에 대한 종합적인 연구가 완성될 수 있을 것이라고 생각한다.

앞서 살핀 바대로 범해선사는 현재 수많은 문학작품을 남겼던 禪詩人으로서보다는 『동사열전』이라는 저술로 말미암아 우리나라 불조의 유업을 집대성하고 다시 일으킨 佛史家로 더욱 잘 알려져 있는 실정이다. 그러나 이렇듯 잘 알려진 그의 저술 행적과는 달리 범해선사가 저술 이전에 느끼고 정서적으로 어루만졌을 정신문화에 대해서는 알려진 바가 거의 없다고 보아도 무방할 것이다. 본 장에서는 그의 이러한 면모를 그가 남긴 자연시에서 찾고자 하였다. 범해선사의 시 가운데 자연시가 차지하는 비중은 실로 막대하다고 할 수 있다. 보유편 한 권 분량의 자연시는 도저히 그가 선사의 신분에서 詩作을 하였다는 느낌을 주지 않을 정도였던 것이다.

　또한 범해선사는 때로 차와 함께하며 선의 경지에 드는 자신의 모습을, 그리고 그의 시에 화운하거나 화답하는 승속들과 차를 함께하며 언제나 맑은 정신으로 불교 법리의 체현에 힘쓰고자 했던 자신의 생활을 시로써 표현하고자 하였다. 즉 범해선사는 자신이 궁극적으로 추구하고자 했던 불도의 경지를 바로 이러한 차에 대한 사랑과 시에서부터 시작하고자 했던 것임을 알 수 있게 해준다. 이러한 시적 특성은 당대의 문학사적인 특질을 규명하는 것을 넘어 문화사적인 의의까지도 충분히 획득할 수 있는 부분이라고 할 수 있을 것이다.

제 **4** 장
阮堂 金正喜의 佛敎 漢詩

1. 머리말

흔히 해동의 유마거사로 일컬어지는 阮堂 金正喜(1786~1856)는
文·史·哲과 詩·書·畵를 고루 겸비한 학자이자 예술가로서, 시문과
고증학, 금석학, 경학, 글씨, 그림, 그리고 불교학에서 최고의 경지를
이루었다. 그러다 70세에 과천 관악산 기슭에 있는 先考墓 옆에 가옥
을 지어 수도에 힘쓰고, 이듬해에 경기도 광주의 奉恩寺에서 구족계
를 받은 다음 귀가하여 세상을 떴다. 불가에 귀의하여 수도 정진에
힘쓰다가 입적 1년 전 구족계를 받았던 사실로 보면 그는 분명 거사
가 아니라 스님이었다고 할 수 있을 것이다.

본 장에서는 완당의 이러한 불교적 면모에 중심을 두고, 그가 남긴
한시 작품 중 특히 불교와 깊은 관련이 있다고 여겨지는 작품[60]을
골라 그가 추구한 예술적 경지의 일면을 살피고자 한다. 이러한 작품
으로는 <燈夕聯句>를 필두로 약 27편[61]을 추출할 수 있다. 이 중

---

60) 이들 작품을 일러 佛敎 漢詩라 이름한다. '禪詩'라는 특수성보다 佛道에 관련
한 예술적 포괄성을 이해하기 위함이다.

불교적 관점이 뚜렷하게 투영된 몇 작품을 대상으로 그의 불교관 및 불교계와의 교유, 나아가 불교학의 예술적 승화에 대하여 고찰하기로 한다.

이를 위하여 먼저 완당이 특히 불가와의 인연 속에서 어떠한 삶을 영위하였는지를 살펴보고, 다시 그러한 삶 속에서 제작된 그의 불교시를 통하여 문학적 경지의 한 일면을 논구하도록 하겠다.

2. 阮堂과 佛家와의 인연

완당의 증조부 김한신은 일찍이 왕실과 혼인을 맺고 월성위에 봉해지면서 충남 예산군 신암면 용궁리 일대의 전토를 하사 받았다. 그리고 그의 부친의 유훈을 따라 이곳 영내에 집안의 안녕과 복록을 빌 수 있는 화엄사라는 개인 사찰을 건립하고 그 경영비용을 自家에서 부담하게 하였다.

이런 가운데서 완당은 자연스럽게 불교 생활이 몸에 배었을 것이고, 성장하면서 그의 사상에 뿌리 깊은 영향을 받게 되었을 것이다. 그는 華嚴寺에 상량문을 짓기도 하였고, 묘향산에 들어갈 때는 『金剛經』 외에 開元銘이 있는 唐鏡을 護身符로 삼아 가지고 가기도 하였다.62) 그만큼 완당에게는 불교란 것이 종교 이전에 생활의 일부이기도 하였던 것이다. 그런 점에서 보면 생활 불교가 그의 문학 작품에 소재로 등장하는 것이 일면 당연한 일로 여겨지기도 한다.

완당은 조선왕조에서 금기로 여기고 있던 불교에 대해 특히 관심을 가져 佛書의 섭렵과 禪理의 參究로 당시 어느 선지식도 감당할 수

---

61) 완당의 한시 중 주로 불가의 인사들과 교유관계에서 비롯된 시를 대상으로 선정하였다.
62) 鄭後洙, 「秋史 金正喜의 佛敎詩」, 『백련불교론집』(성철선사상연구원, 1997), 206쪽.

없을 만큼 불교에 정통한 학자였다. 당시 화엄종의 종장으로 77세이던 白坡 亘璇(1767~1852)에게 <辨妄證五十條例>라는 글을 보내어 시작한 禪理 토론은 조선 후기 불교계의 선 논쟁을 보여주는 일대 사건으로, 이후 후학들의 선 논쟁에 단초가 되기도 하였다.

게다가 완당은 불교 관계 저술을 기피하던 사회여건에도 불구하고 <題川頌金剛經後>, <題佛說四十二章經後>, <白坡像贊並序>, <題海鵬大師影>, <題仁嶽影>, <烏石山華嚴寺樑文>, <伽倻山海印寺重建上樑文>, <書示白坡>, <作白坡碑面字書贈其門徒>, <眼偈贈霽月師>, <靜偈贈草衣師> 등 허다한 불교 관계 저술 활동을 펼치기도 하며, 문학 활동에 있어서도 당대의 내로라하는 문인들인 紫霞 申緯(1769~1845), 海居齋 洪顯周(1793~1865) 등과 함께 선을 주제로 수창시를 제작할 정도였다. 그 대표적 작품이 <雲外夢中>으로, 자하와 해거재가 서로 화답하여 10수의 시를 짓고, 완당이 기록하며 느낀 감회를 3수의 시로 표현하여 총 13편의 시를 26면으로 제작한 詩帖의 이름이기도 하다.

또한 전 생애에 걸쳐 수많은 불교계 인사들과 교유를 갖은 완당이지만, 특히 초의선사와의 교유는 각별하다고 할 수 있다. 초의는 30세 때 우연히 수락산에서 해붕대사와 함께 지내다 완당과 처음 대면하게 되는데, 이후 서울에 오면 항상 청량사에 머물면서 완당의 배려로 당시 세상의 촉망을 받던 김재원, 김경연, 권돈인, 조인영 등과 詩會 등을 통해 교유를 갖기도 하였다. 게다가 완당이 제주도로 유배를 가 있던 때에는 스스로 바다를 건너 함께 생활하며 금란지교를 다지기도 하였다.

이들의 교유 관계는 『완당전집』에 실린 편지만 보아도 잘 알 수 있다. 완당이 권돈인에게 보낸 편지가 35통인 데 반해 초의에게 보낸 편지는 38통이나 된다. 시를 주고받고 書를 보낸 것도 초의 쪽이 많을 정도로 매우 친밀한 사이였던 것이다. 물론 그것은 초의가 해남 일지암에 주석하여, 자주 만날 수 없었던 사정 때문이었을 것이다. 특히 초의는 좋은 차를 완당에게 보내주었고, 완당은 이에 답하는 글씨를 써서 보내주곤 하였는데, <明禪>이라는 작품은 그 대표적 예가 될 것이다.63)

이 밖에도 완당이 교유를 맺었던 불교계의 인사들을 보자면64), 晚虛65), 无住66), 永奇67), 映河68), 優曇69), 海鵬70), 香薰71) 등이 있으며, 이들 외에도 佛事와 관련하여 수많은 불교계 인사들과 교유하였음이 각종 문헌에서 확인되고 있다.

완당이 합리적인 고증학자 답지 않게 불교를 신앙으로 택하여 寫經功德을 쌓는다든지 華嚴寺를 중수한다든지 만년에 봉은사에 머물면서 鉢盂供養과 剌火懺悔를 행하는 등 철저한 신행 생활을 하게 되는 것은 제주 유배 시에 초의가 행동으로 보여준 신앙인의 참모습에 깊이 감동한 까닭이 아니었나 생각된다.72)

이렇게 불교와 관련한 완당의 행적을 더듬어보면 그에게 있어 불교는 종교가 아닌 생활의 한 부분이었거나, 또는 학문적 대상이 되었던 듯하다. 이러한 완당의 불교에 대한 태도는 불교계에도 그 영향을 끼치게 되는데, 초의가 실학적 저술태도를 견지하는 것73)도 이런 면에

---

63) 유홍준, 『완당평전』 1(서울: 도서출판 학고재, 2002), 152쪽.

64) 유홍준, <자료·해제편>, 위의 책. 참조.

65) 완당이 그에게 <만허에게 희증하다(戲贈晚虛)>라는 글을 남김.

66) 완당이 그에게 寫經偈를 지어줌.

67) 완당이 1856년 10월 봉은사에 있을 때 永奇의 『華嚴經』 필사본을 목판으로 찍어냄.

68) 완당이 영하에게 보낸 편지에 관음탱을 보여주는 내용이 있음.

69) 완당이 그에게 <희제하여 우담에게 보이다. 우담이 지금 복숭아뼈에 종기가 났다(戲題示優曇 曇方踝腫)>라는 시를 써주었음.

70) 선암사에 있는 <해붕대사 영정>에 완당의 찬문이 들어 있음.

71) 완당이 見香偈를 주었음.

72) 崔完秀, 「秋史實記—그 波瀾의 生涯와 藝術」, 『韓國의 美』 17(서울: 중앙일보사, 1995), 20~21쪽.

73) 1842년 겨울 초의는 전주의 鳳棲寺에 가서 金箕鍾을 만나 震默祖師에 대한

서 보면 수긍이 가는 부분이다.

3. 阮堂의 佛敎 漢詩

그가 제작한 수많은 한시 중에서 불교와 관련한 한시는 약 27편 정도에 머문다. 그렇기 때문에 그가 제작한 불교 한시의 형식적, 내용적 측면에서의 천착된 고찰은 어렵겠지만, 한편으론 그 제작 동기가 다양한 까닭에 각 시편이 모두 나름대로의 의의와 특성을 가지고 있기도 하다. 여기서는 이러한 제작 동기에 주목하여 그의 시를 분석해 보고 그 의미를 찾아보기로 한다.

3.1. 佛敎學의 考證

당시 불교계에서는 석가의 탄신일을 두고 논쟁이 있었던 듯하다. 이러한 논쟁에 불교계의 인사들뿐만이 아니라 당대의 내로라하는 유학자들도 개입되어 있었음이 현전하는 시편을 통해 확인되고 있다. 그중 대표적인 것이 자하 신위에게 초의선사가 답변하는 형식의 <奉和紫霞侍郞二月八日之作>가 있으며, 완당 역시 이에 대한 자신의 입장을 시로 표현하였다. 다음은 <이월 팔일 작불신에 답하다. 초납을 대신하다>라는 완당의 시이다. 이 시는 초의를 대신하여 자하에게 부처의 탄신일에 대해 답을 한다는 내용으로 초의의 시와 거의 닮아 있다. 초의와 완당의 생각이 같다는 의미일 것이다.

實紀를 듣고, 1847년에 일지암에 머물면서 <震默祖師遺蹟攷>를 찬술한다. 이 작품의 면면을 보면, 완당과 마찬가지로 철저한 고증이 뒷받침된 저술임을 확인할 수 있다.

二月八與四月八　　　이월 팔일과 사월 팔일이라
釋迦生辰紛紛說　　　석가의 생신 날짜 이설이 분분하네
細考不止一周昭　　　자세히 고찰하여 주 소왕에 그칠세라
上溯武乙並夏桀　　　위로 무을 아울러 하걸마저 소급하네
夜明還是莊王時　　　야명이란 도리어 장왕의 시대거니
春秋元不差月日　　　춘추 본래 월일의 차이가 아니라네
不知周昭更何據　　　모를레라 주소는 또 무엇을 근거했나
穆王平王復相聒　　　목왕이라 평왕이라 다시 서로 시끄럽네
却將壬子爲甲寅　　　임자를 가져다가 갑인을 만들기도 하고
蘇繇刻石何況惚　　　소요의 각석은 어이 그리 황홀한고
五日七日且無定　　　오일이라 칠일이라 그 또한 일정치 않아
古鏡長曆各藤葛　　　고경이랑 장력은 서로 각각 갈등이네
此云入道非生辰　　　이는 도에 든 날짜요 생신은 아니라고
阿那含不本起別　　　아나함은 본래 구별 일으키지 않았다오
鷲靈聖賢法印傳　　　취령의 성현은 법인을 전수하고
石柱文字玄機洩　　　석주의 문자는 현기를 누설했네
聲聞依俙滯方隅　　　성문은 의희하여 방우에 집체되고
離迦飜轉恣論脫　　　이가는 번전되어 탈오가 하도 많네
妙吉祥原曼殊利　　　묘길상은 근원이 만수리라 이를진대
無盡意乃阿差末　　　무진의는 바로 곧 아차말이 아니던가
千漚尋月摠幻相　　　천구에 달 찾으니 모두 다 환상이요
衆盲喩象難究詰　　　소경 앞 상을 말해 이해할 자 누구던고
化胡經又沒巴鼻　　　화호경 그도 또한 근거라곤 전혀 없어
此訟漫漫無時畢　　　이 송사 길고 길다 어느 때 끝날런지
尼丘聖辰亦異詞　　　이구 성인 생신도 역시 말이 다르다오
劫前隱現疇能悉　　　겁 전이라 은현을 뉘 능히 다 알손가
百千燈攝一牟尼　　　백천의 등그림자 모니주로 통일되니
四月不害作二月　　　사월도 해롭잖고 이월도 마찬가지
然而我佛元無生　　　그렇지만 우리 부처 본래는 무생이라
出門一笑空江闊　　　밖에 나와 웃어보니 빈 강이 툭 트이네74)

<答二月八日作佛辰代艸衲>

결론적으로 완당은 석가의 탄신일을 두고 그 논쟁의 '의미 없음'을 이야기한다. 이러한 결론을 이끌기 위해 완당은 불교 및 중국 역사에 대한 해박한 지식과 더불어 지난 역사에 대한 철저한 고증을 내세운다. 좀 더 쉽게 이 시를 이해하기 위해 註解를 곁들어 다음과 같이 산문화한다.

석가의 생일이 이월 팔일이냐 사월 팔일이냐 하는 문제로 세간에 여러 설들이 있습니다. 예를 들어 주나라의 소왕보다 먼저 은나라의 무을이나 하나라의 하걸까지 소급해나가야 한다고 하지 않습니까? 게다가 야명은 본래 초나라 장왕의 시대에 이루어졌는데, 이를 두고 또 초나라의 목왕이니 평왕이니 하는 설들이 많은 예도 있지요. 주나라 소왕에 대한 근거를 대지 못하는 것도 다 이러한 문제들 아니겠습니까? 고경이나 장력이 서로 기준이 다르다 보니 생겨나는 문제인 것입니다.

불경의 『아나함』에 이르는 것처럼 입적한 날짜든 생일이든 이러한 것들은 본래 아무런 의미가 없습니다. 석가가 취령에서 법을 설파하고 석주의 문자가 이미 그 뜻을 내보였습니다. 그러나 그 평판들이 분명하지 않고 사방이 막히어서 서로 잘못되고 때론 탈락되어 그 뜻이 전할 뿐입니다. 묘길상은 문수사리를 번역한 이름이고, 만수리는 문수보살의 다른 이름입니다. 아차말은 무진의보살의 법명을 말하는 것이니 서로 틀림이 없는 것이지요.

중국 서진의 道士 왕부가 지었다고 하는 『화호경』이 있습니다. 老子가 인도에 들어가 浮屠, 즉 부처가 되었다고 하는 老子化胡說을 펴고, 또 도교의 敎祖가 불교의 교조인 석가보다 앞섰다고 말하고 있지요. 그렇지만 이러한 『화호경』의 내용조차 그 근거가 없습니다.

우리 孔子의 생일조차 분명하지 않은데 도대체 이러한 논쟁은 언제나 끝날런지요. 어차피 부처는 본래 無生이니 사월도 좋고 이월도 상관없습니다.

---

74) 金正喜, 『阮堂全集』, 卷九.

위의 글을 참고로 하여 보면 우선 앞 시의 처음에서는 사람들이 석가의 생일을 주 소왕 이전의 무을과 하걸까지 올려 잡는 등 뭇 성인들보다 앞서 하려는 경향을 꼬집고서 이의 잘못됨을 고증한다. 즉 주 소왕까지 소급한다는 사실에 대한 근거가 어디 있는지 알 수 없음에도 이를 마구 언급하며, 또한 목왕과 평왕에 대한 논쟁 역시 그러한 부질없는 논쟁에서 나온 것이 아니냐고 반문하는 것이다.

기준으로 내세우는 고경과 장력이 서로 갈등의 여지가 있으니 어찌 보면 당연한 논쟁일 수 있으나, 불교적 관점에서 보면 이는 '無別', 즉 본래 구별이 없는 법이니 논쟁 자체가 아무런 의미가 없다는 결론이다.

여기서 완당의 학문에 대한 태도의 일면을 엿볼 수 있다. 중국의 역사를 꿰뚫는 해박한 지식을 동원한 고증학적 진술 태도를 기반으로 하나씩 단계를 밟아 목적하는 바를 달성코자 하려는 것이다. 이 시의 본래 목적이 석가의 탄신일을 밝히는 데 있겠으나, 그 '사상 혹은 철학'의 특수성으로 인해 결국은 결론이 진술의 방법에 비해 너무도 싱겁게 끝나버리는 면이 없지 않다. 이러한 면은 주제가 불교라는 특수성으로 말미암은 것이기에 얼마든지 용납될 수 있는 부분이다. 결국 불가의 입장에서 보면 당연한 귀결이 될 수밖에 없는 것이다.

여기서 주목되는 점은 완당이 초의를 대신해서 자하에게 시를 보냈다는 것이다. 자하와 완당의 관계[75]를 염두하고 보면 이 둘이 주고받은 이러한 시는 고증학적 학문 태도에 대한 서로의 공부가 아니었을까? 결국 그 공부에 대한 소재가 석가의 탄신일이 된 것일 뿐, 탄신일 자체에 대한 결론은 그다지 중요한 부분이

---

75) 신자하는 완당의 선배였으나 완당보다 늦게 연경에 다녀왔다. 또 그때 완당의 소개로 옹방강을 만나면서 받은 학문적 충격은 그가 40여 년 동안 유지했던 자신의 학문적 태도를 버리고 새로운 학풍을 받아들이게 하는 동인이 되었다. 이는 완당의 그것과 같은 것으로 이후 완당과 흡사한 학문적 태도를 견지하게 된다.

아니었을 수도 있었던 것이다.

　이러한 시적 결론에도 불구하고 주목해야 할 점은 불교 그 자체가
이들에게 이미 탄압되고 멀리해야 할 종교가 아니라 생활 속에 녹아
든 생활 철학이었기에 자신들의 학문 세계로 이끌어 깊이 연구하고
있었다는 점이다. 적어도 이들에게는 불교가 학문적 영역으로서 당당
히 자리매김된 것이라고 할 수 있겠다.

3.2. 佛僧들과의 交遊

　완당이 불교계의 인사들과 맺은 교우의 면면을 보면 당대의 내로라
하는 불승들이 모두 포함되어 있음을 알 수 있다. 蓮潭 有一, 海鵬
展翎, 百坡 亘璇, 草衣 衣恂 등이 대표적이라 할 수 있다. 이들 불
승들의 면면만 보더라도 완당이 맺은 불가와의 인연이 얼마나 깊고
넓었는지 어렵지 않게 추측할 수 있을 것이다. 이들과의 교유시를 살
펴보면서 완당에게 있어 불교가 어떠한 위치를 차지하는지, 그의 시
에서는 어떻게 형상화되어 문학적 의의를 획득하게 되는지 고찰하기
로 한다.

　본 항에서는 이들 중 대표적으로 海鵬和尙과 초의선사와의 교유를
함께 살펴보기로 한다. 완당이 어떻게 하여 초의와 교유 관계를 맺었
는가에 대해서는 분명치 않지만, 그들의 만남은 초의가 수락산에 해
붕화상을 만나러 와 있던 때(을해년, 1815)에 완당이 해붕화상을 방
문하면서 처음 이루어진 듯하다.

　다음은 <승가사에서 동리와 함께 해붕화상을 만나고>라는 시이다.

陰洞尋常雨　　　　그늘진 골짝에는 비가 일쑤인데
危峯一朶靑　　　　한 송이 푸르러라 아스란 저 봉우리
松風吹掃榻　　　　솔바람은 불어서 탑 쓸어주고

星斗汲歸瓶	별을 길러 병으로 돌려보내네
石證本來面	돌은 본래의 면목 입증한다면
鳥叅無字經	새는 무자의 경을 참견하누나
苔趺空剝落	이끼 낀 비석은 속절없어 박락해가니
虯篆復誰銘	비석의 이름은 누가 다시 새길런지[76]

<僧伽寺與東籬會海鵬和尙>

이 시의 제작 배경이나 지어진 시기가 확실하게 드러나진 않지만, 당시 완당이 하던 일을 토대로 살펴보면, 해붕화상 역시 당대의 학풍 속에서 완당과 그 궤를 같이 하였던 듯하다. 완당이 해붕화상과 관련되어 남긴 또 하나의 글은 <해붕대사 화상찬>이다. 이 첩에는 완당의 간찰 이외에 초의스님이 붙인 발문이 들어 있는데, 이를 참고로 보면 그들의 관계를 짐작해 볼 수 있을 것이다.

> 옛날 을해년(1815)에 나는 노화상을 모시고 수락산 학림암에서 한 해를 마무리하는데, 하루는 완당이 눈길을 헤치고 찾아와 노사와 空覺의 所生을 논하였다. 잠을 자고 돌아갈 때 노사가 두루마리에 偈를 한 수 써주었다.(하략)[77]

초의선사의 이 발문을 통하여 완당이 해붕화상을 처음 만난 것은 1815, 그의 나이 30세 때임을 미루어 알 수 있으며, 위의 시는 1816년이니 그 이듬해의 일이었고, 완당이 비봉의 진흥왕 순수비를 확인한 것도 바로 이 해 7월이었다. 그렇기 때문에 이 시는 완당이 동리와 함께 비를 확인하고서 해붕화상을 만나 그와 관련한 이야기를 나누며 지은 것으로 추측할 수 있다.

---

76) 金正喜, 앞의 책, 券九.
77) 昔在乙亥陪老和尙結臘於水洛山之鶴林菴一日阮堂披雪委訪與老師大論空覺之
能所生經宿臨旋書壹偈於老師行軸……. 초의, <해붕대사 화상찬 발문>.

이와 관련한 해붕화상의 시가 확인되지 않아 더 이상의 자세한 논구가 불가능한 점이 아쉽다. 단지 완당이 그의 금석학에 관한 견지를 해붕화상과 함께 나누었다는 사실과 더불어 '호남의 7高朋'이라는 명성에 걸맞은 해붕화상의 깊은 학식을 짐작할 수 있을 따름이다.

다음은 초의선사와의 교유를 살펴보기로 한다.

완당과 초의와의 만남은 완당이 초의에게 38회에 걸쳐 보낸 편지와 6수의 시에서 드러난 대로 茶와 禪이 그 대부분을 차지하고 있다. 이들은 禪이나 詩, 그리고 글씨와 그림 등에 관한 대화를 주로 주고받았으며, 사상적인 면에서나 기호적인 면 등에서 수많은 공통점을 서로 확인해 갔다. 특히 이들의 교유에 있어서 茶는 없어서는 안 될 중요한 매개물이 되었다. 또한 완당 역시 누구 못지않게 차를 즐겼던 다인이나 차에 관한 시편은 많이 남기지 않은 듯하다.

다음은 완당이 초의에게 준 <戱贈草衣並序>라는 시이다.

玫瑰仍冒海棠傳　　　매괴를 해당이라 둘러 씌워 전해오고
虞美人訛老少年　　　우미인은 노소년으로 와전되어 버렸네
的的襍花眞實義　　　확실한 잡화의 진실의를 가리자면
且於疏鈔破牽纏　　　소초에 얽혀진 걸 풀어야만 하느니[78)]

초의가 『群芳譜』라는 책을 초했는데, 여기에는 證正이 많으니, 이를테면 海棠과 虞美人 類 같은 것이 그 일례라고 완당은 이 시의 並序[79)]에서 말하고 있다. 우미인은 虞美人草로서 楊貴妃草를 말하고, 노소년은 雁來紅草의 별칭인데도, 이 둘을 혼동하여 사용함을 증정한 것이다. 또한 완당은 이르기를 襍花經 중의 疏鈔로 인하여 그르친 것이 해당과 우미인뿐만 아니라 수도 없이 많으니 마땅히 하나하나 증정

---

78) 金正喜, 앞의 책, 卷十.
79) 草衣 鈔群芳譜 多有證正者 如海棠虞美人之類 非一二 余謂襍花經中 因疏鈔 而誤者 又不啻海棠虞美人 當有一一證正如此耳(金正喜, 위의 책, 卷十.).

을 이와 같이 해야 할 것이라고 말했다. 초의의 학식, 그것도 유가의 학식이 뛰어남을 시로써 간단명료하게 표현하며 칭찬하고 있는 것이다.

禪의 수행과 사상에 관련해서도 완당은 초의를 흠모해 마지않고 있다.

眼前白喫趙州茶　　눈앞의 조주차를 마음껏 마셔대고
手裏牢拈梵志華　　손에는 굳건히 범지화를 쥐었다네
喝後耳門歚箇漸　　외친 뒤에 귓문이 차츰차츰 젖어드니
春風何處不山家　　봄바람 부는 곳은 산가가 아니리오[80]

<留草衣禪>이라는 시이다. 초의가 거처하는 곳에서 함께 머무르며, 선에 대해 이야기하고 불법을 배우는 과정에서 느낀 바를 표현한 시이다. 초의가 본연의 임무인 선 수행에 있어서도 한 치의 허점도 없이 굳건하게 정진하고 있음을 옆에서 지켜보면서 그 모습을 은근히 趙州和尙에 비견하여 말하고 있는 것이다.

이 시를 통하여 완당이 초의를 보면서 느낀 선의 실체는 바로 차를 마시며 대화하는 것, 또한 그 자체가 불법을 구하는 이에게 있어서는 바로 선이 된다는 것이다. 梵志華란 불법을 구할 뜻을 지닌 자에게 설법하는 것을 말하는 불교 용어인데, 이런 유의 시어가 사용된 것을 보면 완당 역시 불교에도 매우 심취해 있었으며 또한 일가견이 있었음을 알 수 있다.

완당의 이러한 초의에 대한 생각은 그 자신이 불가와는 거리가 있는 사람임에도 불구하고 훗날 초의와 백파 간에 이루어졌던 선 논쟁에 개입하는 하나의 요인이 되었으리라고 여겨진다. 현실과 마음이 항상 함께하는 초의의 생활에서, 그리고 언제나 자신의 위치를 잊지 않고 스스로 다독이며 수행하는 초의의 모습에서 아마 완당은

---

80) 金正喜, 앞의 책, 券十.

‘현실세계’와 ‘마음세계’가 둘이 아닌 하나라는 초의의 선에 깊이 감응하였던 것 같다. 그렇기 때문에 이와는 반대의 입장을 펼쳤던 백파의 주장에 대해, 평소 절친한 벗이었음에도 불구하고, 초의의 주장에 동조하며 손수 반론을 펼쳤던 것이다.

완당과 초의와의 교유는 이렇듯 사상과 시뿐만 아니라 그림에까지도 이어진다.

草衣老衲墨參禪	초의란 늙은 중이 먹에서 참선하여
燈影心心墨影圓	등 그림자 불꽃에 먹 그림자 둥글었네
不剪燈花留一轉	자르지 않은 등꽃 머무를까 한 번 도니
天然擎出火中蓮	연꽃은 천연스럽게 불속에서 솟아나네[81]

초의는 불화와 서도에도 일가견이 있었다. 그렇기 때문에 일찍이 小癡 許鍊(1809~1892)이 초의에게 그림과 글씨를 배우고자 그의 문하에 들었다. 이를 인연으로 초의는 소치를 완당에게 보내어 그에게서 그림공부를 하게 하였던 것이다.

이 시는 초의가 연꽃을 그린 그림을 보고서 완당이 지은 <芋社燃燈>이란 시이다. 연꽃의 생생함을 불꽃으로 묘사하면서, 이 같은 그림은 신실한 수행으로 인해 가능하였음을 말한 것이다. 제주도에 유배 온 완당을 만나러 초의가 방문했고, 등잔불 아래 그림을 그리는 초의의 모습, 그리고 그 그림을 극찬하는 완당의 따뜻함이 절절히 배어 있는 시라고 하겠다.

이렇듯 초의와 완당의 교유는 평생에 걸친 知音으로서 금란지교라 이를 만큼 두터웠다. 이들은 서로 동년배로서 서울에서 처음 만난 후 42년간 두터운 사이를 지속하는데, 이들의 교유에는 진실로 맑고 깨끗함이 있었고, 존경과 깊은 우정이 함께 하였다.

---

81) 金正喜, 앞의 책, 券十.

완당의 집안은 대대로 불교를 믿었다. 이러한 인연으로 완당은 어려서부터 불교 경전을 읽고 참선을 수행하여 만년에는 크게 깨달음을 얻어 海東의 維摩居士라고까지 불려지게 되었다. 이러한 그의 종교적 분위기는 초의와 쉽게 가까워질 수 있었던 하나의 계기가 되었을 것이다.

3.3. 無別의 境地와 佛教 漢詩

불교문학은 문학이라는 본래의 영역에 불교의 근본정신을 담아야 한다는 동등한 두 가지의 지향점을 치우침 없이 확보해야 한다. 종교, 특히 불교의 정신을 담아낸다 함은 그 자체의 추상성으로 말미암아 쉽게 다가설 수 없게 하는 시적 영역이 되고 만다. 그럼에도 불구하고 완당의 시는 이러한 두 영역을 '無別'이라는 개념으로 자유롭게 넘나든다.

側峰橫嶺箇中眞	기운 봉 비낀 고개 개중에 진리 있어
枉却從前十丈塵	열 길 티끌 속에 멎은 듯 나아간 듯
龕佛見人如欲語	감불은 사람보고 이야기를 나누는 듯
山禽挾子自來親	산새는 새끼 낀 채 절로 와서 가까운 듯
點烹筧竹冷冷水	홈대의 맑은 물 살펴보고 끓여내서
供養盆花澹澹春	분화를 공양하니 담담한 봄이로다
拭涕工夫誰得了	눈물 닦는 그 공부 어느 누가 터득했나
松風萬壑逸頹申	가득한 골 솔바람에 웃는 마음 달아나네[82]

<山寺>라는 시이다. 계속되는 공부 중에 어느 순간 과오를 깨닫고 헤매었는데 발길은 어느새 이름도 알 수 없는 조그만 산사에 이르렀다.

---

82) 金正喜, 앞의 책, 卷九.

무심코 쳐다본 법당의 부처는 자꾸만 자신에게 말을 건네는 듯하고, 이름 모를 산짐승조차 언제인가 만난 듯 친숙하기만 하다. 졸졸거리는 맑은 물에 마음을 담고 보니 눈물짓게 하던 그 공부도 모두 부질없을 것이라는 완당의 울적한 심사가 그대로 투영되고 있는 작품이다. 세속의 거친 풍파 속에 자신도 모르게 발을 담그고 있는 자신의 처지를 보며 문득 산사로 가고 싶은 완당의 심사가 그대로 드러나고 있는 것이다.

속세에 담갔던 발을 빼내어 닿은 곳이 이곳 이름 모를 산사이고, 거기서 무심코 찾은 것은 담담한 봄이었다. 시구 어디에서도 禪理를 찾아볼 수는 없으나, '맑은 물 한줄기에서 찾은 담담한 봄'이 완당이 말하고자 하는 禪理가 아니었을까? 구별 짓지 않았기에 찾아질 수 있는 선시만의 독특한 서정이라 하겠다.

我見日與月	나는 저 해와 달을 바라볼 때마다
光景覺常新	광경이 늘 새롭다는 것을 깨닫는다네
萬象各自在	만 가지 현상이 제각각 그대로 있어
刹刹及塵塵	절과 절 속세마다 그대로 미치니
誰知玄廓處	누가 알리요 가물가물 텅 빈 저 곳에
此雪同此人	이 눈이 이 사람과 한 몸인 것을
虛籟錯爲雨	빈 소리 빗소리로 착각하는데
幻華不成春	빈 꽃은 봄을 이루지 못하나니
手中百億寶	손 가운데 수많은 보물일랑은
曾非乞之鄰	이웃에서 빌리는 게 아니랍니다[83]

<水落山寺>라는 이 시는 완당이 해붕화상을 만나러 다닐 때 지은 시로 추정된다. 고증학의 대가요, 전고시에 일가견이 있던 완당이 지은 시라고는 전혀 믿기지 않을 정도로 쉬운 시어를 사용하여 마치 한가한 절집에라도 들어선 양 그윽한 시상을 전개한 작품이라고 할 수

---

83) 金正喜, 앞의 책, 卷九.

있다. 그러나 누구나 겪고 있는 일상 속에서 새로움을 깨닫는다는 것, 그리고 그 깨달음을 이렇듯 편안한 시어로써 표현해 낸다는 것은 결코 쉬운 일이 아니다.

어떠한 마음을 가지고 있느냐에 따라 세상은 달리 보일 수밖에 없다. 그래서 같은 하늘 아래 같은 해를 보고 같은 달을 보아도 자신이 사는 세상이 다르고 타인이 사는 세상이 다른 법이다. 이 시에서 보여주고자 하는 완당의 마음과 다름이 없다고 할 수 있을 것이다.

다음은 완당의 불교적 경지가 어떠했는지 엿볼 수 있는 제화시를 한 수 소개한다. 완당은 이십여 년 동안 전혀 난을 그리지 않은 것이 아니라 함부로 그리는 것을 경계했는데, 그런 그의 심정을 잘 나타낸 것이 <不作蘭花二十年>이란 화제가 붙어 있는 일명 <不二禪蘭>이란 난 그림으로, 다음과 같은 절구가 적혀 있다.

不作蘭花二十年	난초 치지 않은 지 어언 20년
偶然寫出性中天	우연히 하늘의 본성을 옮겨 놓았구나
閑門覓覓尋尋處	문을 닫고 안타까이 머물 곳 찾아보니
此是維摩不二禪	유마의 불이선이 바로 이곳일러니

이 절구에 바로 이어서 '어떤 사람이 그 이유를 설명하라고 강요한다면 또한 毘耶離城에 있던 유마의 말없는 대답으로 응하겠다'[84]라는 설명이 붙어 있다. 그리고 몇 개의 畵題가 더 있으나 본 장에서는 생략한다.

유마의 불이선은 『維摩詰所說經』 제9 <入不二法門品>에 있는 개념으로, 모든 보살들이 앞을 다투어 禪悅에 들어가는 상황에 대해 말하고 있을 때 유독 유마만이 최후의 순간까지 아무 말도 하지 않았다고 하는 데서 유래한 말이다. 그러자 모든 보살들은 말과 글자로 설

---

84) 若有人强要爲口實 又當以毘耶 無言謝之. 曼香.

명할 수 없는 것이 진정한 법이라고 감탄했다는 것이다.

불교에서 不二란 '둘이 아니다'라는 의미가 아니라 '하나[一]'로서, 곧 法性 또는 眞如를 말하는 개념이다. 다시 말하자면 불이는 두 개가 대립하고 있으면서도 조화를 깨뜨리지 않고 있으며, 그 조화 속에서도 대립의 양상은 없어지지 않는 절대 평등 내지 절대 조화의 개념이다.

이는 蘭畵로 보자면 곧 종이 위에 보이는 것을 그리는 것보다는 마음속으로 체득하는 것이요, 시로 보자면 소리로 읊어지는 것보다는 마음의 느낀 바가 있어야 한다는 뜻이라고 할 수 있다. 나아가 정신적 깨우침으로 보자면 말없는 가운데 마음을 펼칠 수 있어야 하며, 그렇게 하는 것이 곧 '悟道'가 되는 것이라는 뜻이다. 즉 마음 안의 모든 조화가 문학이요, 예술이며 悟道가 되는 것이다.

그렇기 때문에 이 작품은 한 편의 제화시가 아닌 어떤 선사의 오도시를 대하는 느낌이며, 실제로 해동의 유마거사라는 평을 들었던 완당의 불교적 경지를 보여주는 작품이라고 할 수 있겠다.

4. 맺음말

수많은 불교계의 인사들과 교유를 주고받으며, 또한 그 중에 백파의 三種禪을 둘러싸고 후학들에 이르기까지 백여 년간이나 벌어진 선논쟁에 있어 단초를 제공했던 완당의 불교세계는 정확하고 정밀하면서도 한편으론 문학과 글씨, 그림 그리고 차와 생활에 이르기까지 두루 어우러졌던 요즘말로 '생활 속의 선'이라고 할 수 있을 것이다.

문학적인 면에서만 보더라도 각종 시에서 불교의 선리를 물 흐르듯이 쉽고 자연스럽게 녹여내는 빼어난 솜씨를 보여주고 있음을 앞 절에서 확인할 수 있었다. 더 나아가 이러한 선리의 표현이 단순히 '느낌의 확인'에서 그치지 않고, 그 진리를 추구하는 자의 생활 속에서 체득하게 해주는 경지는 그야말로 선사의 悟道詩에 다름 아니다.

완당은 그의 학문의 특이성으로 말미암아 그가 내보인 불교문학의 영역에 있어서는 아직 구체적인 연구가 이루어지지 않은 편이다. 『완당전집』에서도 확인되듯이, 불교한시를 제외하더라도 불교 관련 각종 편지글과 비문, 상량문, 찬문 등이 상당한 비중을 차지하고 있으나, 이에 대한 문학적 연구는 아주 미비하다고 하겠다. 그렇기 때문에 문학 속에서 불교의 근본정신을 담아내려 했던 각종 작품에 대한 연구의 천착은 완당 예술 세계의 새로운 조망이라는 관점에서 그 의의를 획득할 수 있으리라고 본다.

어쨌든 해동의 유마거사로 불릴 정도로 불교의 교리에 해박했고, 또한 그러한 지식을 기반으로 여러 스님들과 교유하며 이루어냈던 완당의 문학은 그 문학적 순수함과 더불어 불교적 교리를 완벽하게 조합해낸 명백한 불교 한시라 이를 수 있을 것이다.

제 5 장
儒士들의 시에 나타난 禪趣

—완당 김정희의 〈雲外夢中〉 詩帖을 중심으로

1. 머리말

　　〈雲外夢中〉 詩帖은 유홍준[85]에 의해 최초로 소개된 阮堂 金正喜 (1786~1856)의 친필 서첩 작품 중의 하나이다. 총 26면으로 구성되어 있으며, 紫霞 申緯(1769~1845), 海居道人 洪顯周(1793~1865), 완당 김정희 등 3인이 쓴 13편의 시를 모두 완당이 기록하고, 卷首에 '雲外夢中'이라는 네 글자를 大字로 써서 자신들의 화답을 기념한 작품으로, 1827년에 제작된 것으로 추정하고 있다. 이 작품은 또한 〈雲外居士夢偈詩帖〉이라고도 불린다.

　　앞서 말한 바와 같이 이 시첩의 시작품은 비단 완당만의 작품이 아니다. 보다 엄밀히 보자면, 시첩에 등장하는 13수의 시 작품 중 3수만이 완당의 작품이며, 나머지 작품은 해거재 홍현주와 자하 신위의 작품이다.

---

85) 유홍준, 「秋史 金正喜 筆 <雲外夢中>帖 고증」, 『人文研究』, 영남대학교 인문과학연구소, 1997.

이 시첩에 실린 세 사람의 작품86)은 또한 각자의 개인 문집에도 실려 있어 이들의 교유의 일면을 분명히 보여주고 있으며, 또한 작품의 내용에서 드러나듯이 이들의 문학적 취향이 사상적 경계를 넘어서는 경지에 있었음을 여실히 보여주고 있는 작품이라고도 하겠다.

본 장에서는 이 시첩에 실려 있는 13수의 작품을 대상87)으로 당대의 내로라하는 문사들이었던 이들의 작시 경향 중 특히 '禪趣'에 주목하고자 한다. 여기에서 말하는 '선취'란 '무엇이다'라고 쉽게 단정할 수 있는 분석의 기준은 아직 없다. 선취는 古來로부터 禪理와는 달리 말로는 설명하거나 해석할 수 없다는 인식이 존재해왔으며, 그렇기 때문에 선취가 담긴 선취시를 해석하거나 분류하는 작업은 온전히 해석자의 주관에 맡길 수밖에 없는 일이다.

그래서 선취를 들어 논한다는 것은 매우 어려운 작업일 수밖에 없다. 어떤 시에서 눈에 보이는 禪語는 없지만 선취가 있다거나, 또는 선어를 사용하여 선리를 담고 있긴 하지만 그 와 닿음이 해석자의 마음으로만 느낄 뿐 말로 표현할 수 없는 경우가 있기 때문이다. 이런 이유로 선취시는 해석자에 따라 여러 가지의 모습으로 해석될 수도 있으며, 또한 해석할 수 있는 일정한 원칙을 갖기가 어려운 것이다.

그렇기 때문에 본 장에서는 '선의 시적 원용'이라는 측면보다는 '시의 선적 함축'이라는 측면에서, 다시 말하자면 이들의 본래 신분이 '禪師'가 아니었기에 이들이 쓴 시에서 어떠한 선적 함축이 이루어졌나를 중심으로 '선취'에 주목하고자 하는 것이다.

---

86) 해거재 홍현주의 글은 미간 육필본인 『海居齋未定藁』 권1에 실려 있고, 자하 신위의 시는 『申緯全集』 제2권과 『警修堂全藁』 권 39에 실려 있으며, 완당 김정희의 글은 『阮堂全集』 제10권에 <題雲外居士夢偈後>라는 제목으로 그대로 게재되어 있다.

87) 실제 각 문집에 실려 있는 작품과 <운외몽중>첩에 실려 있는 작품들 간에는 어구의 첨삭 등 다소간의 차이가 있으므로 이 글에서는 완당의 문집에 실려 있는 작품들을 연구의 대상으로 한다.

나아가 선취와 함께 이 시첩이 이루어진 배경이나 실려 있는 시 작품 자체, 그리고 이 시첩이 이루어지는 동안에 이들과 이루어졌던 당대 인사들과의 교유를 함께 아울러 보면서 당대 불교문학의 일단을 논구할 수 있는 하나의 계기를 마련해보고자 한다.

2. 〈雲外夢中〉 詩帖의 제작 배경

앞서 이야기한 것처럼 <운외몽중> 시첩은 완당의 글씨로 완성되었기는 하나, 그 작품들은 완당 혼자만의 작품이 아닌 세 사람의 공동작이었다. 그렇기 때문에 이 시첩이 어떠한 동기로 제작되었는지 밝히는 것은 제작 당사자들의 문학적 사고뿐만 아니라 이들과 인연을 맺은 당대 인사들과의 교유관계, 또 이로 인하여 조성되었던 당대 詩風이 일단을 살피는데도 매우 유용하리라고 본다.

<운외몽중>은 먼저 해거재 홍현주의 <夢偈詩帖>에서 비롯된다. 해거재는 정조의 사위로 본관은 豐山이며, 자는 世叔, 호는 海居齋 또는 約軒이라 하였다. 당시 우의정이던 淵泉 洪奭周(1774~1842)의 막내아우이기도 하다. 해거재는 정조의 둘째 딸 淑善翁主와 혼인하여 永明尉에 봉해졌으며, 문장에 뛰어난 인물로 알려져 있고, 저서로는 『海居齋詩集』이 있다.

이 시첩은 해거재가 어느 날 꿈에 바닷가에서 우연히 부처님을 만나 偈頌을 받았는데, 꿈에서 깨어나 보니 단지 13자밖에 기억나지 않았다는 데서 시작된다. 그 13자의 偈는 다음과 같다.

還有一點靑山麼　　돌아보니 한 점 있어 청산이 아니던가
雲外雲夢中夢　　　구름 밖의 구름이요 꿈속의 꿈일러라

해거재는 이렇게 13자로 된 게송을 자하에게 보내어 대련으로 써달라고 부탁하였다. 이에 자하는 기꺼이 대련 글씨를 써주면서 아울러 이 게송에 부쳐 절구 3수와 율시 1수를 지어 보내주었다.

이때 자하가 보내준 시를 보면 한 가지 의문점이 남는다. 자하는 분명 해거재가 보내온 '一點靑山雲外雲夢中夢'이라는 10자의 禪偈에 대해 '一點點靑山靑 雲外雲夢中夢'이라 풀어써주고, 다시 여기에 게송을 덧붙인 것이다. 그런데 어찌하여 해거재는 13자로 된 게송을 자하에게 보냈는가, '還, 有, 麼'는 어디에서 나온 글자인가 하는 의문이다.

이는 해거재가 자하에게 몽게를 보낼 당시 이 세 글자를 제외한 열 글자만을 보냈으나 후에 열세 글자를 보낸 것으로 기억했을 가능성이 크다. 그리고 어쩌면 이 세 글자는 나중에 완당이 이 시첩을 제작할 때 덧붙인 글자가 아닌가 한다. 실제로 완당의 시에 이 글자들이 빈번히 등장하기도 하며, 각자의 문집에 실린 시문과 <운외몽중>첩에 실린 글들이 어구의 첨삭 등에서 약간의 차이가 보이기 때문이다.

다시 자하에게 시를 받은 해거재는 기쁜 마음으로 이 4수의 시에 차운하여 화답하니, 자하는 또 이 시를 받고서 다시 시 한 수를 지어 보냈다. 그러자 해거재는 자하의 이 시에 화답하여 또 한 수를 지었다. 이리하여 해거재의 <夢偈詩帖>에는 모두 10수의 시가 실리게 되었는데, 이를 읽어본 완당도 3수의 시를 지어 뒤에 붙였다. 그리하여 <운외몽중>첩을 만들게 되었을 때, 이렇게 모인 시 13수를 모두 완당이 행서로 필사하고 그 첩의 머리에 <운외몽중> 4자를 大字 예서로 써서 이 첩을 완성하였다[88]던 것이다.

---

88) 유홍준, 『완당평전』 1(서울: 도서출판 학고재, 2002), 235~236쪽.

3. 詩禪一致로서의 禪趣

<운외몽중>첩과 관련한 세 사람이 활동하던 시기는 19세기 중반으로, 당시는 청나라 고증학의 영향으로 실학이 융성하였으며, 문학 특히 시를 중심으로 宋詩風이 재유행하던 시대라고 볼 수 있다. 흔히 송시풍이라 하면 소동파의 玄言詩를 중심으로 '詩禪交流'와 '詩禪一致'를 표방하던 당대의 기풍을 말하는 것으로, 이 시기 발달한 禪宗과 성리학의 영향으로 인해 인생에 대한 철학적 음미를 내용으로 하는 철리적 성향이 강한 시풍을 말한다.

게다가 이들이 시첩을 제작하였을 당시를 보면 모두 인생의 후반기로서, 錢鍾書가 그의 저서인 『談藝錄』에서 "사람의 일생에서 소년시절에는 재기가 발랄하여 마침내 唐詩의 기풍을 띠게 되기 마련이고, 노년 시절에 이르면 사려가 깊어져서 宋詩의 기풍을 띠게 되기 마련이다."라고 말한 것과 비견해 보면 <운외몽중>첩의 제작이 당대 시풍과 관련하여 매우 시사적임을 알 수 있을 것이다.

이제 이들의 작품을 구체적으로 살펴보도록 한다. 먼저 해거재가 꿈에서 얻었다는 열세 글자의 <夢偈>를 든다.

還有一點靑山麼	돌아보니 한 점 있어 청산이 아니던가
雲外雲夢中夢	구름 밖의 구름이요 꿈속의 꿈일러라

먼 길을 에둘러 다니다 문득 돌아보니 저 멀리 보이는 한 점은 평생을 가까이 두고 보았던 바로 그 청산이었다. 무심히 청산에 눈을 두니 구름 밖의 구름은 곧 시인 자신이요, 꿈속의 꿈은 시인이 평소에 품은 情意가 되었다. 어느새 뒤돌아 볼 만큼 많은 시간을 보내면서 정작 되돌아오게 된 곳은 시인의 내면이 아니었을까?

본래 '雲外雲夢中夢'은 해거재의 시구가 아니다. 이 시구는 중국

송나라의 황정견이 자신의 초상화에 찬으로 썼던 ‘夢中夢 身外身’에
서부터 비롯되었다고 알려져 있으나, 실은 황정견 자신도 어느 이름
도 알 수 없는 늙은 학자의 글에서 빌려왔던 것이라고 할 수 있다.
  황정견은 소동파의 제자로서 송대를 대표하는 시인으로 꼽히는 사
람이며, 호는 山谷이다. 그의 작품은 주로 고전주의적 기풍과 더불어
학식에 의한 典故와 수련을 거듭한 措辭를 특색으로 하고 있다. 게다
가 스승인 소동파와 더불어 前代에 유행하던 繪畵의 전문적인 기법
에 구애되지 않고 자연 속에 자신의 회포를 담아 문인화를 창작했던
것으로도 유명하다. 그렇기 때문에 송시풍이 재유행하던 시기에 제작
되었던 <운외몽중> 시첩과 관련한 세 사람이 이 사실을 모를 리 없
었을 것이며, 곧바로 자신들의 시풍과 작시 기법에도 이를 반영하였
으리라고 짐작할 수 있는 것이다.

  옛날 空山의 어떤 늙은 학자가 자신의 초상화에 제하기를 ‘꿈속의 꿈
  이요 몸 밖의 몸이다’라 하였고, 황산곡은 또 이를 가져다가 자신의 초상
  화에 찬을 하였다.
    지금 소당의 소영은 곧 꿈속의 꿈이요 몸 밖의 몸인데 倚書까지 거듭
  하여 손수 쓰기까지 하였으니 꿈속과 몸 밖의 한 경지를 더 얻은 것이며,
  꿈과 몸은 모두 漚幻인데 글씨는 유독 眞如의 法身이다. 만약 소당을 찾
  자면 그 몸과 꿈에 있는 것이 아니요 그 글씨에 있는데, 하물며 소당은
  머리털이 하얗고 얼굴에 주름살이 져 칠십 팔십 이후에는 이 초상화는 초
  상화가 아니나 글씨는 진실로 그대로 있을 것이다.[89]

  위의 글은 완당이 쓴 <소당의 초상화에 제하다>라는 題跋文이다.
완당의 글에도 이처럼 이 구절이 인용되어 있는 것으로 미루어보아

---

89) 昔空山一老古錐 自題其小照云 夢中夢 身外身 黃山谷 又引以爲自像贊 今小
    棠小影 卽一夢中夢身外身 重之以倚書手書 夢中身外 添得一境 夢與身皆漚
    幻 書獨爲眞如法身 如求小棠 不於其身夢 而在於書 況小棠髮白面皺 七十八
    十以後 此照非照 書固自在(金正喜, <題小棠小影>, 『阮堂全集』 卷之六).

‘夢偈’는 이미 그 시대의 유사들에게 있어 시적 화두가 되어 있었는 지도 모른다. 小棠은 조선 후기의 문신이자 서도가로서 北朝風의 隷書에 능했던 金奭準(1831～1915)의 호이다.

또한 본문에서 ‘漚幻’이란 ‘幻에 담긴 것’이라는 뜻으로, 여기서 ‘幻’은 불교적 개념으로 해석해야 하리라고 본다. 따라서 일반적 의미의 ‘환상’이라는 단어와는 다소 차이가 있다. 여기서의 幻은 오히려 ‘空’이라는 불교적 개념에 더 가깝다. 불교적 의미의 幻이라면, 쉽게 말해 우리가 보고 만지며 느끼고 상상하는 모든 것이 전혀 존재하지 않는다고 하는 것[空]들도 또한 幻이 될 수 있는 것이다. ‘허공의 꽃’이나 ‘토끼의 뿔’ 같은 종류의 의미인 것이다.

이렇듯 ‘雲外雲夢中夢’과 관련된 이야기들을 살펴보면, ‘夢偈’는 분명 해거재가 꿈속에서 우연히 얻은 시구만은 아닐 듯하다. 게다가 ‘夢偈’를 제작하기 이전과 이후에도 선취를 내세운 그의 작품이 상당수 존재한다는 사실도 이를 반증한다.

다음은 해거재가 초의선사에게 준 작품이다.

(상략)

我亦前生佛弟子	나 또한 전생에 불제자였으나
苔岑輪廻互不窮	이끼 봉우리 서로 윤회함을 궁구하지 않았네
夜燈耿耿仍不寐	저녁 등불 밝게 빛나 잠 못 이루다
鉢輿出郭初曒紅	수레 타고 나오니 아침 해가 붉게 돋네
鉢錫本自無定所	스님은 본래부터 정처 없는 몸인데
奇緣暫得我墅住	기이한 인연으로 내 별장에 머물렀도다

(중략)

手製新茶感珍貺	손수 만든 새 차를 보배로이 받았으니
暴富詩廚三夏糧	시인의 부엌에 쌓인 한 여름 양식
忽漫相逢卽相別	홀연히 서로 만났다가 또한 곧 이별하니
壞緖自與柳絲長	그 서운함이 버들가지처럼 길구나

惡詩海深灾棗梨	좋은 시 쓰지 못하고 세간 일 어긋나니
只恐汚穢淸淨場	다만 청정한 집안을 더럽힐까 두려우네
濫想申乞一語弁	생각컨대 스님의 한 말씀 빌리자면
頃禮非比祝吉祥	지극한 예의가 어찌 길상에 축원한 데 비기리
觀山不足爲師重	산 구경하는 것으로 스님 위함이 부족하니
師心堅固一金剛	스님의 굳은 마음이 곧 금강이어라[90]

　초의를 비롯한 불가와의 교유가 본격화되던 중에 초의의 인격과 학덕에 반한 해거재가 초의의 방문을 더없이 기뻐하며 지은 시이다. 완당과 자하로 인해 불가의 생활과 사상에 매료되어 가던 차에 초의로 인하여 감화를 받고 그 고마움을 읊고 있음을 볼 수 있다. 작품에 등장하는 '新茶'의 선물은 해거재에게 전혀 새로운 사상이나 다름없었던 불학 자체일 것이다.

　교유 초기에 해거재와 초의가 나눈 시들을 보면 사상에 관한 언급은 거의 없었다. 그러나 교유가 좀 더 본격화되면서 앞의 시처럼 사상을 나누고자 언급한 시들이 나오고 있다. 스님을 위한 마음이 곧 자신의 수양이며, 그러한 수양으로 스님처럼 되고자 하는 해거재의 마음이 드러나 있는 것처럼, 마음과 마음, 생각과 생각의 동의를 구하는 것이다.

　'夢偈'는 이제 꿈속의 에피소드와 함께 자하에게 건네지고, 자하의 對聯 글씨로 다시 해거재에게 돌아오게 된다. 이때 자하는 글씨와 함께 '夢偈'에 부치는 두 편의 시를 함께 보냈다. 먼저 첫 번째 시이다.

　해도인이 꿈에 깨달음의 게송을 지었는데 단지 '한 점의 청산, 구름 밖의 구름, 꿈속의 꿈'이라는 열 글자만을 기억하여 써서 가지고 와 붓에 먹을 적셔 쌍폭으로 써주기를 바라였다. 그런 까닭에 '한 점 점점이 청산은 푸르고, 구름 밖은 구름이고, 꿈속은 꿈일러라'라고 답하고, 다시 게송

---

90) 林鍾旭, 『艸衣選集』(서울: 동문선, 1993), 23~25쪽.

을 지어 이르기를 다음과 같이하였다.[91]

夢夢雲雲悟幻形	꿈속의 꿈 구름 속의 구름 환상임을 깨달으니
副車眠榻卽禪局	수레에 기대어 잠든 것도 참선이라
卷簾山色無多子	주렴 걷으니 산 빛은 아직 흐린데
只在烟鬟一點靑	안개 낀 산 빛 속에 한 점 푸름 보이네

其二

一點烟鬟靑復靑	한 점 안개 속 산 빛은 푸르고 또 푸른데
副車眠宿[92]入禪局	수레에 기대어 잠이 드니 선경에 들었네
夢非眞實雲无跡	꿈은 참모습이 아니요 구름도 자취가 없으니
誰繫蘰蘰藹藹形	뉘라서 풀과 열매 그 형상을 묶으랴

其三

春空藹藹起無形	봄 하늘의 우거진 열매 형체 없이 일어나고
午榻蘰蘰不閉局	한낮 침상 우거진 풀 빗장은 잠기지도 않았네
是夢是雲說偈已	이 꿈과 이 구름으로 이미 게송 설했더니
烟鬟點點靑山靑	아지랑이 이고 있는 점점의 청산만 더 푸르네

꿈과 구름 속을 오가는 사이 어느덧 자신도 모르게 참선의 지경에 이르는 모습이다. 굳이 참선이라 이름 붙이지 않아도 어느 한가한 절집의 노스님이 한가로이 게송을 읊는 모습이 쉽사리 연상되는 작품이다.

이 작품 역시 '夢, 雲, 靑'이 핵심어로 등장한다. 佛家에서 '夢, 雲'이 선 수행의 화두라고 한다면, '靑'은 그 화두를 깨뜨리는 마음세계, 즉 깨달음이 될 수 있다. 이 작품을 보면 적어도 자하는 선취에

---

91) <海道人夢作禪偈 只記 一點靑山雲外雲夢中夢 十字 書來要洒翰作雙幅 故應之曰 一點點 靑山靑 雲外雲夢中夢 復爲偈曰>(申緯, 『申緯全集』, 孫八注 編校, 太學社, 1983, 101~102쪽.).

92) <운외몽중> 시첩에는 宿 대신 熟으로 되어 있다. 이 밖에 글자는 다르나 의미가 같은 단어는 생략한다.

있어서의 '靑'의 경지는 이미 도달하였으며, 이 시를 받은 해거재 역시 마찬가지일 것이다.

그러나 '靑'의 경지는 도달하는 순간 또 '夢, 雲'이 되어버린다. 그렇기 때문에 참모습도 아니고 자취도 없는 '夢, 雲'은 그 아련한 형상을 잡을 이도 드물 것이지만, '靑'으로 가는 길의 빗장은 언제나 열려 있다고 말하고 싶은 것이다.

舫閣雪消風軟時	방각에 눈이 녹고 바람 부드러울 때
南簷奇暖坐如癡	남쪽 처마 볕 아래 우두커니 앉았자니
初長冬至陽生日	동지날 처음으로 양기가 솟아나는 날
更好梅花竹外枝	대나무 가지 밖에 매화꽃은 더욱 좋네
掃葉頭陀禪是墨	낙엽을 쓸어내는 두타는 선 곧 글씨요
眠雲大士偈爲詩	구름 아래 조는 대사는 시 지으니 게송이네
喚回塵世蘧蘧夢	세속의 꿈을 깨어 다시 돌아 불러보니
一點靑山落硯池[93]	한점 청산은 벼루못에 빠져 있네

<復題一詩呈海道人>[94]

이 작품은 제목에 보이는 것처럼 자하가 해거재에게 '夢偈'의 쌍폭 대련 글씨와 함께 1편 3수의 시를 보내고자 쓴 뒤에 다시 한 수를 더 쓴 것이다. <운외몽중>시첩에는 '자하북선원의 소낙엽두타가 붓을 잡고 쓰다(紫霞北禪院 掃落葉頭陀 點筆因題)'라는 제목으로 실려 있으며, 그 附記에 '소낙엽두타가 아직 남은 뜻이 있어서 다시 한 편의 시를 적었다(掃落葉頭陀 獨有餘意更題一詩)'라고 적혀 있다. '掃落葉頭陀'는 자하의 자호이다.

조선 후기에는 실학이 번성하면서 오랫동안 조선의 중심 사상이었던 주자학에 대한 반성과 비판의 기운이 일어나기 시작한다. 게

---

93) <운외몽중> 시첩에는 大人이 道人으로, 硯池가 硏池로 되어 있다.
94) 申緯, 앞의 책, 101~103쪽.

다가 청으로부터 천주교가 수입되는 등 학문과 사상 전반에 걸쳐 변화의 기운이 일자 자하는 이때 완당, 해거재 등과 더불어 불교에 심취하게 된 듯하다.

이 시기, 유사들에게 있어 불교는 더 이상 정치적으로 금기시 되던 사상이 아니라 생활철학 내지 학문적 탐구의 대상이 되어 있었다. 완당과 백파선사와의 선 논쟁이나 자하와 초의와의 佛事에 관한 사상적 교유는 이 시기의 사상적 변화를 더욱 분명하게 알게 해준다. 물론 앞서 언급했던 중국의 소동파나 황정견의 불교사상과 시선일치의 이론에 지대한 영향을 받은 것도 사실이다.

다음은 불교에 대한 그의 해박한 지식을 엿볼 수 있게 해주는 작품이다.

釋迦生辰遇今蚤	부처의 탄신일은 좀 이른 오늘이니
非我臆說亦有考	이는 나의 억설이 아니고 근거가 있네
周正夏正建寅子	주정과 하정은 인월과 자월로 세웠으니
四月二月隨顚倒	사월과 이월이 따라서 전도된 것이지
昭王甲寅四月八	소왕 갑인년 사월 팔일은
西方聖作徵乾道	서방에서 성인이 태어나 천도를 실현했네
恒星不見井泉溢	항성이 사라지고 샘물이 넘쳐 흘렀으니
太史蘇繇占奇兆	태사 소유는 기이한 징조라 점을 쳤지
是則夏正之二月	이는 바로 하정의 이월달인데
世俗不考何艸艸	세상은 살펴보지도 않고 어찌 그리 떠드는가
東人不重上元節	우리나라 사람들은 상원절은 가볍게 여기고
競說浴佛燃燈好	부처님 오신 날만 부처를 씻기고 연등하며 중시했지
遂令四月初八日	마침내 사월 초파일을 날짜로 잡아
硬做佛誕燈火鬧	불탄일이라 여겨 등불을 요란하게 밝혔네
今我鬖絲寄禪榻	이제 내가 다 늙어서 스님에게 글을 띄우니
二月八日春江曉	이월 팔일 봄날 강가의 새벽 아침이로다
我燈無盡本無等	나의 등불 한없이 많지만 본래 무등하여

作詩佛事心虔禱	부처님 일을 시로 지으니 마음은 경건해진다
玻瓈萬頃綠浪上	수정구슬은 푸른 물결 너머 두둥실 떠다니고
遠山八字修眉掃	먼 산이 팔자 모양으로 고운 눈썹을 쓸어낸다
中間湧出蓮花臺	중간에는 연화대가 우뚝 솟아 있는데
法相端嚴衣七寶	법상은 단아하고 엄중하게 칠보를 휘감았도다
稽首白佛佛無言	머리 조아려 공양하는데 부처님 말씀이 없고
意援妙諦心自了	남몰래 묘체를 건네시니 마음 속 깊이 스미네
一切榮辱本平等	세상사 온갖 영욕 알고 보면 평등한 것이니
再要業障消煩惱	다시 한 번 업장을 넘어 번뇌를 없애야지
作如是想忽無覩	이런 생각하는 중에 홀연히 사라지고
遍身山色江光繞	산 빛깔 강 빛깔이 온몸을 두루 감싸네[95]

부처의 탄신일을 두고서 세상에 말이 많아지자 자하는 시에다 자신의 의중을 담아 초의에게 보냈다. 탄신 날짜를 두고서 왈가왈부하는 것보다는 불심 그 자체가 더욱 중요하다는 자신의 견해를 피력해보고자 한 것이다.

'周正夏正建寅子'라는 구절은 '歲首'에 대한 적용 기준을 말한 것으로, 주나라의 역법에서는 寅月을 세수로 삼았고, 하나라의 역법에서는 子月을 세수로 삼았다. 그렇기 때문에 인월을 세수로 하면 자월로 세수하던 때의 4월이 곧 2월이 된다. 즉 부처의 탄신일이 2월 초파일이든 4월 초파일이든 그것은 의미가 없다는 의견을 피력코자 한 구절이 되는 것이다.

같은 대상에도 똑같은 의미의 말이 수없이 많으므로, 2월이나 4월이나 새기기에 달렸을 뿐, 이미 해탈을 이룬 부처는 태어남이 없으니 그저 가르침대로 살면 되는 것이라고 말하고 싶었던 것일까? 자하는 본질을 알려 하지 않고 허위의식에 사로잡혀 망념에 빠진 이들이 스스로 경계해야 할 것을 토로하고자 하였을 것이다.

---

95) 林鍾旭, 앞의 책, 147~148쪽.

자하의 시와 글씨를 받은 해거재는 다시 7언절구 3수와 7언율시 1수로 1편의 和詩를 제작하고 이어 7언율시 1수로 된 1편의 시를 써서 자하에게 보냈다. 이 작품의 附記에는 그가 '夢偈'를 얻었다는 꿈의 내용이 비교적 상세하게 나와 있다.

내가 얼마 전 참선의 기쁨을 누렸는데, 어느 날 꿈속에 바닷가에 이르러 어떤 해진 장삼을 입은 늙은 스님을 만났다. 현묘한 수많은 말씀을 들었는데 모두 용수보살의 오묘한 도리요 비로사나의 가르침이었다. 그러나 단지 기억나는 것은 '청산운몽' 열세 글자이기에 소낙엽두타에게 쌍폭 대련으로 써 주십사 하여 서재의 벽에 걸어두고 아울러 보내준 그 절구 3수와 율시 1수에 화답하여 이 몽중공안의 증거로 삼는다.[96]

雲雲無跡夢無形	자취 없는 구름이요 형체 없는 꿈일러니
那個梅花這個扃	저것은 매화요 이것은 빗장이 아닐런가
夢去雲來都是我	꿈이 가고 구름이 오더라도 모두 나일터이니
梅花點點一山靑	매화꽃은 점점이 한 산에 푸르게 피어 있네

梅花點點一山靑	매화꽃 점점이 피어 한 산이 푸르니
恁點靑山不要扃	빗장 칠 필요없는 청산이 아닐런가
雲是雲兮夢是夢	구름은 구름이요 꿈은 또 꿈이니
惺來所是夢中形	깨어보니 이것은 꿈 속의 형상이네

雲山夢我總忘形	구름, 청산, 꿈, 나 모두 형체를 잊었는데
住杖何人叩那扃	어느 누가 지팡이를 멈추고 빗장을 두드리나
一點靑山還有麼	한 점의 청산은 어찌 돌아오는가
雲雲夢夢眼空靑	구름은 구름, 꿈은 꿈인데 허공의 푸르름만 눈에 보이네

---

96) 余於近日頗習禪悅 夢大海岸遇一磨衲老師 說玄百千萬語 皆龍樹妙詮毘尼秘旨 但記靑山雲夢十三語 要掃落葉頭陀寫雙聯 揭之齋壁 並和其三絶一律 證此夢中公案.

空空色色悟來時　　　　공공색색을 깨달을 때
面目還他這個癡　　　　면목이 도리어 이에 저에 혼자 어리석었네
萬古月留潭底影　　　　만고에 달빛은 못 밑의 그림자로 머물고
一春梅洩鏡中枝　　　　한 봄 매화는 거울 속의 가지로 새어나오네
除非道士眞如諦　　　　도사의 변치 않는 지혜가 아니라면
那得頭陀上乘詩　　　　어찌 두타의 상승시를 얻을 수 있겠는가
點點山靑雲白外　　　　점점의 산은 푸르고 흰 구름 밖이니
玄陰何處是惺池　　　　현묘한 어느 곳이 곧 깨달음의 못이런가

이미 자하의 게송에 화답하였는데 또 꿈에 제2연을 얻어서 시 한 수를 이루다.[97]

善逝大悲大慈時　　　　선서대자대비 때에
衆生祗管拔嗔癡　　　　중생들은 탐진치에만 공경심을 드리우네
空將諦室垂千尺　　　　공허히 체실을 천 척에 드리우려 하였고
且把優曇現一枝　　　　우담화를 한 가지에 드러내려 하였네
不是惺不不是夢　　　　이는 깬 것도 아니고 꿈도 아니니
也無偈也也無詩　　　　게송도 아니고 시도 아닐러라
繩床也自梅花觀　　　　승상은 또한 절로 매화를 보는 곳인데
只麽山靑影點池　　　　다만 이렇게 청산이 한 점 못에 비치네

꿈[夢]이 가고 구름[雲]이 오는 것은 누구나 겪고 볼 수 있는 현상이다. 적어도 해거재에게 있어서의 '禪'이란 바로 이런 것이었다. 누구나 겪고 볼 수 있는 꿈과 구름이지만, 마음세계 안에 있는 '참 나[眞我]'의 존재를 깨닫고 보지 못하면 결코 이룰 수 없는 禪의 경지였던 것이다. 그렇기 때문에 작품 속에서 오가는 것은 아련한 형상으로만 남은 꿈과 구름이 아니라 그 형체마저 모두 잊어버리고 한 점 푸름[靑]으로 남은 해거재 자신이 되는 것이다.

---

97) 旣和霞偈 又夢詩第二聯足成之.

한 점으로만 남은 해거재에게는 더 이상 게송도 없고 시도 없다. '산은 산이요, 물은 물이니, 산은 산이 아니며 물은 물이 아니도다'라는 게송처럼 모든 게송과 시는 모두 '空'이 되고, 空은 다시 한 점 靑이라는 실체로 다가선다. 탁월한 선취의 경지요, 자신이 추구했던 詩禪一致의 이론에 부합되지 않음이 없다.

다시 해거재에게서 이 작품을 전해 받은 자하는 그 奇麗함을 칭찬하는 장문의 附記와 함께 7언 율시 한 수를 제작하여 화답한다.

해거 선생이 화답한 시가 이미 그 기려함을 다했는데도 밤에 또 한 수를 읊었다. 불을 때서 밥을 해 먹는 사람의 입에서 나오는 것과는 크게 다른 것이었다. 이 꿈에 緣起가 처음 거울의 꽃에서 나타났는데 이것이 산과 구름으로 바뀌어 나타났다. 게송도 아니고 시도 아니었다. 문득 禪域에 나아가 답하기가 어려우니 점차 話頭로 바뀌었다. 옛날 조사 목서향 백수자라도 이에서 나을 것이 없으니 누가 萬丈의 狂塵 안에 이러한 청정한 무거운 화두가 있을 줄 알았겠는가? 가히 한 편을 종합하여 짓지 않을 수 없기에 다시 전운을 따라서 짓는다.[98]

睡破參橫月落時	잠이 깨어 삼성이 기울고 달이 떨어질 때
鏡燈花影轉成癡	경등 꽃 그림자는 어질어질 어리석게 만든다
維摩詰室開方丈	유마법실은 방장을 열었고
優鉢曇花現一枝	우담화가 한 나뭇가지에 드러났네
夢豈綺紈公子夢	꿈이라고 어찌 세속 도령들의 꿈이랴
詩非煙火食人詩	시도 화식하는 속세 사람의 시가 아닐세
者重公案參禪味	무거운 화두는 참선의 맛을 보아
恬徹中邊嚥玉池	달콤한 맛은 그릇까지 입으로 삼킬 판이네

—掃落葉頭陀

---

98) <海居人和詩 旣極其奇麗 夜又夢得一聯 大非煙火食人口氣 是夢也緣起始現 於鏡花 因想轉成於山雲 非偈非詩 頓造禪域 難去答來 轉成話頭 木犀香柏樹 子 又無以過此 誰知萬丈狂塵內 有此淸淨者 重公案 不可無統述一篇 復用前 韻>(申緯, 앞의 책, 1013~1014쪽.).

　부기에 적은 대로 이 시는 자하가 해거재의 '몽게'에 대한 최종적인 의미를 부여해보고자 제작한 작품이라고 할 수 있다. 속세에 몸을 담은 사람들이 꾸는 꿈에서는 쉽게 얻어질 수 있는 偈가 아니니 이는 분명 화두임이 분명할 것인데, 이 화두는 禪家에 몸을 담고 있는 사람들조차 쉽게 답할 수 있는 성질의 것이 아님을 말한다.

　결국 범상하지 않은 어떤 경지에서 생활하면서 어느 날 꿈에 偈를 얻은 해거재나 그 偈를 중심으로 서로의 생각을 시로 나누며 참선의 경지로 합일해가고 있는 자하 자신이나 이미 그 화두의 그윽한 맛을 음미했노라 결론짓고 싶었던 것이다.

　이 시를 마지막으로 '몽게'를 두고 주고받았던 자하의 작품에 대하여 해거재 역시 '자하선생이 종합적으로 한 편을 지었는데 이는 특히 대승으로, 시로 이에 다시 화답하며[99)]'라는 부기를 달아 마지막 몽게를 완성한다.

夢偈來來去去時	꿈속의 게송으로 오가는 때
頭陀癡又道人癡	두타도 어리석고 도인도 어리석어라
月升東嶺傳西嶺	달은 동령에서 올라 서령으로 넘어가고
花謝南枝遞北枝	꽃은 남지에서 져서는 북지로 옮아가네
那未現頭方妙法	머리를 드러내지 않아도 바야흐로 묘법이고
卽無言地是眞詩	말이 없는 곳이 바로 참다운 시일세
心心相印然然畫	마음과 마음은 서로 다 그러그러한 그림인데
消息何煩更墨池	소식을 어찌 다시금 번거로이 묵지에 할까?

　이 작품 역시 자하의 시와 마찬가지로 '몽게'를 정리하는 내용이다. '말이 없는 곳이 바로 참다운 시'라면 이는 분명 '敎外別傳 不立文字'의 경지이다. 마음과 마음이 이미 하나의 경지로 통했으니 이제 소식 전하는 일이라면 굳이 글이 아니어도 좋다는 말이다. 즉 소식을

---

99) 紫霞先生統述一篇　別是大乘　終敎復和.

전하는 일에 굳이 글이 필요가 없어진다면 이미 이들의 경지는 禪의 경지와 별반 다를 바 없게 되는 것이다.

물론 이들의 작품에서 보이는 선의 모습은 선사의 그것과는 차이가 있다. 선사의 선시가 철저한 수행과 참선 속에서 체득화된 선의 모습으로 구현되는 데 비해 이들의 생활이나 작품 속에서는 그러한 면이 보이지 않으며, 선적 흥취를 다분히 원용하여 마음의 경지를 드러내 보인다는 점이다.

이 작품을 마지막으로 자하와 해거재 사이의 '몽게'는 끝이 나는데, 후일 완당은 이들의 작품을 글씨로 남기는 과정에서 자신의 소회를 3수의 시로 표현하고는 이 시첩의 마지막에 함께 남긴다. <운외몽중> 시첩은 이렇게 해서 완성이 되는데, 완당이 남긴 3수는 다음과 같다.

中底外邊一二形　　가운데, 밑, 바깥, 가로 한 두 형상을
山光開闔叩玄扃　　산빛에 열고 닫는 깊은 문 두드렸네
夢醒雲散知何處　　구름 흩고 꿈 깨이니 모를레라 어드메뇨
還有靑山一點靑　　청산이라 한 점 청만 남아 있네

拈起靑山一點靑　　청산이라 한 점 청을 손수 뽑아 일으키니
機鋒觸處啓雲扃　　기봉이 닿은 곳에 구름 빗장이 열렸다네
萬里烏雲天際夢　　만리라 검은 구름 하늘가의 꿈이거니
百千燈攝百千形　　백천 등불 백천 형상을 거두어들이누나

或似花形似樹形　　꽃 형상 비슷하다 나무 형상 비슷키도
華嚴樓閣不關扃　　화엄의 누각이라 문을 걸지 않았거든
夢中雲外無遮住　　꿈속이나 구름 밖이 가리고 멈춤 없어
信手拈來一點靑　　손 가는 데 맡기어라 일점 청을 뽑아오네

那伽山人走題雲外居士夢偈詩帖後

'나가산인이 운외거사의 <몽게시첩> 뒤에 급히 붓을 휘둘러 쓰다'

라는 부기가 붙어 있는 작품인데, '那伽山人'은 완당의 별호이다. 완당의 시는 이들 세 사람의 작품 중 선시에 가장 가깝다고 할 수 있다. 이 작품에는 자신이 손수 쓴 부기처럼 '급히 붓을 휘둘러 쓴' 흔적이 전혀 묻어나지 않을 만큼 깊고 고요한 선의 경지를 보여준다. 아울러 자하와 해거재 간에 주고받았던 '몽게'를 자신의 입장에서 명쾌하게 정리까지 해주는 느낌이 들게 한다.

작품에서 보면 '靑'이라는 시어 하나로 참선의 경지를 드나듦이 매우 자유로움을 알 수 있는데, 이는 완당이 가진 그의 선적 경지를 가감 없이 나타내 준다고 할 수 있다. 꿈속과 구름 밖이 구별이 없고, 사방팔방 눈에 보이는 형상도 구별이 없는 가운데 고요히 마음 다스리노라면 저절로 禪에 드는 그런 경지에 다름 아닌 것이다.

4. 맺음말

문학사적인 측면에서 볼 때 조선 후기는 한마디로 격동기였다고 할 수 있다. 이러한 모습은 당시 혼란했던 정치·사회사적 환경이 그 대부분의 動因이 되었을 것이다. 특히 이 시기 실학사상의 도입으로 국문학이 활기를 띠게 되면서 '脫 장르화' 내지 '脫 사상화'의 경향이 뚜렷이 드러났음은 주지의 사실이다.

특히 불교와 관련된 예술 분야에 이르면 이러한 현상은 더욱 두드러진다. 이전까지의 탱화에서는 보이지 않던 서민들과 양반들의 모습이 구체적으로 보이는가 하면, 산중에서만 생활하던 승려들이 각종 포교가사를 지어들고 山門을 벗어나기 시작한 것도 이 시기였던 것이다. 이러한 사회적 배경과 더불어 사상적 배경에도 변화가 일기 시작하면서 수많은 유사들이 불교에 관심을 갖게 되며 이러한 관심을 그들의 작품 속에 투영시키게 된다. 이러한 과정 중에 자연스럽게 '詩禪一致'라는 문학적 경향이 대두되었다고 할 수 있을 것이다.

그러나 이러한 경향은 중국의 그것과는 사뭇 다른 양상을 보인다. 중국에서는 심미시파를 중심으로 선종의 흥취와 묘오 등을 빌려 예술의 이상을 실현하면서 그 이론을 확립해나간 반면에 우리나라에서는 주로 승려들과의 직접적인 교유에 영향을 받은 바가 크기 때문이다. 공개적으로 불교를 배척하던 시기가 너무 지난했던 것도 그 중요한 이유가 될 수 있을 것이다.

하지만 이들이 가진 美的 理想은 선의 그것과 별다른 차이를 보이지 않는다. 항상 교유하면서 지켜보던 승려들의 선을 지향하는 생활방식이 시인의 심미적 안목을 일깨우고 곧바로 작품에 투영시키는 경우가 많았기 때문이다. 앞서 본문에서 살펴본 해거재나 자하 그리고 완당의 경우가 대표적인 예가 될 수 있을 것이다.

이 글에서는 조선 후기를 대표하는 시인으로 해거재와 자하, 완당을 들어 이들의 교유관계 속에서 드러난 '선취'를 작품을 통해 파악해보고자 하였다. 본 장에서 모두 언급하지는 못했지만 당시 이들뿐만이 아니라 승려들과 지속적인 교유를 가지면서 나름의 작품 세계를 구현했던 이들도 상당수 존재한다. 앞으로 이들의 작품까지 구체적으로 고찰이 된다면 조선 후기의 시사적 의의가 더욱 빛나게 되리라 여겨지며, 이러한 작업은 다음으로 미룬다.

제 **6** 장

順天 松廣寺의 禪詩 傳統

1. 머리말

한국 선시의 효시를 찾으라면 우리는 단연 眞覺國師 慧諶(1178~1234)을 꼽는다. 普照國師 知訥(1158~1210)의 불교혁신운동 이래 진각국사 혜심이 그 법을 이어 받으면서 한국 선종의 전개가 이루어졌던 것처럼, 선시에 있어서는 진각국사 혜심으로부터 비롯하여 圓鑑國師 冲止(1226~1292)를 거쳐 浮休 善修(1543~1615), 草衣 意恂(1786~1866)에 이르기까지 그 전통이 사라지지 않고 충실히 이어져 왔다.

본 장에서는 그중에서도 순천 松廣寺를 중심으로 하는 선의 전통성과 함께 선시의 전통성을 고찰해보고자 한다. 선의 전통성에 대해서는 그간 선사상에 대한 연구가 매우 활발하였으므로, 여기에서는 송광사라는 사찰을 연구의 대상으로 한정하여 그곳을 중심으로 한 선적 흐름을 간략히 살펴보고자 한다. 나아가 송광사를 중심으로 활발한 활동을 전개했던 주요 인물들의 면모와 시작품을 주된 연구대상으로 하여 그 선시적 전통과 계승 관계를 살펴보고자 한다.

따라서 본 장은 이미 밝혀진 본 연구 대상에 대한 새로운 탐색이라기보다는 그들 혹은 그들이 남긴 작품들 간의 선적인 연관성을 살펴봄으로써 하나의 전통적 흐름을 제시하려는 의도임을 미리 밝히는 바이다.

2. 송광사와 禪의 전통

송광사는 전라남도 순천시 송광면 조계산에 있는 사찰로, 삼보사찰의 하나인 승보사찰이라 불리는 매우 유서 깊은 사찰이다. 예전에는 大吉祥寺 또는 修禪社라고도 하였다. '송광'이라는 절 이름은 조계산의 옛 이름인 송광산에서 비롯된 것으로, 口傳에 의하면 이 산이 장차 '18공(十八公)이 배출되어 불법을 널리[廣] 펼 훌륭한 장소'이기 때문에 '송광'이라 하였다고 한다. 즉 소나무 송(松)를 '18공(十八公)'으로 파자하고 '광(廣)'을 佛法廣布의 뜻으로 해석한 데서 유래한 것이다.[100]

송광사의 창건에 대한 정확한 자료는 없지만, <松廣寺事蹟碑>와 <普照國師碑銘> 및 『昇平續誌』 등에 신라 말기의 승려인 體澄에 의하여 창건되었다는 기록이 남아 있다. 그 당시에는 길상사라고 불리었으며, 승려의 수가 30명 내지 40명을 넘지 못하는 규모의 사찰이었는데, 고려 인종 때의 승려인 釋照가 중창하려는 願을 세우고 준비하였으나 완공하지 못한 채 죽고 말았다. 이후 50여 년이 지난 뒤 보조국사 지눌이 이곳으로 定慧社를 옮겨옴으로써 비로소 새 규모의 사찰로 발전하기 시작하였다.

지눌은 그 자신을 이를 때 항상 牧牛子라 하였다. 소를 기르는 사

---

100) 한국불교연구원 저, 『한국의 사찰 6—송광사』(서울: 일지사, 1999), 19쪽.

람이라는 뜻으로, 여기에서 소는 智慧 혹은 眞心을 이르는 말이다. 그 소를 기른 곳이 이곳 정혜사[송광사]였으니, 오늘 날에 이르기까지 일찍이 볼 수 없었던 왕성한 禪風은 곧 여기에서 비롯되었다고 할 수 있겠다.

2.1. 보조국사 지눌과 定慧寺

고려 명종 12년(1182년)에 지눌은 개성 보제사에서 열렸던 談宣法會에 참가한 적이 있다. 그곳에서 그는 뜻을 함께하는 몇몇 사람과 이야기를 나누던 중, 산속에 들어가 結社를 만들어 항상 선정을 익히고 지혜를 닦자고 제안하였다. 그러자 이 말을 들었던 대부분의 사람들은 지금은 바른 도가 사라진 末法의 시대이므로 선정과 지혜를 닦고 있을 수만은 없으며, 오히려 부지런히 阿彌陀佛을 외워 정토에 갈 업을 쌓는 것이 훨씬 나을 것이라고 대답했다. 이 일이 있고난 후 지눌은 뜻을 같이하는 동지들과 함께 <勸修定慧結社文>을 지어 결사를 하게 되는데, 바로 정혜결사의 시작인 셈이다.

지눌은 또 정혜결사를 하면서 修禪의 눈빛을 맑게 하자고 외쳤는데, 이는 청정가풍을 일구어 나가는 것과 같은 말이다. 청정가풍이 일어나려면 당연히 淸規가 있어야 하는데, 이 청규란 계율을 새롭게 제정한 것을 말한다. 청규는 '佛之道以達磨而明 佛之事以百丈而備'라는 표현에서 보듯이 百丈에 의해 갖추어졌는데, 백장의 이러한 청규는 중국 선종을 더욱 확고히 하는 계기가 되었다.[101]

지눌 역시 고려 불교를 불사 중심의 불교에서 수행 중심의 불교로 견인하면서 새로운 청규의 필요성을 절감하였을 것이다. 수행을 중심으로 맺어진 정혜결사의 경우 수행자의 결집이 필수불가결한 요소였기

---

101) 목정배, 「수선사불교의 수행가풍과 청규」, 『선의 세계』(법홍 엮음, 서울: 도서 출판 호영, 1992), 105쪽.

때문이다. 결국 이러한 결사는 송광사로 대변되는 조계총림의 원류가 되어 지금까지 이어지는 우리 선의 전통이 되었다고 할 수 있다.

결사 이후 지눌은 <誡初心學人文>을 저술하였다. 이 <계초심학인문>은 修禪社 중심의 청규였지만, 이후 한국 선종의 청규로서 자리하게 되는데, 사실 이 계는 매우 간략한 편이다. 그러나 이 계는 소승율 대승계를 다 포함하고 있으며, 초발심한 학인이 지키는 계목은 깨달음을 얻은 사람의 수행과 하나임을 밝히고 있다.

특히 이 글에서 '初發心時便成正覺'이라고 한 것은 중요한 의미를 갖는다. 선의 수행에서 처음이 잘못되면 영원히 잘못되는 것임을 알고 경계하고자 한 뜻이다. 어쨌든 백장의 청규에서 선원청규가 나왔고, 다시 지눌의 청규에서 고려청규가 만들어졌으며, 이 청규가 한국 불교 수행의 맥을 잇고 있음을 간과해서는 안 될 것이다.[102]

2.2. 진각국사 혜심과 修禪寺

지눌의 정혜사가 송광산 길상사를 중심으로 이루어진 이후, 고려의 희종은 즉위하자마자 그 이름을 고쳐 조계산 수선사로 하도록 친히 글을 써서 내렸다. 그리고 6년이 지난 1210년 지눌이 입적하자 문도들의 추천을 받은 혜심이 수선사의 제2세 法主가 되었다.

그 후 혜심은 조정의 지원을 받아 수선사를 확장하고 선풍을 더욱 크게 진작시켜 나갔다. 이 시기에 왕을 위시하여 귀족과 지방 수령 등을 포함한 수많은 승속들이 제자가 되기도 하였다.[103] 특히 그중에는 무신집권자들의 가족과 그들에게 동조했던 문무 관료들도 많았음이 확인된다.

---

102) 목정배, 앞의 논문, 106쪽.
103) 권기종, 「진각국사와 선문염송집」, 『선의 세계』(법홍 엮음, 서울: 도서출판 호영, 1992), 149쪽.

혜심은 특히 지혜가 뛰어나고 시문에 능한 사람이었다고 전해진다. 그런 그가 남긴 저술에는 각종 어록과 시집 등이 있는데, 이 중 『禪門拈頌集』은 불후의 찬술이라고 평가받는 저술이다. 『선문염송집』은 고종 13년(1226)에 출간된 것인데, 그가 자신의 문하였던 眞訓 등과 더불어 古則 1125종과 여러 조사들의 염송 329종을 모아 30권으로 묶은 저술이다.

혜심은 수선사의 장래와 나아가 우리 선풍의 영원한 미래를 위해 이러한 저술 활동을 펼쳤다고 볼 수 있다. 실제로 『禪門拈頌集』에는 당시에 현전하던 선가의 모든 法語와 語錄이 섭렵되었다고 해도 과언이 아닐 것이며, 이는 곧 선학의 백과사전이라고 칭할 만큼 요긴한 선가의 문헌자료집이 되었다.104) 그리하여 선 수행을 하는 이들에게는 이 염송집만으로도 충분히 그것에 힘쓸 수 있었으며, 이로 말미암아 우리의 선풍은 더욱 큰 발전을 이루게 되었던 것이다.

참고로 '傳燈錄'이 史的인 면에서 종합적인 저술이라면, '拈頌'은 본질적인 면에서 종합적인 저술이라고 할 수 있다. 다시 말해 선가의 모든 저술물들이 사라진다고 해도 '전등록'과 '염송'만은 사라져서는 안 되는 저술인 것이다. 특히 '염송'은 公案에 대한 수많은 사람들의 評과 頌을 질서정연하게 분류했다는 데에 그 특색이 있다105). 이러한 '염송'이 '선문염송'이라 하여 혜심에 의해 이루어졌다는 사실은 우리 선풍의 위상을 한층 더 높여주는 결과에 다름 아니다.

조계산 수선사가 보조국사 지눌에 의해 문을 연 이래 제2대 진각국사 혜심을 거치면서 그 선풍은 사실상 굳건한 기반을 다지게 되었다. 그러나 저서로 볼 때, 두 국사에게는 매우 대조적인 면모가 보이기도 한다.

지눌이 저술을 통해 주로 납자들에게 發心하여 修禪하기를 권장한 면이 장점이라 한다면, 혜심의 저서는 수선하는 납자들이 수행하면서

---

104) 권기종, 앞의 글, 113쪽.
105) 석지현, 『선으로 가는 길』(서울: 일지사, 1994), 357쪽.

옛 조사들의 행적과 頌 등을 통해 悟道하기를 강조하고 있다는 면이 장점인 것이다. 다시 말하자면, 지눌의 저서는 수행자들의 안식처인 총림을 개설한 것과 그 의의가 맞는다고 하겠고, 혜심의 저서는 총림에서 상당 기간 수행을 쌓은 수행자들에게 꼭 필요한 내용이라는 점에서 그 의의를 찾을 수 있는 것이다.[106]

혜심의 열반 이후 수선사의 법맥은 제3대 淸眞國師 夢如, 제5대 圓悟國師 天英, 제6대 圓鑑國師 冲止를 거쳐 조선시대 세종대 제16대 高峰和尙 法藏을 마지막 國師로 하여 끝을 맺는다. 이후 抑佛崇儒라는 정책을 앞세운 조선시대의 불교 탄압기를 거치는 동안에도 부휴선수 등의 대선사가 계속 송광사의 명맥을 유지하였으며, 근세의 曉峰禪師에 이르기까지 한국 선종의 요람이 되어 왔음은 분명한 사실일 것이다.

3. 禪詩의 전통과 계승

3.1. 禪定과 智慧, 慧諶의 선시

한국 선시의 효시이자 백미라고 할 수 있는 것은 진각국사 혜심의 시이다. 혜심은 1178년 화순에서 태어났으며, 속성은 崔이고, 호는 無衣子라 하였다. 어려서 아버지를 여의고 홀어머니 슬하에서 자라며 출가하기를 희망하였으나, 어머니인 배씨의 완강한 거부로 유학에 힘쓸 수밖에 없었다.

그러던 중 24세 되던 해 사마시를 마치고 곧 태학관에 들어갔으나 어머니의 병으로 인해 고향으로 돌아와 경전 독송으로 병 수발을 하

---

106) 백운 역술, 「십육국사전」, 『선의 세계』(법흥 엮음, 도서출판 호영, 1992), 149쪽.

였다. 그러나 어머니는 오래 살지 못하고 별세하였고, 어머니를 위해 제를 올리고자 조계산 길상사로 보조국사를 찾아가게 되었다. 이것이 계기가 되어 혜심은 비로소 출가를 하게 된 것이다.

혜심은 『禪門拈頌集』 외에도 『無衣子詩集』이라는 시집 두 권을 남겼는데, 이에 대하여 이종찬[107)이 비교적 다양한 관점에서 종합적으로 고찰한 바 있다. 우선 그는 『무의자시집』의 선시를 '禪定的 詩情', '智慧的 詩想', 그리고 '詩體의 다양성'이라는 측면에서 연구하였다.

그에 의하면, 지눌이 定慧雙修의 修禪을 제창하고 그 뒤를 이은 혜심에게서 그 실천의 실례를 여러 각도에서 볼 수 있는데, 한 마디로 말하자면, 승속의 구별을 느낄 수 없는 '染淨不二의 脫俗'이라고 하였다. 특히 지눌의 독특한 사상으로 평가되는 '先悟後修'를 문학적으로 '先想後述'이라는 등치어로 대체하여, '悟'는 '문학적 상상력', '修'는 '述作'에 해당한다고 보고, 이러한 바탕 위에서 혜심의 시문학이 이루어진 것이 아닐까 하는 제안[108)을 내놓았다.

다음은 혜심의 <對影>이라는 작품이다.

池邊獨自坐	나 홀로 못가에 앉았다가
池低偶逢僧	우연히 못 밑의 중을 만났네
嘿嘿笑相視	잠자코 웃으며 서로 바라보고는
知君語不應[109)	그대 알고 말해도 대답이 없네

이 시는 대단히 함축적인 의미를 담고 있다. 작품에서 보면 표면적으로는 우선 본체와 그림자가 못을 통해서 마주하고 있는 사실을 알 수 있겠다. 또한 여기에서 바라보는 이는 일상적 모습의 자기이며, 못 밑에 비친 모습은 번뇌와 망상이 사라진 선정의 정신적 경계에서 마

---

107) 이종찬, 「혜심의 실천적 수선」, 『한국불가시문학사론』, 서울: 불광출판부, 1993.
108) 이종찬, 위의 책, 113쪽.
109) 혜심, 『무의자시집』(『韓佛全』 제6책, 1994, 56쪽).

주하는 본래의 자기로 볼 수도 있다.

기구의 '獨自坐'는 선정의 고요한 상태를 의미한다. '偶'는 무목적의 寂靜한 상태이다. '嘿'의 의미는 언설로서 표현할 수 없는 言外의 宗旨를 나타내는 방식이다. 묵묵히 말없는 가운데 서로 바라보고 짓는 웃음, 이때 웃음의 의미는 무언으로 마음에 통하여 서로 계합했음을 의미하는 '염화미소'인 것이다.

들여다보는 자와 못에 비친 자는 不二로서 바로 자기 자신일 것이다. 이 '둘 아님'은 맑은 마음의 상태에서 이루어질 수 있는 것이며, 따라서 거울같이 맑고 고요한 못을 통해서 본체와 현상의 일치가 드러나고 있는 것이다.

위 시는 고요한 선정의 경지를 드러낸 시로서 본체적 청정성과 이를 관조하는 선사의 태도가 드러나 있다. 결구의 말없음은 선정의 경계로서 합일된 자아를 의미한다. 이 시는 자신의 영상을 의인화하여 객체화하고 있으며 생명을 불어넣어 시적 대상으로 승화시켰다[110]고도 할 수 있을 것이다.

다음은 혜심이 수행의 방편으로 삼으라고 권하는 작품 중의 한 수이다.

出家須自在	출가를 하였거든 모름지기 스스로 있어야 하니
幾個透重關	몇 개의 관문이나 거듭해서 거쳤는가
獨步遊方外	홀로 뛰어나 세상 밖에서 노닐고
高懷傲世間	높은 뜻으로 세상을 내려 보게 된다네
片雲身快活	몸이 쾌활하니 한 조각 구름인 듯
霽月性淸閑	마음 청한하니 개인 달빛인 듯
一飯一殘衲	밥 한 그릇 누더기 납의 한 벌
鳥飛千萬山	천만의 산을 나는 새가 된다네

<出家境界吟>

---

110) 박재금, 『한국선시연구』(서울: 국학자료원, 1998), 112~113쪽.

이 시는 출가의 지경에 이르러 머뭇거리는 이들에게 출가 이후의 자재한 삶을 보여주는 작품이다. 혜심은 수행의 생활을 결정한 이들에게 굳이 '어떻게 해야 한다'는 등의 방편은 전혀 보여주지 않는다. 그가 말하는 것은 그저 속박에서 벗어난 세상의 모습이 어떠한지에 관한 것뿐이며, 그러한 세상의 모습 역시 전혀 특별한 모습이 아니다. 그렇게 가장 평범한 듯한 삶의 모습을 보여주고 있으나, 마음을 깨치는 못한 사람들에게서는 쉽게 찾아지는 그런 평범함은 결코 아닌 것이다. 한마디로 '선은 어디에나 있으나 어디에도 없는' 그런 경지를 보여주는 작품이라고 할 수 있겠다.

선가에 전해오는 말 중에 '산은 산이 아니요, 물은 물이다'라는 아주 유명한 선어가 있다. 이 말은 어떤 위치에 처해 해석하느냐의 차이에서 그 입장이 드러날 수 있다. 애초에 누구에게든 산은 산이요, 물은 물이었으나 출가의 경계에 들어서면 산은 산이 아니요, 물도 물이 아니게 되며, 이를 空의 경지라고 하였다.

그러다 오도의 경지에 이르면 다시 그 산은 산이요, 물은 물이 되어 버리니, 이를 또 色의 경지라 하였다. 처음과 마지막에 나오는 산은 보이기에 똑같은 산일뿐이지만, 대상을 느끼는 마음에서 차이가 있는 그런 산이 되는 것이다. 즉 공의 간계를 거쳐 도달된 깨침의 세계가 되는 것이다.

이는 또 불교의 <牧牛圖>에서 말하는 가장 마지막 경지인 '入廛垂手'의 단계와도 흡사하다. 출가 전 애초의 저잣거리와 오도 후에 들어간 저잣거리의 모습은 분명 다를 바 없겠지만, 그 저잣거리에 임하는 마음의 자세, 즉 利他行의 장소로서의 저잣거리는 분명 다르다는 것이다. 그렇기 때문에 오도의 경지에 이른 선사들의 입장에서 본다면 결국 선이란 느끼지 못하는 것일 뿐, 어디에나 있는 것이요, 반면 아직 수행 중이라면 그 어디에서나 존재하는 선의 모습을 아직은 보지 못해 어디에도 없는 것이 되는 것이다.

혜심 선시의 또 다른 특징 중에 하나로 다양한 시체의 구사가 두드러진다는 점은 이미 전술한 바 있다. 개인의 선적 체험을 시로 표현하는 것조차 쉽지 않은데, 이러한 차원을 넘어 당시 유학자들도 어려워하던 다양한 시체를 사용하여 시를 지었다는 것은 그의 작시 능력이 얼마나 뛰어났는지를 극명히 보여주는 것이라고 하겠다.

현재 혜심의 시집에는 回文詩와 寶塔詩 혹은 層詩의 형식을 가진 시들이 몇 편 남아 있다. 이는 조선시대 法宗 虛靜(1670~1733)의 잡체시와 초의 의순의 보탑시 등으로 그 맥이 이어진다고 할 수 있다.

다음은 혜심의 층시 한 수를 들어본다.

人　人

隨業　受身

苦樂果　善惡因

不循邪妄　常行正眞

粃糠兮富貴　甲胄兮義仁

況須參玄得眞　自然換骨淸神

體不是火風地水　心亦非緣盧坵塵

沒縫塔中燈燃不夜　珷根樹上花發恒春

風磨白月兮誰病誰藥　雲合靑山也何舊何新

一道通方爲聖賢之所履　千車共轍故古今而同進

층시란 특별한 명칭 없이 그저 '一言至十言' 등으로 불리기도 했던 형식을 말한다. 보통 처음 1언부터 차례로 글자의 수를 늘려가는 형식을 취하는데, 그 모양이 마치 글자로 층이 이루어진 듯하여 '層詩'라 부르거나, 절집의 탑과 같은 모양이라 하여 '寶塔詩'라고 부르기도 한다.[111]

이 작품 역시 2언에서 시작하여 20언으로 끝을 맺고 있다.[112] 지면

상 우리말로 옮기지는 않았지만, 대체적인 내용을 보자면 사람이라고 하는 존재는 모두 업으로 인해 그 몸을 받는다는 것이다. 그래서 사람마다 다른 삶의 고락 역시 업에 따른 선과 악의 인연이 된다는 것이다. 그러니 간사함이나 헛된 망령됨을 멀리하고 바르고 참됨만을 행하라는 당부의 표현이다.

하나의 도가 사방으로 통하는 것은 옛 성현들의 발걸음이기에 그리하고, 갖가지 수레의 바퀴도 예나 지금이나 같기에 나아갈 수 있다는 수행의 방편을 제시하고 있는 작품이기도 하다. 불도 자체가 이미 오묘한 것이라서 그 오묘함을 깨치는 것이 悟道라고 한다면, 그 오묘한 것을 드러내주는 시적 형식으로 이와 같은 잡체시의 형식만한 것도 없으리라 여겨진다.

여기에서 잡체시가 선시의 오묘한 경지를 드러내는 데 적합하다고 한 것은 순전히 그 형식에서 말미암은 것으로, 보탑시 뿐만 아니라 예를 들어 법종 허정의 <演雅體誡妙體>라는 작품은 묘체에 대해 스스로 삼가며 조심한다는 내용으로, 演雅의 형식을 빌려 제작한 시이다. 이 작품에서는 충어금수의 이름으로 龍, 兎, 虫, 魚, 鴈, 龜, 蟬, 鶴이 쓰였다. 특히 '토끼가 늘어놓은 말씀 죽은 후에 그림'이라든가, '고기 눈이 밝은 구슬을 헤아리지는 못하리라' 등의 시구는 言語道斷이라고 불려도 좋을 만큼 상식의 범위에서는 그 내용이 이해가 되지 않는다고도 할 수 있다. 그러나 그것이 곧 선시의 한 가지 특성이고 보면 선시와 가장 잘 어울리는 형식이 또한 연아체 나아가 잡체시라고도 할 수 있을 것[113]이라 여겨진다.

---

111) 제1장 3.4. 참조.

112) 이 작품은 <次錦城慶司祿從一至十韻>(『無衣子詩集』 권 상, 『韓佛全』 제6책, 50쪽)이란 제목으로, 본래 1언에서 시작하여 10언으로 끝을 맺으며, 총 20구로 되어 있는 작품이다. 그러나 본 장에서는 이 작품을 '韻'을 기준으로 재배치하였기에 2언에서 시작하여 20언으로 끝을 맺었다고 하였다.

113) 제1장 3.3. 참조.

어쨌든 혜심이 어려서부터 어머니의 뜻에 따라 유학을 공부하여 과거에 합격할 정도의 실력을 이미 갖추고 있었다는 점, 그리고 당대의 집권층이 비록 무반 중심이었다는 하나 그들과의 시적 교유가 두터웠다는 점 등이 이와 같은 그의 작시 능력을 반증한다고 할 수 있겠다.

이러한 혜심의 작시 능력은 제자들에게 선 수행의 방편으로 내려준 '示~'114)로 시작되는 일련의 작품들을 생산하는 원동력이 되어, 그의 문하에 들었던 제자 등에게 새로운 감화가 되었다. 혜심의 시로 수행에 정진하며 깨달음을 찾았던 그들은 나름의 선시로 한국 선시의 맥을 이어가게 되는 것이다.

혜심의 선과 문학성에 대해 이종찬은 이론적으로나 坐禪으로 入定만 한 것이 아니라, 당시 사회에 널리 응용되었음을 주목하여야 하고, 이는 불교의 弘布라는 데만 관련되는 것이 아니라 이렇듯 고려 사회의 문학의 깊이를 열었다고도 할 수 있다115)고 보았다. 어쨌든 혜심의 선이 송광사 지눌의 간화선을 전통적으로 계승·발전시키며, 이러한 발전은 선시를 생산하는 모태가 되었다고도 할 수 있을 것이다.

3.2. 直說의 솔직함, 沖止의 선시

圓鑑國師 沖止는 1226년 전남 장흥에서 출생하였고, 17세에 사마시를 거쳐 19세에는 장원을 하기도 하였다. 한때 관직을 제수 받아 복무하던 중에 일본으로 건너가 외교관으로서의 임무를 충실히 이행

---

114) <示~>로 시작되는 대표적인 작품으로 <示覺雲上人>이라는 작품이 있다.

欲知解脫道	해탈의 길을 알려면
根境不相到	근원과 대상이 서로 이르지 말아야 해
眼耳絶見聞	눈과 귀는 보고 들음 끊어야 하고
聲色鬧浩浩	소리와 빛은 시끄럽기 끝없어.

115) 이종찬, <慧諶의 실천적 修禪>, 앞의 책, 128쪽.

하며 국위를 떨친 바도 있었다. 어려서부터 출가의 뜻이 있었으나 부모님의 만류로 그 뜻을 이루지 못하다가 29세 되던 해에 제5대 국사인 원오국사에게 나아가 출가를 허락받고 수계하였다.

충지의 시는 비교적 많은 연구가 이루어진 편으로, 여느 선사와는 달리 문학 작가로서의 면모가 잘 드러나 있는 편이다. 특히 이진오[116)]에 의하면 충지의 시는 사회시에서 가장 주목을 받고 있으며, 그 특징으로 솔직성, 자연과 사람에 대한 사랑, 그리고 소재의 다양성을 들고 있다. 이 항에서는 이러한 특징들을 근거로 그의 시의 일단을 살펴보기로 한다. 그 중 사회시는 조선시대 임진왜란기에 지어진 선시에도 그 영향을 미치고 있다.

다음은 직설의 솔직함을 보여주는 그의 작품이다.

諸君手裡有錢神　　　　到處能回滿面春
自笑山僧與時左　　　　唯將冷語屢氷人

<戲書>[117)]

모두들 손 안에는 돈 귀신이 들어 있어
이르는 곳곳마다 얼굴 가득 봄으로 돌아가려 하는데
우습구나 산승만은 속세와 멀어져
차가운 말로 거듭 남만 얼리네

충지는 그 스스로 당대에 무한한 존경과 함께 임금으로부터도 귀한 대접을 받는 대선사였다. 그럼에도 불구하고 세속의 榮利는 물론이거니와 山家에서의 영욕에도 전혀 관심을 두지 않았다. 그렇기 때문에 스승이 권하는 住持 자리도 마다하고 오로지 수행에만 힘쓰다 만년에야 비로소 上堂하게 된 것이리라.

시어에 보이는 표현은 매우 직설적이다. '錢神', 즉 '돈 귀신'이라

---

116) 이진오, 「원감국사 충지의 시세계」,『한국불교문학의 연구』, 서울: 민족사, 1997.
117) 김달진,『한국선시』(서울 : 열화당, 1994) 101쪽에서 재인용.

는 표현으로 세속의 영리를 쫓는 세태를 표현하는가 하면, '冷語'라는 표현으로 '꾸짖음' 혹은 '질책'을 표현한다. 법도에 맞지 않는 행동을 하는 사람이면 출가인이든 아니든, 신분이 높든 낮든 구애됨이 없이 호되게 꾸짖어 법도를 세워나가는 것으로도 볼 수 있을 것이다.

그러나 그 이면에는 속세를 멀리하고 오로지 冷語만을 내뱉는 자신의 행동을 반성적으로 돌이켜보고 있는 충지의 모습을 더불어 찾을 수 있다. 속세와 멀어져 있기에 利他行을 행해야 할 그 속세를 잘 알지 못하는 자신의 무지함을 솔직하게 질책한 작품인 것이다. 역으로 생각하면 선 수행에 전념하여 산가에서 나오지 않고 산가의 생활에 온전하게 젖어 있는 자신의 모습을 질책하는 작품이 될 수도 있을 것이다.

헛된 세상을 지나며 밟았을 영욕을 씻어 내고, 헛된 망상을 보며 탁해진 눈을 씻어 내는 것이 출가인의 첫 번째 행함이다. 그 후에야 비로소 한마음으로 수행에 정진하며, 중생의 제도에 나설 수 있는 것이다.

혜심 역시 태어나서 입적할 때까지 단 한 번도 서울 땅을 밟지 않았다고 한다. 스스로 낮추고 경계하기를 평생 게을리 하지 않았다는 의미이며, 그것이 곧 그를 존숭 받는 대국사가 되게 한 하나의 동인이 되었다고 할 수 있을 것이다.

두 선사의 선시적 연결은 이렇게 이루어진다. 물론 선의 전통이 계승되었기에 가능한 일이었을 것이다. 혜심의 선시는 매우 잔잔하다. 그러나 충지의 경우 때론 격해지기도 한다. 시대적 상황이 그렇게 만들었을 수도 있겠지만, 매우 직설적이며 솔직하고, 그래서 그가 사회적 현상에 직접 참여하게 만들었을 것이다. 선시라는 문학적인 면에서만 보자면, 시적으로 한 단계 더 나아간 지평을 충지가 열게 된 셈인 것이다.

3.3. 선 수행 전통의 계승, 浮休의 선시

浮休 善修는 조선 중기의 선사로, 청허 휴정과 더불어 조선시대 불교와 불가문학의 양대 산맥을 형성한 인물이라고 할 수 있다. 부휴 선사의 선사상에 대한 연구는 김인덕[118]으로부터 시작되었고, 그의 시문학에 대한 연구는 이종찬[119]에게서 비롯되었다고 볼 수 있다. 그리고 그의 시에 나타난 선사상과 현실 인식에 대한 연구로는 김석태[120]의 논문이 돋보인다. 그에 의하면, 부휴의 선시는 '선 수행 전통의 계승', '담담한 선취의 표출', '유·불의 無碍한 교섭', 그리고 '國難에 대한 우려와 고뇌'를 담고 있다고 하였다. 여기에서는 선 수행에 있어서의 전통을 계승하는 그의 작품을 한 수 살펴보고자 한다.

抱拙人間事不能　　幾年孤臥白雲層
晚來投我求禪旨　　應整頹綱繼祖燈

<贈和道人>

속 좁아 세상일엔 무능하나니
흰 구름 속 홀로 누운 것이 몇 해이던가
늙어서야 나를 던져 禪旨를 얻었으니
마땅히 쇠한 기강 바로잡고 조사의 등불 이어가리라

어느 도인이 부휴를 찾아와 어지럽던 당대의 불교에 대해 이야기를 나눈 모양이다. 사실 이 시기는 전란도 전란이려니와, 불교에 대한 탄압 역시 극에 달한 시기였다. 일부는 전란에 맞서 승병으로 나아가 나라를 위해 목숨을 던지기도 하였겠지만, 또 일부는 내외적인 핍박

---

118) 김인덕, 「부휴선사의 선사상」, 『한국불교사상사』, 익산: 원광대출판부, 1975.
119) 이종찬, 앞의 책.
120) 김석태, 「부휴선수의 시에 나타난 선사상과 현실인식」, 『고시가연구』 제12집, 한국고시가문학회, 2003.

에서 벗어나고자 승복을 벗어버리는 경우도 많았다고 한다. 이런 시기에 부휴는 스스로 쇠해가던 불가의 기강을 바로잡고, 선의 전통을 계승하겠다고 나선 것이다.

부휴는 청허 휴정 등이 임진왜란이라는 국난에 처해서 역사의 현장에 뛰어들어 적극적으로 대처했던 것과는 달리 현실에 참여하지는 않고 오로지 수행에만 힘쓴 인물이었다. 그가 당대의 현실에 직접 뛰어들지 않았던 이유에 대해 밝혀진 바는 없지만, 신체적인 불편함과 그의 시에서 보이는 선천적인 온건함[121] 때문이었다고 생각된다. 그렇다 하더라도 그가 국난에 대해 아예 도외시한 것은 아니었다. 다음 시는 국난에 처한 그의 입장을 잘 대변해주고 있다.

憂國憂民日盆深　　只緣兵火萬家侵
萬腔雖有忠情在　　隻手無因露赤心

<次諸賢避亂書懷>

나라 걱정 백성 걱정 날로 깊어 가는 것은
온 나라를 짓밟은 병화 때문이라네
가슴 한 가득 충정은 있으되
다만 한 쪽 손이라 붉은 가슴 내보이진 못하고

전란을 맞아 모두들 집을 버리고 피난 가는 상황에 처한 그 안타까움을 표현한 작품이다. 어디를 가든 병화를 맞아 고통스러워하는 현장에서 스스로 먼저 뛰어들지 못하는 아픈 마음이 여실히 드러나 있기도 하다. 그가 전란에 맞서 뛰어들지 못하는 이유 중의 하나를 짐작할 수 있는 시구가 바로 '隻手'이다. 전란에 맞설 충정은 있으나 맞서지 못하는 것은 '한 손'이었기에 가슴엔 붉은 이슬만 맺혀 있는 까닭일 것이다.

---

121) 김석태, 앞의 논문, 17쪽.

부휴는 극심한 불교 탄압기에 처해 쇠락해가는 불교계를 수호하고 선풍을 계승하고자 하는 책임과 염원을 시로 표현하였다고 볼 수 있다. 게다가 국난을 타개하기 위해 직접 참여하지는 않았지만, 그럴 수밖에 없었던 그의 상황과 고뇌 역시 시에 반영될 수밖에 없었을 것이다.

4. 맺음말

본 장은 순천 송광사가 가지고 있는 선시 전통의 흐름을 찾기 위한 시도였다. 그런 의도에서 먼저 송광사의 선 수행의 전통을 알아보았다. 그리하여 송광사의 선 수행은 보조국사 지눌에 의해 간화선의 맥이 정립되는 것으로 시작되어, 진각국사 혜심, 원감국사 충지 등으로 이어지는 禪脈을 확인할 수 있었다.

그리고 선 수행의 과정에서 말로는 표현하지 못하는 선의 宗旨를 문학이라는 형식을 빌려 표현하는 선시의 본격적 출현이 진각국사 혜심에 의해 이루어졌음을 확인하였다. 혜심의 선시는 선의 본질적 측면을 표현하는 본연의 임무와 더불어 다양한 형식의 선시를 구사함으로써 그 지평을 보다 넓혔다는 데에 그 의의가 있었다. 이어 원감국사 충지의 선시에 주목하여 그의 선시 역시 혜심의 뒤를 이어 직설의 솔직함으로 사회의 참여로까지 나아가는 발전적인 모습을 확인할 수도 있었다.

조선시대 부휴선사에 이르면, 극심한 불교 탄압기에 날로 쇠해가던 불가의 기강을 다시 잡고, 선의 전통을 계승하려는 의지를 적극적으로 시를 통해 표현하는 반면, 사회 현실에 대한 무한한 아픔과 애정을 동시에 살펴볼 수 있었다.

이런 고찰을 통하여 시대를 초월했던 이들이 '선 수행'과 '수행자의 제 모습 찾기'라는 면에서 일련의 연관성을 가지고 있다고 결론지었다. 혜심의 경우나, 충지 그리고 부휴 역시 사회적 활동[122]과는 담을 쌓고 오로지 충실하게 수행하는 수행자의 모습을 강조했던 사실도 더불어 알 수 있었다. 물론 충지나 부휴가 사회 현상에 대해서 특히 관심을 가졌던 것도 사실이나, 이때의 사회 현상은 그들이 구제해야 할 백성들이자 중생들이었다는 사실도 간과할 수 없을 것이다.

송광사의 선시 전통이 세 사람의 선시에 의해서만 이루어지는 것은 물론 아닐 것이다. 그러나 우리 선시의 오늘이 진각국사 혜심에 의해 시작되어 선승들의 전통으로 남았음은 부인할 수 없는 사실이다. 또한 원감국사 충지의 선시나 부휴선사의 선시 역시 선시 연구에서 많은 비중을 차지하고 있는 실정이고 보면, 송광사의 선시 전통은 이 세 사람에 의해 이루어지고 계승되어 왔다고 해도 과언이 아닐 것이다.

---

122) 여기에서 '사회적'이라는 개념은 이들이 개인적으로 혹은 교단에서의 특정한 목적을 가지고 진출하는 사회라는 뜻으로 쓰였다.

제 7 장
佛家 漢詩에 나타난 故鄕 意識

1. 머리말

예로부터 고향은 우리에게 있어 매우 특별한 의미를 갖는다. 태어나서 어린 시절 자란 곳을 떠나 생활하는 사람들이라면 그 의미는 더욱 각별해진다. 그것은 고향이 우리에게 정신적으로 무언가 특별한 것을 부여하기 때문이다. 또한 고향은 사람마다 그 모습이나 의미가 제각각이다. 있는 그대로의 자연물이 될 수도 있고, 지금은 사라져 그저 추억 속의 모습만이 남아 있는 곳이 될 수도 있으며, 자신이 처한 상황에 의해 변질된 상상 속의 고향이 될 수도 있는 것이다.

그런 '고향'이 특정한 '정신'에 편입되면, 당연히 그 의미가 변할 수밖에 없다는 것이 현재적이며 일반적인 관념이 되었다. 여기에서는 출가 이후 전에 몸담았던 세계를 俗世라 부르며 불가 이외의 모든 것을 버리는 '불교'의 경우를 말한다. '고향마저 버려야 하는' 佛家의 사람들, 나아가 出世間을 방편 삼아 참선의 경지를 궁구하는 승려들의 '고향의식'이 일반 대중들의 고향의식과는 분명 다르리라 생각되기 때문이다.

그간 이루어져왔던 시인 내지 개별 작품 속의 고향의식에 관한 연구는 양적으로나 질적으로나 매우 활발하고 수준 높은 편이었으나 이는 모두 '世間'의 경우에 해당한다고 볼 수 있다. 다시 말해 '出世間'의 경우에서 '고향의식'에 관한 연구가 이루어진 경우는 인권환[123]의 경우를 제외하고 매우 미진한 편이다. 따라서 본 연구는 '출세간' 즉 佛家에서 이루어진 작품들을 대상으로 그들의 고향의식이 어떤 내용으로 어떠한 사유를 담고자 하는지 考究하는 것을 그 목적으로 삼는다.

이를 위하여 본 장에서는 시기적으로 조선시대, 그리고 그 시기에 활동했던 승려들 가운데 '고향'과 관련된 시를 남겼던 인물과 그 작품만을 연구의 대상으로 삼겠다. 구체적으로는 虛應 普雨(1515~1565), 淸虛 休靜(1520~1604), 浮休 善修(1543~1615), 逍遙 太能(1562~1649), 中觀 海眼(1567~?), 翠微 守初(1590~1668), 天鏡 海源(1691~1770), 草衣 意恂(1786~1866) 등의 작품이다.

또한 이러한 개별 작가들의 작품을 연구대상으로 삼기에 비교·분석학적인 방법론이 매우 유용하리라 여겨진다. 각 작품들이 제작된 시대적·사회적·정치적 배경이 모두 다르기에 이러한 방법론을 원용한다면 작가들 개인뿐만 아니라 시대적 흐름에 따른 고향의식의 변모까지도 살펴볼 수 있으리라 기대되기 때문이다.

지금까지 불가에서의 고향이란 '부처에게 歸依한다'는 말처럼 부처에 다름이 아니었다는 인식이 대부분이다. 본 장에서 다루고자 하는 작가와 작품들에 있어서도 마찬가지이다. 물론 그러한 인식은 매우 보편적이면서도 타당한 것이기는 하지만, 사회·정치적 현실에 따라 그 인식은 분명 차이를 보이고 있음이 몇몇의 작품에서 충분히 확인된다. 이러한 경향은 특히 조선시대의 불가한시에서 더욱 확연히 드러난다. 따라서 본 장에서는 조선시대의 불가한시를 대상으로 '悟道處

____

123) 인권환, 「佛敎詩의 故鄕意識」, 『韓國佛敎文學硏究』, 고려대학교 출판부, 1999.

로서의 고향의 모습'과 '涅槃處로서의 고향' 그리고 '出出世間處로서
의 고향'의 모습을 찾아보고자 한다.

2. 悟道處로서의 고향

불가에서 말하는 가장 일반적인 고향의 모습을 우리는 '悟道處'라
고 표현할 수 있을 것이다. 이러한 모습은 불교가 도입되어 수용된
이래 변하지 않았던 고향의 의미라고 할 수 있다. 조선시대의 선승들
의 경우에도 이런 모습은 확인된다.

먼저 逍遙 太能의 <無題>라는 작품을 살펴보자.

大地山河是我家　　　　更於何處覓鄕家
見山忘道狂迷客　　　　終日行行不到家

<無題> 五124)

이 땅 이 산하가 바로 다 내 집이련만
다시 어디에서 고향 집을 찾으리오
산을 보다 길을 잃고 미쳐 헤매는 길손이여
온종일 가고 가도 집에는 못 가리라

太能은 담양에서 태어나 백양사에서 득도하였다. 청허휴정의 제자
로서 치열하게 수행한 것으로 유명하다. 임진왜란 때는 義僧軍에 참
여하였으며, 후에 지리산 연곡사에 주석하면서 禪과 敎를 통하여 많
은 후학을 배출하였기에, 逍遙派라고 불리는 법맥을 이루기도 하였다.

이 작품에서 태능은 출세간의 승려로서 머무는 집은 마땅히 절집이
려니와, 또한 수행하는 모든 곳이 머물 수 있는 집이 된다고 하였다.

---

124) 逍遙太能, <無題> 五, 『逍遙堂集』 追錄(『韓佛全』 제8책, 197쪽).

그래서 발길 닿는 곳은 모두 제 집인 것이다. 발길 닿는 대로 여기저기 가는 것은 곧 수행의 모습이요, 그리하여 닿는 곳은 悟道處가 된다는 말과도 다름없다. 그러니 찾아 헤매는 고향집[鄕家]은 깨달은 바로 그곳이라고 말한다. 수행하는 과정에서 잠시 한눈이라도 판다면 '고향'으로 가는 길을 잃고 미쳐서 헤맬 뿐이니 어찌 고향에 이를 수 있겠는가. 정진하고 정진하는 것 외에는 '우리들의 고향', 즉 悟道處에 이르는 방법은 없다고 말하고 싶은 것이다.

다음은 中觀 海眼의 <삼선로의 만>이라는 작품이다.

故園消息雪初晴　　一曲啼鳥送遠行
水上泥牛元不住　　空中木馬亦長鳴
龕前但薦歸雲白　　天外時看列岫靑
欲識禪師眞面目　　紅爐焰裡碧波生

<三禪老挽>125)

고향 소식 들려오자 눈은 막 개이고
한 노래 우는 새는 먼 길을 전송하네
물 위의 진흙 소 본디 머물 수가 없으니
공중의 나무말도 긴 울음 울어 옌다
불장 앞에는 단지 돌아가는 흰구름만 차려 드리고
저 멀리 벌려 선 푸른 산만 바라본다
선사의 진면목을 알고자 하니
붉은 화로 불꽃 속에 푸른 물결 일어나네

海眼은 무안 사람인데, 어려서부터 총명하여 신동이라 불렸다고 한다. 휴정의 문하에서 공부를 하다가 마음의 깨달음을 얻었으며, 이 때에 임진왜란이 일어나자 영남 지방에서 義僧을 일으켰다. 전란 후에는 화엄사에 있으면서 法化를 펼쳤고, 만년에는 지리산에서 참

---

125) 中觀海眼, <三禪老挽>, 『中觀大師遺稿』(『韓佛全』 제8책, 204쪽).

선 수도에 정진하였다.

이 작품은 해안이 평소에 흠모하고 존경해 마지않던 禪客의 불장[龕]을 접하고 지은 듯하다. 그 앞에서 문득 들려오는 고향 소식에 흩날리던 눈도 개었으니, 그토록 찾아 애쓰던 깨달음의 한 자락을 붙잡은 것이다. 그리하여 3, 4구에서는 '물 위의 진흙 소 본디 머물 수가 없으니(水上泥牛元不住) / 공중의 나무말도 긴 울음 울어 옌다(空中木馬亦長鳴)'고 하여 자신이 닿은 悟道處에 대한 모습을 형상화했다. 悟道의 경지에서 바라본 세계는 이전과는 전혀 다를 바 없는 것 같으면서도 사뭇 다른 모습이다. 이전에도 익히 보던 '흰 구름'과 '푸른 산'이련만 그 구름과 산이 유독 '白靑'인 것이다. 그리하여 붉은 화로의 불꽃에서 푸른 물결로 찾은 것이 禪客의 진면목이요, 자신의 悟道處였던 것이다.

다음 작품은 四溟 惟政의 <정응선자에게 보냄>이라는 禪偈다.

此事從來弄劍刃　　弄來須愼犯鋒茫
遲疑若墮思量路　　孤負爺孃隔故鄕

浮生存沒速流電　　脫却籠頭早著忙
鐵壁那邊飜一轉　　此時方得到家鄕

<贈正凝禪子>126)

이 일은 종래 칼과 칼을 희롱할지니
희롱함은 모름지기 칼끝 범함을 삼가는 것
만약 의심하고 망설이다 사량분별에 떨어지면
부모님 저버리고 홀로 고향에서 멀어지리

나고 죽는 뜬구름 인생 번개처럼 흐르니
삼태기 벗고 나서려면 일찍부터 나서야하네

---

126) 四溟惟政, <贈正凝禪子>, 『泗溟堂大師集』 卷五(『韓佛全』 제8책, 60쪽).

> 은산 철벽의 끝에서 한 번 굴러야만이
> 이 때야 비로소 고향길에 이르나니

惟政은 조선 중기의 고승으로, 풍천 임씨이다. 속명은 應奎, 자는 離幻, 호는 四溟堂 또는 松雲, 별호는 鍾峯이다. 惟政은 불승으로서의 업적도 뛰어나지만 문장으로도 그 이름을 크게 떨쳤다. 특히 왜적들과의 회담 이후 선조에게 올린 <討賊保民事疏>는 문장이 웅려하고 그 논조가 정연함은 물론 保民討賊의 이론과 실천방도까지 제시한 탁월한 문장이었다고 한다. 이런 유정이 쓴 시는 그의 제자들이 엮어 남긴 『泗溟堂大師集』에 254수가 실려 전하지만, 그의 친구 許筠은 대사의 시를 수천 수 모았으나 모두 잃었다는 이야기도 있다. 유정의 詩才를 능히 알게 해 주는 기록이라고 할 수 있을 것이다.

이 작품은 평생 전쟁에 임하였음에도 수행의 끈을 놓지 않았던 유정이 정응선자에게 수행과 오도가 무엇인지 알려준 시라고 할 수 있다. 우선 첫 수는 수행에 전력으로 힘쓰지 않거나 생각만 많아지면 결국 '의심하고 망설이는' 분별심으로 그 '끝' 혹은 '가장자리'까지 다가선 그간의 수행은 무용지물이 될 뿐이라는 것을 말하고 있다. 그리하여 의심을 가지고서 망설인다면 '고향', 즉 悟道處로 가는 길은 점점 멀어질 뿐이며, 외로운 길이 될 수밖에 없음을 말하고 있다.

이어 두 번째 수에서는 사람의 일생은 덧없는 것으로 어느 순간인지도 모르게 죽음에 이르게 되니 한시라도 빨리 수행의 길로 들어서야 한다고 말한다. 그리고 그 수행은 결코 쉽지 않은, 그리고 쉽게 깨지지도 않는 철벽과 같은 것이니, 그 마지막에서 몸을 던질 수 있어야 한다고 했다. 그렇게 몸을 던져 이르는 곳이 그토록 찾아 헤매던 '고향'이요, 그것이 곧 오도에 이르는 길, 즉 悟道處가 된다는 것이다.

배규범 역시 그의 저서에서 이 시를 언급하며 '山寺가 脫俗的 意味를 갖는 이유'에 대해 '寺刹＝山＝脫俗界'의 이미지를 넘어서 '山

寺＝修行＝佛國土’의 이미지를 갖기 때문이라고 전제한 뒤, 첫 구에
보이는 ‘此事’, 즉 ‘이 일’이 바로 ‘수행’의 業을 의미한다[127]고 말한
바 있다.

　이처럼 조선시대 선사들 역시 ‘고향’을 ‘불도’ 혹은 ‘그에 대한 悟
道’ 등으로 表現하였다고 할 수 있으나, 고려시대의 절대적인 그것과
는 약간의 거리가 있음을 알 수 있다. 그 量에서도 많은 차이가 나거
니와 그 質에 있어서도 ‘적극성’과 ‘소극성’이라는 차이가 있었던 것
이다. 이는 시대적 배경에 따라 달라졌던 불교의 위상과도 깊은 관련
이 있으리라 생각된다.

3. 涅槃處로서의 고향

　고려시대와 마찬가지로 죽음이 고향으로 치환된 작품 역시 몇 수
살펴보겠다. 주로 ‘임종게’류의 작품에서 고향이 언급되는 경향이 있
는데, 대표적으로 보우와 태능의 게송이 그것이다. 다음은 虛應 普雨
의 ＜臨終偈＞이다.

<blockquote>

幻人來入幻人鄕　　　五十餘年作戲狂
弄盡人間榮辱事　　　脫僧傀儡上蒼蒼

</blockquote>

＜臨終偈＞[128]

　　허깨비가 허깨비의 고향으로 찾아 들어와
　　오십 년을 미치광이 놀음으로 모두 보냈네
　　인간의 영욕사를 미친 듯 다해 두고서
　　허수아비 중 껍질을 벗고 푸르른 하늘로 올라서네

---

127) 배규범, 『조선조 불가문학 연구—壬亂期를 중심으로』(서울: 도서출판 보고사,
　　 2001), 148쪽.
128) 虛應普雨, ＜臨終偈＞, 『虛應堂集』 卷下(『韓佛全』 제7책, 575쪽).

이 작품에서 표현된 '鄕'은 '죽음'이나 '열반'을 의미한다기보다는 오히려 '세속'을 의미한다고 보는 것이 일면 더 타당할 듯싶다. 그러나 아무 것도 모르는 허깨비로 태어나 그 허깨비의 고향에서 놀았다고 했으니, 여기에서의 '鄕' 또한 세간의 모습은 아닐 것이다. 여기에서 허깨비는 보우 그 자신이자 또 다른 자신의 모습임을 주목할 필요가 있다. 게다가 普雨의 삶과 그가 살다간 시대적 상황을 참고한다면 스스로 말한 '오십 년의 미치광이 놀음'도 충분히 이해가 가는 시구이다.

당대 儒士들에 의해 普雨는 妖僧이라 불렸다고 한다. 그러나 이는 당대 抑佛을 주장했던 사람들의 모함하는 소리에 불과하다. 보우가 당시의 불교 상황을 호전시키기 위해 수많은 애를 썼던 것만큼은 부인하지 못할 것이다. 보우는 중종 25년(1530) 금강산 마하연암에 들어가 참선과 경전 연구에 전심하고, 6년 만에 하산하였다. 그러나 官의 횡포로 사찰이 파괴되고 주지가 투옥되는 사태에 직면하자 다시 입산하였다. 명종 3년(1548) 명종의 어머니 문정왕후의 신임을 얻어 봉은사의 주지가 되었고, 이는 당시 질식 상태에 있던 불교를 부흥시키는 데 주도적 역할을 하게 하는 결정적인 계기가 되었다.

그리하여 普雨는 1550년에 禪敎 兩宗을 부활시키고, 1551년에는 윤원형 등의 도움으로 300여 개의 사찰을 지정하여 국가로부터 공인을 받게 하였다. 그리고 度牒制에 따라 2년 동안 승려 4,000여 명을 선발하여 자격을 인정하는 한편, 과거에 僧科를 두게 하는 등 많은 활약을 하였다.

그러다가 1565년 문정왕후가 죽자 각지의 排佛上疏와 儒林의 성화에 밀려 승직이 박탈되고 제주에 유배되었다가 참형되었다. 普雨가 죽은 뒤 불교는 종전의 억불정책 시대로 되돌아가 그가 만들어 놓았던 兩宗制度와 僧科制度가 폐지되는 등 심한 억압을 받게 되었다.

이렇듯 普雨는 한평생을 불교의 진흥에 힘을 쏟았던 인물이었으니, 자신의 임종게에서 밝힌 대로 '미친 놀음'만 하며 살았던 셈이었다.

불교 자체가 겪었던 흥망성쇠만큼이나 그 자신의 삶 또한 그와 다를
바 없었으니 남은 것은 허수아비 같은 목숨뿐이었다. 그 목숨마저도
털어버리고 푸르디푸른 하늘로 올라가며 내려다 본 '고향'은 '늘 허깨
비가 놀던 곳'이요, '진리가 묻혀 버린 땅'에 다름 아니었던 것이다.
　다음은 逍遙 太能의 <臨終偈>이다.

　　　解脫非解脫　　　　　　해탈이 해탈 아닌데
　　　涅槃豈故鄕　　　　　　열반이 어찌 고향이리오
　　　吹毛光燦燦　　　　　　취모의 검빛은 번쩍번쩍
　　　口舌犯鋒鋩　　　　　　혀끝에 머금은 말들이 그 끝을 범하네
　　　　　　　　　　　　　　　　　　　　　　　　　　<臨終偈>129)

　해탈이 해탈이 아니고, 열반이 고향이 아니라는 것은 역설적 표현
이라고 할 수 있다. 그래서 고향은 열반을 넘어선 또 다른 곳까지를
의미하는 말이 된다. 열반을 넘어선 경지가 어떤 곳인지는 알 길이
없으나, 太能은 그 열반마저도 넘어선 경지를 원하는 것이다. 죽어서
도 멈출 수 없다는 수행심의 발로라고 할 수 있다.
　太能은 바로 눈앞에 열반의 경지를 두고서도 평생 자신을 다잡아
왔을 그 날카로운 칼끝을 놓지 않으려 한다. 그러면서도 수행하는 내
내 들어왔던 무수한 空論으로 칼끝을 거역하는 이중의 모습을 보인
다. 空인 것도 없고 空이 아닌 것도 없는 그래서 결국은 '空'일 수밖
에 없는 열반으로 들어가는 모습인 것이다.
　즉 진정한 해탈은 삶과 죽음이라는 현상계적인 단절의 의미에서 나
오는 것이 아니라, 그것을 초월해 있다는 것, 결국 이러한 임종게를
통해 그가 전달하고자 하는 바는 취모검의 예리한 경지를 살아서 현
세에서든, 죽어서 내세에서든 끊임없이 추구하라는 바람130)에 다름

---

129) 逍遙太能, <臨終偈>, 앞의 책(『韓佛全』 제8책, 198쪽).

아닌 것이다.

4. 出出世間處로서의 고향

　승려들에게 있어서 出世間으로서의 고향이라고 하면 이미 살폈듯이 ‘佛道’ 혹은 ‘그에 대한 悟道’를 뜻하는 것이다. 그렇다면 出出世間處로서의 고향은 어떤 의미가 될 수 있을 것인가. 고향을 버린 승려들에게 있어 고향은 이미 잊혀지거나 잊어야만 하는 개념이다. 수행에 있어 邪氣로 작용한다는 이유 때문이다. 그러나 이미 깨달음을 얻은 경지라면 그 고향마저도 무심히 받아들일 수 있었을 것이다. 出出世間으로서의 고향은 바로 그런 의미이다.

　다음은 淸虛 休靜의 <고향에 돌아와서>라는 작품이다.

三十年來返故鄕	삼십 년 만에 고향 마을 돌아왔더니
人亡宅廢又村荒	사람은 죽고 집은 허물어져 황량하구나
靑山不語春天暮	청산은 말이 없고 봄 하늘 저무는데
杜宇一聲來杳茫	두견새 울음소리 아득히 들려오네
一行女兒窺窓紙	한 떼의 계집아이들 창구멍으로 엿보고
鶴髮隣翁問姓名	백발의 노인네는 누구냐고 묻는다
乳號方通相泣下	어릴 적 부르던 이름에 서로 눈물 흘리는데
碧天如海月三更	바다 마냥 푸른 하늘에 달은 벌써 삼경이네

<還鄕> 二[131]

　休靜의 본관은 完山이며, 자는 玄應, 호는 西山, 淸虛이다. 과거를 보았으나 뜻대로 되지 않아 친구들과 같이 지리산의 華嚴洞·七佛洞 등을 구경하면서 여러 사찰에 기거하던 중, 靈觀大師의 설법을 듣고

---

130) 배규범, 앞의 책, 166쪽.
131) 淸虛休靜, <還鄕> 二, 『淸虛集』 卷三(『韓佛全』 제7책, 694쪽).

佛法을 연구하기 시작하였다. 후에 임진왜란이 발발하자 의승을 일으켜 왜적을 패퇴시키면서 한양을 수복하는 데 막대한 역할을 했던 승병장이기도 하다.

이 작품은 임진왜란이 일어나기 훨씬 전에 쓰인 작품인데, 사람이 죽고 집이 허물어져 황폐해진 마을의 모양은 전란의 영향이 아닌 고향 마을을 떠나 있었던 시간이 매우 오래되었음을 의미한다. 또한 삼십 년 동안 한 번도 찾지 않을 정도로 수행에 전심했으니, 그 이후에 찾은 고향은 결코 예사롭지 않은 모습이어야 한다.

그러나 작품 속에 드러난 고향의 모습은 너무나 예사롭다. 사람이 죽고 집이 허물어진 것은 세월의 영향일 수밖에 없으니 당연한 모습이다. 또한 그 안에서 행여 아는 이라도 있을까 기웃거리는 휴정의 모습을 만날 수 있다. 그렇게 기웃거리던 휴정이 백발이 성성한 이웃집 노인을 만났다. 그리하여 먼 기억 속에서 어릴 적 이름을 용케 기억하고는 반가운 마음에 눈물 흘리며 지난 세월을 이야기하는 그저 평범한 고향시일 뿐이다. 부처를 생각하거나 불도를 설파한다거나 하는 내용은 조금도 없는 無心의 고향 그대로인 것이다.

다음은 浮休 善修의 <조카 혜일이 고향으로 가는 길을 전송하며>라는 시를 살펴보자.

嗟汝今行影獨隨　　情多臨發語遲遲
倚門鶴髮如相問　　只待春風楊柳時

故鄕千里路漫漫　　惜別秋雲暗碧山
我獨幽居汝獨去　　兩含離恨淚澘澘

左右常隨知幾年　　天涯相別意茫然
不辭同與還南去　　只恐歸機不自便

<送姪惠日歸故鄕>132)

지금 네 가는 길 홀로 그림자만 따르나니
쌓은 정 많아져 보내는 말 더듬더듬
문에 기댄 부모님이 물으시거든
그저 봄바람에 푸른 버들만 기다리시라 대답하렴

고향 가는 천리 길은 질펀하기만 한데
이별의 아쉬움에 가을 구름이 푸른 산을 뒤덮네
나는 홀로 산에 있는데 너는 홀로 길을 가니
우리 이별의 한 머금은 눈물만 흘러내리네

곁에 있으며 따른 지 그 얼마더냐
하늘가를 두고 하는 이별에 마음은 망연하네
남쪽 고향 가는 길 함께 가자 말하지 말아라
고향가면 단지 스스로 편해질까 두렵단다

善修의 호는 浮休, 성은 김씨로 남원에서 출생하였다. 20세에 부모의 허락을 얻어 지리산으로 들어가서 信明의 제자가 되었다. 한때 서울로 올라가 盧守愼의 장서를 7년 동안이나 읽었다고 한다. 또한 필법으로 왕희지체를 익혔는데, 사명당과 함께 당대 二難으로 불릴 정도로 훌륭했다고 전한다. 1614년 송광사에서 입적하였다.

이 작품은 조카가 돌아가는 고향에 함께 가고 싶은 마음이 애절하게 표현된 시라고 할 수 있다. 그래서 조카와 언제나 함께 가는 그림자조차 부러운 마음이요, 아쉬운 정에 말조차 절로 더듬거려지는 이별의 정경이다. 부모님에 대한 안부도 잊지 않는다. 다음 봄 푸르른 어느 날 찾아뵐 것이라 전하라는 그 말에 어서 봄이 왔으면 하는 애틋한 기다림마저 엿보인다.

계속해서 조카와 이별하는 아쉬움을 2, 3수에서 노래하고 있다. 조카

---

132) 浮休善修, <送姪惠日歸故鄕>, 『浮休堂大師集』 卷四(『韓佛全』 제8책, 12쪽).

와 함께 산에서 지낸 세월이 이미 수년이나 되었던 모양이다. 그렇게
함께 지내다가 이제 자신은 산에 남고 조카만 홀로 고향에 돌아가니
그저 눈물만 흘릴 뿐 말이 이어지지 않는다. 가까스로 조카가 무언가
말을 꺼내려는 순간 스스로 먼저 말을 막아버리는 모양이 더욱 슬프다.
자신도 고향에 돌아가고 싶은 마음이야 한량이 없지만 그 고향에 닿는
순간부터 겪게 될 속세의 편안함을 경계하는 것이 먼저인 것이다.

다음은 四溟 惟政의 <고향>과 <고향을 생각하며>라는 작품이다.

十五離家三十回	열 다섯에 떠난 집 삼십에 돌아왔네
長川依舊水西來	긴 내는 예와 같이 서쪽에서 흘러오고
柿橋東岸千條柳	시교 동쪽 언덕에는 천 가지 늘어진 버들
强半山僧去後栽	그 절반 이상은 나 떠난 후 심었는가

<故鄕>133)

南國迢迢回鴈絶	남쪽 나라 아득히 돌아오던 기러기도 끊기고
病中虛動故園情	병중의 허약함은 고향의 정 일으키네
雲埋楚峽客長望	구름 덮인 먼 골짝에서 길손 오나 바라보며
月墮江樓夢屢驚	달 떨어진 강루에서 깜짝 놀라 깨어난 꿈
節晩橫塘飛落絮	철 늦은 못가에는 버들개지만 이리저리
春深故院語流鸎	봄이 깊은 사원에는 꾀꼬리가 지저귄다
遙知洛水去年路	지난 해 낙동강은 기억도 가물가물
芳草萋萋依舊生	아름다운 화초는 예전처럼 우거졌으리

<望鄕>134)

<故鄕>은 첫 구에서 말한 바와 같이 열 다섯에 집을 떠나 삼십에
돌아왔으니 1570년대 중반에 지은 것으로 보인다. 임진왜란 발발 전
이었으니 고향을 그리는 작품에 황폐함이 묻어 있지는 않다. 그러나

---

133) 四溟惟政, <故鄕>, 『泗溟堂大師集』 卷四(『韓佛全』 제8책, 57쪽).
134) 四溟惟政, <望鄕>, 위의 책, 52쪽.

역시 그 사이 변한 고향의 모습에서 반가움을 느끼는 모양이다. 어릴 적 노닐었던 마을 어귀의 시내는 변함없으나 동쪽 언덕의 버들가지는 그 사이 몇 배나 우거져 새삼 어릴 적 고향이 생각나는 것이다.

<望鄕>에 보이는 고향은 앞 시에서 노래했던 바로 그 고향이다. 이 시는 惟政이 일본에 가 있을 때 지은 것이라고 추측되는데, 타향도 아닌 타국에서 바라는 고향은 바로 작년에도 가 보았던 낙동강가의 어느 마을이다. 게다가 타국에서 병까지 얻었으니, 솟구쳐 오는 고향 생각은 마음마저 무겁게 한다. 구름 덮인 먼 골짜기 너머에는 그리워하는 고향이 있을까 꿈속에서나마 고향을 볼 수 있을까 그저 마음으로밖에 느낄 수 없는 고향의 모습이다. 이 순간의 고향은 열반처도 오도처도 아닌 그저 어릴 적 노닐던 바로 그 '고향'인 것이다.

다음은 翠微 守初의 <고향으로 돌아와>라는 작품이다.

老來鄕國忽關神　　日暖浮杯漢江春
到處物華渾是夢　　見人笑談半非眞
門前槐柳飄花盡　　圃後梨梅結子新
回首可憐如舊識　　背城三角卓雲濱

<回鄕>[135]

늙어 돌아온 고향 땅 문득 마음 걸리는데
봄날은 따뜻하여 한강에 배 띄우네
이르는 곳 경치는 꿈인 듯 아닌 듯
만나서 웃는 이야기는 반나마 거짓이다
문 앞의 홰나무 버드나무, 꽃은 바람에 떨어졌지만
뒤뜰의 배꽃 매화는 열매 맺어 새롭네
돌아보면 가련하구나 예와 같이 알려나
성 뒤의 삼각산은 물기 품은 구름보다 높구나

---

135) 翠微守初, <回向>, 『翠微大師詩集』(『韓佛全』 제8책, 300쪽).

守初의 호는 翠微이고 자는 太昏, 속성은 成이라 하고, 서울에서 태어났다. 사육신이었던 성삼문의 후손이었으나 어려서 제월 경헌에게 출가하였다. 부휴를 뵈러 두류산에 갔더니, 부휴가 벽암에게 말하기를 "다음 날에 우리 도를 크게 할 '사미'이니 잘 보호하라." 하여 그의 문하에 들었다는 이야기가 전해온다. 이후 守初는 다시 여러 명승들을 두루 만나고 서울로 돌아와 이름난 유학자들과 사귀다가 벽암의 법을 이어받았다.

위의 시는 守初의 고향이 서울인 까닭에 서울로 돌아와서 지은 시이나, 도성 안의 풍경을 읊기보다는 도성 밖 한강에서의 풍경과 심회를 읊었다. 당시 승려의 도성 출입을 금했던 사실과도 관계가 있을 것이다. 이곳저곳을 떠돌아다니며 법을 구하다가 다 늙어 비로소 돌아온 고향이라 한편으로는 너무나 반가운 마음이다. 그러나 풍경은 옛 그대로이되, 사람만은 반이나 변하였다. 모르는 사람이 많아져 안타깝지만, 그래도 돌아온 고향은 포근하고도 새로운 마음을 쓸게 하고 있는 것이다.

계속해서 다음 작품은 天鏡 海源의 <고향 생각>이라는 시이다.

隔林幽鳥自爲歌　　遠客愁懷到此多
漂泊天涯空說食　　閑關海岸幾蒸沙
思親淚濕王孫草　　憶弟情傷杜宇花
掩戶假眠休喚起　　不堪落日又生嗟

<思鄕>136)

숲 건너 숨은 새가 스스로 노래하니
먼 길 나그네의 향수만 더욱 많다
하늘 가에 떠돌면서 공허히 밥을 말하고
한가히 바닷가에서는 모래 찐 지 얼마인가
어버이 그리는 눈물 왕손의 풀 적시고

---

136) 天鏡海源, <思鄕>, 『天鏡集』 卷上(『韓佛全』 제9책, 610쪽).

아우를 그리는 정은 두견꽃에 흔들리네

외짝 문 닫아 걸고 자려 하는데 불러 깨우지 말라

지는 해에 또 생길 탄식을 어찌 견디나

海源의 호는 涵月이고, 자는 天鏡이다. 속성은 李씨로, 함흥 사람이다. 선지식을 두루 찾아다녔고, 뒤에 喚醒을 섬겨 宗門의 묘한 뜻을 얻었다고 한다.

작품 중에 '說食'과 '蒸沙'는 說食不飽와 蒸沙作飯을 의미하는 말이다. 즉 밥을 말해도 배부르지 않고, 모래를 쪄서 밥을 만든다는 뜻으로, 되지 않을 일을 헛되이 애만 쓴다는 것이니, 자신이 아직 공부를 이루지 못했다는 의미가 될 것이다. 아직 이루지도 못한 일이 많은데, 그래서 갈 길은 바쁜데, 공연히 부모님과 동생만 생각이 나는 것이다.

海源의 작품을 한 수 더 살펴보자. <고향으로 돌아가는 날 여러 벗과 이별하며>라는 작품이다.

遙憶鄕關路二千
山長水闊夢先牽
山連雉岳雲隨錫
路入驪江浪接天
六載閑吟南徼月
一笻還擲北溟烟
人間宿計元無定
聊賦短篇記此年

<歸鄕日贈別諸友>[137]

아득히 생각하면 고향 길은 이천 리

산 높고 물 넓어 꿈이 먼저 당기네

---

137) 天鏡海源, <歸鄕日贈別諸友>, 앞의 책(『韓佛全』 제9책, 610쪽).

> 산은 치악에 잇닿아 구름이 지팡이를 따르고
> 길은 여강으로 들어서니 물결이 하늘에 닿아 있네
> 육 년 동안 한가히 남쪽 달을 읊조리다가
> 한 지팡이를 다시 북쪽 바다 안개 속에 내던진다
> 인간에게 주어진 계획 원래 정해진 것 없나니
> 이 구실에 힘입어 짧은 글 지어 이 해를 기념하리

어느 날인가 여러 벗들을 만나기 위해 고향에서 이천 리나 떨어진 남쪽 어느 마을에 벗들을 만나러 왔다. 그렇게 벗들과 어울려 보낸 세월이 6년이나 되었다. 새록새록 돋아나는 고향생각은 꿈속에서도 멈추지 않아 자신을 괴롭히게 되었고, 그래서 이제는 북쪽 고향으로 가고자 지팡이를 짚고 나서는 길에 지은 작품이라고 하겠다. 언제 다시 만나게 될지 모를 벗들과 함께 지낸 세월을 기억하고자 짧은 시 한 수를 읊조린 것이다.

마지막으로 草衣 意恂의 <고향에 돌아와서>라는 작품이다.

遠別鄕關四十秋	멀리 고향을 떠난 지 사십 년에
歸來不覺雪盈頭	돌아오니 머리가 하얗게 센 지도 모르겠네
新基艸沒家安在	새 터전은 풀이 우거졌고 집은 어디 있으며
古墓苔荒履跡愁	옛 무덤은 이끼에 묻혀 걸음마다 시름일세
心死恨從何處起	마음은 죽었는데 한은 어디서 일어나며
血乾淚亦不能流	피마저 말라 버려 눈물조차 흐르지 않네
孤筇更欲隨雲去	주장자 짚고 또다시 구름 따라 떠나노니
已矣人生愧首邱	말아라 내 살아서 고향 찾은 것 부끄럽네

<歸故鄕>138)

草衣의 성은 張이고 이름은 意恂이며 본관은 仁同이다. 법호는 艸衣이며, 당호는 一枝庵이다. 15세에 남평 雲興寺에서 敏聖을 은사로

---

138) 草衣意恂, <歸故鄕>, 『草衣詩藁』 卷下(『韓佛全』 제10책, 858쪽).

삼아 출가하고, 19세에 영암 월출산에 올라 해가 지면서 바다 위로 떠오르는 보름달을 바라보고 깨달음을 얻었다. 선사의 저서로는 일생 동안 참선하는 여가에 사대부와 교유하면서 지은 시를 모은 『일지암시고』와 일생 동안 지은 疏·記·序·跋·祭文·影讚 등을 실은 『일지암문집』, 선의 요지를 밝힌 『초의선과』, 한국의 茶經으로 불리는 『東茶頌』, 차의 지침서인 『茶神傳』 등이 있다.

그가 당대 이름난 선승임에도 불구하고 고향을 찾아 지은 이 작품에는 도무지 불교색을 찾아볼 수가 없다. 사십 년 만에 찾은 고향에서 예전을 모습을 찾지 못하고 돌아서야 하는 안타까운 심정, 그리고 좀 더 빨리 고향을 찾지 않은 후회까지 엿보이는 작품으로, 작자를 모르고 이 시를 대한다면 수많은 고향시 중의 하나로 볼 수도 있을 만한 작품이다.

5. 맺음말—조선시대 불가 고향시의 특성

고려시대의 경우, 抑佛의 상황이었던 조선시대와는 달리 불교의 숭앙으로 인하여 '불법' 자체가 승려들에게는 고향과 다름없었다고 말할 수 있다. 이는 인권환에 의해 이미 상세히 밝혀진 바 있다. 인권환은 고려시대 禪詩를 중심으로 冲止(1226~1292)와 景閑(1299~1374), 慧勤(1320~1376)의 작품을 대상으로 삼아 이미 고향의 의미를 찾아낸 바 있다. 그는 고려시대선시에서의 고향의식은 종교적인 면이 강하게 나타난다고 하면서, 고향을 깨달음의 세계, 佛性, 極樂, 眞如의 경지로 묘사하여 불국토에 비유하고 있다고 말하였다. 또한 죽음을 귀향으로 보아 禪的 生死觀을 투영시키는 모습이 보인다고도 말하였다.

결국 이 시대의 불교시인들은 선승들이었기에 세속적인 고향의식을 초월하고 있었고, 출가인이었기에 시대적 상황에 대하여는 초연한 입장이었으며, 따라서 그들은 禪의 궁극적 목표인 眞我의 완성이 정신적 구심점이었고, 그들의 고향의식도 그런 차원의 것일 수밖에 없었다139)고 결론지었다.

그러나 조선시대의 선승들에게서는 사뭇 다른 모습이 나타난다. 출가인이었기에 시대적 상황에 초연했던 고려 선승과는 달리 세간의 일에 적극적인 모습을 보인 선승들이 많았던 것이다. 이는 조선 중기에 발발했던 임진왜란이라는 전란 상황과 맞물려 있다는 데서도 그 원인의 일단을 찾을 수 있을 것이다.

당시 억불의 상황에서 전란시의 義僧들의 활약과 공헌은 그들의 위상을 재정립시키는 데 지대한 역할을 하였을 것이다. 그래서 전란이 종료된 후 다시 억불의 상황으로 되돌아왔지만, 선승들의 세간에서의 활동은 멈추지 않았다. 개인적으로 친분을 가지고 있던 儒士들과의 적극적인 교유활동은 이 시기 이후 선승들에게 나타나는 공통적인 특징이기도 하였다.

어쨌든 어느 시기에서나 선승들은 깨달음의 최후의 경계가 어떤 것인지 적어도 관념적으로는 이해하였던 것 같다. 다만 아쉽다고 느끼는 것은 고려시대 선승들의 경우, 그 깨달음을 실천으로 옮기는 이가 드물었다는 것이다. 그렇기 때문에 깨달음을 얻은 뒤에 진짜 삶의 에너지가 펄펄 넘치는 저잣거리로 돌아오지 못하고, 고요한 산중에서 '평상심이 도요, 밥 먹고 차 마시는 것이 도'요, '산은 산이고 물은 물이로다.'라는 이야기를 하는 이가 대부분이었던 것이다.

이런 면에서 조선시대의 유정을 비롯한 몇몇 선승들은 관념적인 悟道의 경지에서 벗어나 또다시 일상과 마주했던 몇 안 되는 이들 중의 하나라고 볼 수 있다. 이러한 모습들은 그들이 평소에 남겼던 수많은

---

139) 인권환, 앞의 책, 145~151쪽.

시문에서 확인할 수 있을 것이며, 이들이 가졌던 '고향'에 대한 의식에서도 그 차이를 확인할 수 있었다.

그들이 가졌던 고향의식에서 '悟道處'나 '涅槃' 등의 의식이 공통적이었음은 이미 앞 장에서 살핀 바 있다. 그러나 이러한 의식은 '世間'이라는 공간을 사이에 두면 분명한 차이가 생기는 것도 살펴보았다. 조선시대의 선승들의 경우 세간을 나서서 '出世間'의 경우에는 고려시대의 선승과 마찬가지로 불가에 귀의한 본연의 모습을 노래하였지만, 다시 그 출세간을 나서 '出出世間'에 이른 경우에는 무심한 듯 보이는 자연인의 모습도 노래하였던 것이다.

제 8 장

⟨牧牛圖⟩의 十偈頌과 禪詩

─廓庵禪師의 ⟨十牛圖⟩를 중심으로─

1. 머리말

고대 인도인들은 소를 신성시했으며 붓다는 자주 소를 불도의 깊은 의미에 비유해서 설법했다. 초기 경전 『增一阿含經』 권 39 ⟨牧牛品⟩, 권 46 ⟨放牛品⟩에서는 수행자의 善法修習 방법을 소치는 일에 비유하고 있다. 또한 대승경전 『法華經』은 보살도의 가르침을 소가 끄는 수레에 비유하고 있으며, 『涅槃經』에서도 소에서 나오는 醍醐를 불법에 비유한다.

그러나 唐代의 禪語錄에서는 인도의 소가 갖는 신성을 벗겨버리고 극히 일상적인 일소로 등장시킨다. 논밭을 갈거나 짐을 나르는 일소는 대지에 뿌리를 내리고 사는 사람들의 지극히 건강한 생활 감정 속에 완전히 동화되어 있었던 것이다. 그렇기 때문에 사람들은 소에게서 불성 청정의 세계를 볼 수 있었던 것이며, 그것은 곧 소의 마음이 선의 마음, 붓다의 마음이 될 수 있게 하였다. 선종의 ⟨牧牛圖⟩는 이러한 과정에서 오는 자연적인 발견이었던 것이다.

154 한국 불교시의 탐구

　예부터 소는 法身, 眞如, 佛性, 覺體, 本心, 마음[心], 참사람[眞人], 本來面目, 한 손바닥의 소리, 無, 본체, 실재, 절대 등 불교학적, 선적, 철학적으로 다양한 표현이 주어지고 있지만, 실제로는 어떠한 문자나 표현을 가지고도 쉽게 개념화할 수 없는 마음소[心牛]이다. 즉 현상에 대해 실재로도 보이고, 나에 대해 無我로도 보이고, 현실의 자기에 대해 理想의 자기로도 보이는 신령한 소140)로서, 선의 극명한 상징이 되어 왔던 것이다.

　선의 생명은 커다란 깨달음에 있는데, 自覺聖智, 內心自證이 바로 그것이다. 깨달음은 선의 대명제이며 주체적인 인간 형성의 길이었다. 자각성지를 일상화시킨 唐禪의 웅장하고도 섬세한 개성은 宋代에 이르러 그 사상적 입장이 계통적으로 정리되기 시작한다. 圓悟克勤의 『碧巖集』, 大慧宗杲의 『大慧語錄』, 天童正覺의 『頌古百則』 등이 선의 사상적 입장을 집대성하고 있는 宋禪의 성과를 반영하고 있다. 선불교의 궁극적인 이상을 시각화하고 깨달음의 대의를 형상화시킨 <牧牛圖> 또한 이러한 송선 특유의 문헌141)이기도 하다.

　선종 <목우도>는 현재 약 10여 종142)이 전해오고 있는데, 이 가운데 중국, 한국, 일본에서 가장 널리 애독되어온 <목우도>는 臨濟宗 楊岐波 五祖 法演의 문하 大隨元靜의 법을 이은 廓庵 師遠禪師의 <십우도>이다. 곽암의 <십우도>는 總序, 그림, 小序, 偈頌의 네 부분으로 구성되어 있다. 또한 열 장의 그림에는 각각의 제목이 붙어 있어 수선 각 단계를 하나의 집약된 단어로 함축하여 보여주고 있다. 이처럼 완성된 형식을 갖추고 있는 곽암의 <십우도>는 여러 종류의 <목우도> 가운데 가장 정돈된 내용을 보여주고 있다.143)

---

140) 張淳容, 『禪이란 무엇인가―十牛圖의 사상』(서울: 도서출판 세계사, 1991), 115쪽.
141) 一指, 「禪宗十牛圖」, 『禪의 世界』(서울: 도서출판 호영, 1992), 52쪽.
142) 四牛圖, 牧牛圖, 牧牛圖, 十牛圖, 白牛圖, 白牛十頌, 牧牛圖, 六牛圖, 新刻 禪宗十牛圖, 五牛圖.
143) 一指, 위의 글, 같은 쪽.

또한 우리나라의 경우에 있어서도 조선 후기 선승인 鏡虛禪師 (1849~1912)의 <尋牛頌> 첫 번째 작품 역시 곽암의 그것과 거의 흡사하다. 고려를 거쳐 조선으로 내려오는 동안 임제선풍의 영향을 받은 우리의 선시를 이해하는 데 있어 곽암의 작품은 그 근원을 보다 면밀하게 제시해준다고 말할 수도 있을 것이다.

이제 필자는 곽암 <십우도>에 그려진 10장의 그림과, 거기에 부기된 각각의 偈頌을 선시의 한 전형으로 삼고서 그 내용과의 연계성을 찾아보고, 불교문학에서 차지하는 가치를 살펴보고자 한다. 그리고 본 장에서 비교·고찰되는 작품은 작자와 연대 미상의 한 작품을 제외하고는 모두 고려시대의 선시들로 국한하겠다.

2. 곽암선사의 〈十牛圖〉

곽암선사에 대한 역사적 사실은 오늘날 정확히 알기가 어렵다. 단지 『五燈會元』에 그의 전기가 간략히 남아 있으며, 그 글 끝에 '선사가 지은 십우도와 게송이 세상에 돌아다닌다'[144]라고 하여 십우도송의 저자임을 밝히고 있다.

그 밖에 한두 개의 법어만 남아 있을 뿐 생사연대에 관한 기술은 전혀 없다. 그러나 남송 고종황제 소흥 5년(1135)에 입적한 대수원정의 법 후계자라는 점으로 미루어 임제선사 12대 법손임은 분명하다.

곽암의 <십우도>는 달마선 초기의 관심적·점수적 선풍을 정통적으로 이어받아, 그 선사상을 발전적으로 계승하고 독창적으로 전개한 南嶽·馬祖類의 선, 특히 임제의 선풍인 홀로 벗어나 아무 것도 걸치지 않는 '獨脫無衣'적 선사상을 고양[145]하는 데 그 중심을 두고 있다고

---

144) 常德府梁山廓庵禪師……師有十牛圖幷頌行于世(『五燈會元』권 20).

할 수 있다. 즉 임제의 선풍에 입각하여 곽암은 一超直入的인 입장에서 시종일관하는 경향을 보이며, 참 근원으로 돌아가는 것을 수행의 중심으로 삼았다는 사실이 작품에서도 드러나고 있다.

곽암의 <십우도>가 총서, 그림, 소서, 게송 등을 갖추고 있어 수많은 목우도 중에서 내용이 가장 잘 정돈되어 있음은 앞서 밝힌 바 있다. 그리고 '이제 則公禪師의 작품을 살펴보건대 옛 성현의 모범을 본받으면서도 자기의 독자적인 흉금을 털어놓고 있으니 열 수의 훌륭한 게송들은 각기 서로를 비춰주고 있다146)'고 말한 慈遠의 총서에 따르자면, 그림과 게송은 곽암의 작품임에 틀림없다.

곽암의 <십우도>는 네 부분으로 구성되어 있는데, 총서는 慈遠의 序로서 곽암 <십우도> 전 장에 대한 총괄적인 서문으로, '정주 양산에서 주석하시는 곽암화상 십우도 서문(住鼎州梁山廓庵和尙十牛圖序)'이라는 제목으로 시작되며, 소와 牧人을 소재로 선 수행의 대의를 형상화시킨 열 장의 그림, 그리고 이러한 그림의 大要를 해설하는 小序, 마지막으로 각 그림에 붙인 칠언사구의 게송인 頌의 네 부분이 그것이다. 그리고 곽암 <십우도>의 그림과 게송에는 尋牛—見跡—見牛—得牛—牧牛—騎牛歸家—到家忘牛—人牛俱忘—返本還源—入廛垂手라는 제목이 차례대로 붙어 있다.

앞서 말한 자원의 서에서도 드러나듯이 곽암의 십우도송은 기타의 목우도와는 風格이나 내용 혹은 사상 면에서 다른 입장을 주장하려 하였다. 普明禪師의 <十牛圖頌>147)과 비교하자면, 보명은 같은 소를 두고서 '아직 기르지 못함[未牧]'에서 '기르는[馴伏]' 데로 나아가지

---

145) 張淳容 엮음, 앞의 책, 212쪽.

146) ……今觀則公禪師 擬前賢之模範 出自己之胸襟 十頌佳篇交光相映……, 慈遠의 총서 중에서. 法興 엮음, 『禪의 世界』(서울 : 도서출판 호영, 1992). 52쪽. 재인용.

147) 보명선사 <십우도>의 각각의 제목은 다음과 같다.
未牧—初調—受制—廻首—馴伏—無碍—任運—相忘—獨照—雙泯

만, 곽암은 '소를 찾아 나섬[尋牛]'에서 '소를 얻는[得牛]' 데로 나아가고 있다. 이는 소를 어떠한 관점으로 보느냐, 즉 이들 그림의 대상이자 주체인 소는 그들에게 궁극적으로 어떠한 존재이냐의 차이이다.

또한 곽암 〈십우도〉의 특이한 점은 보명이 제10도를 '圓像'으로 표현하고, 이 원상에 대해 '격식을 초월한 자유로움으로 그윽하고 미묘한 곳으로 향상해나간다(出格自在 向上玄微)'라고 언급한 데 대해,[148] 곽암은 제8도에서 이러한 원상을 표현하고 있다. 여기에서도 소, 즉 心牛에 대한 관점의 차이가 여실히 드러나고 있는 것이다.

종합해보자면, 보명 〈목우도〉의 그림이 제10도에서 '원상'으로 완결되었음은 그 내용이 종교적 의미 외에는 다른 것이 없음을 말하며, 따라서 그 게송 역시 구체성, 직접성을 띠어 '偈'의 본래적 성격에 다름 아니다. 그러나 곽암 〈십우도〉는 심우의 완성이라고 할 수 있는 '원상'이 제8도에 나타나며, 이후 제9도와 10도에 이르기까지 그 경계를 나누어 더욱 발전적이고 점진적인 모습을 그리고 있다. 이는 심우를 표현하는 곽암의 태도가 보명보다는 다분히 상징적이고 추상적이며 證的임을 증명하는 것이며, 그렇기 때문에 곽암의 게송은 여타의 목우도송보다 훨씬 더 문학적이라고 말할 수 있는 것이다.

3. 〈牧牛圖〉 修禪 과정의 십게송과 선시

전술했듯이 선종 〈목우도〉는 10장의 그림이 선 수행에 있어서의 각각의 의미와 제목을 가지고 있다. 또한 부기된 송의 제목 역시 그림의 제목과도 일치한다고 할 수 있다. 그림과 게송으로 표현된 이 열 단계의 선 수행은 다시 크게 네 부분으로 나뉠 수 있는데, 필자는

---

148) 張淳容, 앞의 책, 196쪽.

이를 '認識過程'―'修行過程'―'悟道過程'―'示法過程'으로 구분하고
자 한다.

먼저 인지과정에는 尋牛와 見跡, 수행과정에는 見牛와 得牛, 牧
牛, 그리고 오도과정에는 騎牛歸家, 到家忘牛, 人牛俱忘, 返本還源,
마지막으로 시법과정에는 入鄽垂手가 해당한다. 이제 각각의 그림에
붙은 게송과 여기에 시적, 사상적 원형을 두고 있다고 생각되는 선
시들을 찾아 대입해봄으로써 <목우도>가 가지는 문학적 가치를 추
론해보고자 한다.

3.1. 認識過程의 게송과 선시

인지과정의 첫 번째 그림인 尋牛는 사람이 들에서 뛰어다니는 소
를 찾으러 가는 모습을 그렸다. 본래 잃은 것도 없는데 무엇인가 찾
으러 다닌다는 것 자체가 깨달음을 등지는 것이며, 그리하여 더욱더
거칠고 복잡한 번뇌에 휘감겨 잃을 것이 없음에도 잃어버리게 되고,
그를 되찾으려다 오히려 是非만 더욱 솟구침을 암시하는 그림이다.
즉 수행자가 사람에게 본래부터 갖추어져 있는 圓性인 마음의 소[心
牛]를 잃어버린 뒤 그것을 찾으러 나선 것을 비유한 것이다.

망망한 잡초 헤치고 소의 자취 쫓아 찾는데
물 넓고 산 멀어 길은 다시 깊어지네
기력 정신 혼미하여 찾을 곳도 없나니
단풍나무에 늦은 매미 울음만 들려오네[149]

위의 노래는 <尋牛頌>[150]이라 명명할 수 있겠다. 대개 이러한 심

---

149) 茫茫撥草去追尋 水闊山遙路更深 力盡神疲無處覓 但聞楓樹晚蟬吟, <尋牛>.
150) 논지 전개의 필요상 앞으로 각 그림의 제목에 頌을 덧붙여 이름을 삼기로 한다.

우, 다시 말해 인지과정에서 생겨나는 선시는 이종찬의 분류에 의하면 拈頌詩[151] 등에 해당된다 할 수 있겠다. 염송시란 선사들의 어록이나 公案에 대해 시로 표현한 것을 말하며, 이러한 시는 수행자들이 수행의 원천을 찾고 수행해 나가는 과정에서 하나의 지침이 될 수밖에 없는 까닭이다.

空花畢竟本無生	허공의 꽃은 애초에 피지도 않았는데
夢蝶何曾實有情	꿈속의 나비라고 실로 감정이 있겠는가
若了個中無一事	만일 이들 중에 아무 것 없음을 깨친다면
不勞辛苦問前程[152]	고생스레 앞날을 물을 필요 없다네

〈小參二則中一〉

위는 眞覺 慧諶(1178~1234)이 수행자들에게 구체적으로 무엇을 수행해야 할 지, 수행의 궁극적 목표는 무엇인지에 대하여 말해준 시라고 할 수 있다. 혜심이 여러 스님들을 모아 놓고 가훈을 가르쳤던 시 중의 하나로, 애초에 아무 것도 존재하지 않는데 이러한 존재를 고생스레 찾으러 다니는 우를 범하지 말라는 내용이다. 앞서 말한 심우송에 꼭 들어맞는 대답을 시로써 표현해 낸 것 같은 느낌이다.

허공에는 본래 꽃이 없지만 눈병을 가진 사람들이 혹 이것을 보는 일이 있는데 이를 空花라 비유하고, 또한 夢蝶 역시 莊周가 꿈에 나비가 되어 날아다녔다는 故事를 인용한 것으로 공화와 대구를 이루어 本來無를 설명해주고 있다. 그리하여 본래 무를 깨치는 것이 곧 도를 깨치는 것이라고 아주 쉽고 자연스럽게 대중에게 보여주고 있는 것이다. 다음은 〈見跡頌〉이다.

---

151) 李鍾燦, 『韓國의 禪詩 〈高麗篇〉』(서울: 二友出版社, 1985). 87쪽.
152) 앞으로 인용되는 선사들의 선시는 김달진 편역, 『韓國禪詩』(서울: 열화당, 1994)에 따른다.

물가와 숲 아래 수많은 자취
방초 사이 헤치니 보이는 것 있잖은가
깊은 산 늘어져 다시 깊은 곳에 이른다 해도
요천의 비공이 어찌 그를 감추리[153]

수행자가 이제 소의 발자국을 발견한 것을 그린 것으로서, 점차 마음속의 소[心牛]의 자취를 보기 시작했다는 것을 비유한 것이다. 즉 敎와 法의 가르침에 의해 그 뜻을 알고 가르침을 살펴서 그 자취를 깨닫는 과정인 것이다. 스승이 내린 게를 받들어 참선을 행하는 수행자에게 비록 아득하지만 길이 보이기 시작하는 때이기도 하다.

野牛天性本難馴　　들소의 천성은 본래 길들이기 어렵나니
草細平田自在身　　넓다란 풀밭에서 제멋대로 뛰노는데
何意鼻端終有索　　어찌하여 코 끝에 매단 고삐 있어
牽來牽去摠由人　　끌고 가고 끌고 오고 사람들 마음일세

<作野牛頌示同人>

위는 圓鑑 冲止(1226~1292)가 함께한 사람들에게 지어준 야우송이다. 들소의 천성이 아무리 드세고 길들이기 어렵다고 할지라도 반드시 사람들이 길들일 수 있는 방편이 있다고 하였다. 하물며 사람인들 도를 이루고자 수행에 나섰을 때 그 방편이 없을 리야 있겠느냐는 시이다. 단지 눈앞의 보이지 않는 고삐, 즉 보이지 않는 방편을 느껴 찾지 못하고 보이는 것만 찾으려 하는 자세를 경계한 시라고도 할 수 있겠다. 원래 도란 보이고 보이지 않는 경계, 들리고 들리지 않는 경계를 끊어야만 비로소 나타나는 것이라 하지 않았는가.

찾을 것도 없는데 무작정 찾으려 나선 수행자의 본래 모습에서 시

---

153) 水邊林下跡偏多　芳草離披見也麽　縱是深山更深處　遼天鼻孔怎藏他, <見跡>.

작하여 비로소 그 자취를 살포시 엿보는 단계에 이르는 과정을 나타
낸 그림과 노래가 인지과정, 즉 '尋牛―見跡' 과정의 노래인 것이다.
혜심의 시나 충지의 시에서도 나타났듯이 이러한 과정의 선시는 주로
자신의 수행을 읊은 선시라기보다는 후대의 수행자들을 위한 하나의
방편의 선시로 보인다.

3.2. 修行過程의 게송과 선시

소의 자취를 쫓다가 소의 발자국을 발견하고 드디어 소의 울음소리
를 들었다. 그 울음소리가 들린 곳에서 어렴풋이 소의 모습을 발견한
경지를 그림으로 그려 놓은 것이 見牛이다. 敎와 法에 의지하고 가르
침을 쫓는 공을 쏟아 마침내 心牛를 발견한 것을 비유한 것이다.
나아가 得牛의 과정에서는 수행자가 소를 잡았지만 아직 길들여지
지 않아 소에 채찍질하는 모습을 그리고 있다. 즉 본성은 찾았지만
아직 번뇌가 완전히 없어지지 않았으므로 더욱 열심히 수련해야 한다
는 것을 비유한 것이다.

금빛 꾀꼬리 가지 위에서 지저귀고
따스한 햇볕 부드러운 바람에 언덕 버들 푸르네
다만 이 뿐이니 다시 회피할 곳 있겠는가
우뚝 솟은 머리 뿔 그림으로도 그릴 수 없네[154]

수행과정의 첫 단계를 나타낸 <見牛頌>이다. 소를 찾아 들어가 어
렴풋이나마 마음속의 소를 발견하였으나 아직은 그 근원이 요원할 뿐,
찾았다는 기쁨과 아울러 다시금 이를 탐구해야 한다는 내용을 '우뚝
솟은 머리 뿔 그림으로도 그릴 수 없네'라는 결구로써 친절히 주지시

---

154) 黃鶯枝上一聲聲 日暖風和岸柳靑 只此更無回避處 森森頭角畵難成, <見牛>.

커 주고 있다. 이는 이 그림의 小序155)에도 잘 나타나 있다. 즉 물에 짠맛이 있으나 보기만 해서는 모르니 맛을 보아야 하고, 또한 색깔만 보아서는 그 채색에 아교가 있는지 없는지 모르니 그림을 그려봐야 안다면서 이 단계의 경지를 설명하고 있는 것이다.

的的無疑親踏着	확실한 양 의심 없어 몸소 직접 밟았거니
六空孤月再分明	여섯 창의 외로운 달 다시금 분명하네
從玆不妄東西走	이제 이쪽저쪽 달려 좇지 않으리니
小屋終年徹底淸	조그만 암자는 세월없이 맑디 맑네

<信庵>

懶翁和尙 惠勤(1320~1376)이 오랜 수행을 통하여 믿음을 확고히 정립한 경지를 읊은 선시이다. 혜근 역시 <見牛頌>에서 그러하였던 것처럼 확고한 믿음, 즉 마음의 소를 발견하고 난 이후의 경계할 바를 시를 통하여 보여주고 있는 것이다. 이제 도를 발견하였으니 이쪽저쪽 기웃거리지 말고 언제나 한결같이 한 자리에 서있는 암자처럼 그렇게 한길을 좇을 것을 '信庵'에 비유하여 표현했던 것이다.

得牛는 수행자가 소를 잡았지만 아직 길들여지지 않아 소에 채찍질하는 모습을 그렸다. 이제 본성을 찾았지만 아직 번뇌가 완전히 없어지지 않았으므로 더욱 열심히 수련해야 한다는 것을 비유한 것이다. 다음은 <得牛頌>이다.

정신을 다 기울여 애써 소를 얻었지만
사나운 기운 힘써 다루기가 어렵네
어느 때는 높은 고원에 이르고
그러다가는 또 깊은 구름 속에 머무네156)

---

155) 從聲得入 見處逢源 六根門著著無差 動用中頭頭顯露 水中塩味色裏膠靑 耽
上眉毛非是他物

오랫동안 찾아 헤매던 心牛를 비로소 찾았으나 아직까지 그를 다루기는 어렵고, 그리하여 그를 찾기 이전인 때를 그리워하는 감정이 안으로 스며 있다. 완고한 심성과 시비지심 같은 野性이 아직 남아 있을 때이므로 순리를 얻기 위해선 계속 채찍을 가해야 할 뿐이라는 경계를 내포한 게송이라고 볼 수 있다.

靜也千般現	고요하여도 천 가지로 나타나고
動也一物無	움직여도 한 가지 없네
無無是什麼	없다 없다 이것은 무엇인가
霜後菊花稠	서리 뒤의 국화는 무성하네

<無題>

위는 太古 普愚(1301~1382)의 선시로, 그가 『圓覺經』을 읽다가 "모든 것이 없어진 것, 그것을 움직이지 않음이라 한다(一切盡滅 名爲不動)"라는 구절에 이르러 모든 知解가 없어지면서 읊은 시이다. 내용상 기, 승구로 보아 이미 도라는 경지에 도달하였음에도 불구하고 이내 '無'자 화두가 생겨났음을 이야기하고 있다. 그리하여 다시 '무'의 뜻을 잡고 간절히 참구하여 마침내 아무 것도 모르는 경지에 이르면 의심이 다하고 생각이 다하는 곳에 이를 수 있음을 결구로써 보여주고 있는 것이다.

牧牛 역시 得牛와 별반 다를 바 없다. 수행에 있어서 생각과 관념을 경계하면서 옛 조사들의 법과 게를 더욱 굳세게 붙잡아 완전한 순리의 길에 이르도록 다잡고 있는 노래이다. 추호도 머뭇거리지 말고 정진하다 보면 드디어는 채찍과 고삐에 구애되지 않더라도 스스로 소가 사람을 따르게 된다고 말하고 있다.

<牧牛頌>이다. <得牛頌>과 별반 차이가 없으므로 예문은 생략하

---

156) 竭盡精神獲得渠 心强力壯卒難除 有時纔到高原上 又入煙雲深處居, <得牛>.

기로 한다.

채찍과 고삐를 한 순간도 곁에서 떼어놓지 말라
그대 한 걸음 씩 티끌로 들어갈까 두렵다
장차엔 서로 길들이고 순화되어
재갈과 쇠사슬에 구애되지 않더라도 스스로 그대를 따를지
니[157]

이 과정에서는 희미하게나마 도의 흔적을 찾았으나 거기에 머무르
지 않고 이내 나타나는 불완전한 수행의 결과인 의심과 시비를 다시
잡고 채찍질하여 완전히 끊어버리는 경지에까지 이르도록 노래하고
있다. 의심과 생각이 다하는 곳, 완전한 순리에 이르는 곳은 희미한
자취의 한 자락을 붙잡는 것으로 이르는 것이 아니라 그를 넘어선 부
단한 수행을 통하여 이르게 됨을 보여주고 있는 것이다. 그러다 보면
저절로 경계를 넘어 도에 이른 자신을 발견할 수 있으리라는 메시지
인 것이다.

3.3. 悟道過程의 게송과 선시

오도과정에는 '騎牛歸家—到家忘牛—人牛俱忘—返本還源'의 단계
가 해당된다고 할 수 있겠다. 길들여진 소를 타고 돌아왔으나 다시
소는 간 데 없고, 그래서 혼자만 남아 있더라도 끊임없이 또한 수련
해야 하며, 마침내는 소도 잊고 자기도 잊는 경지 그리하여 있는 그
대로를 볼 수 있는 참된 지혜를 얻었음을 비유한 그림들이 순차적으
로 배열되어 있다.

좀 더 자세히 살펴보자. <騎牛歸家頌>이다.

---

157) 鞭索時時不離身 恐伊縱步入埃塵 相將牧得純和也 羈鎖無拘自逐人, <牧牛>.

소를 타고 비스듬히 집으로 돌아가고자 하네
강적의 피리소리 저녁 노을에 울리고
한 박자에 노래 한 곡 무한한 뜻 실었으니
지음이 어찌 북 치는 소리에 놀라랴158)

길들여진 소를 타고 피리를 불며 돌아오는 모습을 그렸다. 도를 찾기 위한 처절한 수행의 투쟁을 이미 끝내고 得失과 是非도 이미 비운 마음, 그리하여 불러도 돌아보지 않고 잡아당겨도 서지 않는 무심한 경지를 이루었음을 표현한 것이라 할 수 있다.

다음은 <到家忘牛頌>이다.

이미 얻어 소를 타고 집으로 돌아오니
소는 없어지고 사람은 한가하네
홍일삼간도 오히려 꿈속의 일이니
빈 채찍이야 초당간에 부서지네159)

집에 돌아왔지만 소는 간데없고 오직 자기 혼자만 남아 있는 것을 그렸다. 즉 본래 깨우침이라는 게 아무 것도 아님을 자각한 경지에까지 도달했으나 쉬지 않고 수련해야 한다는 것을 비유한 것이다.

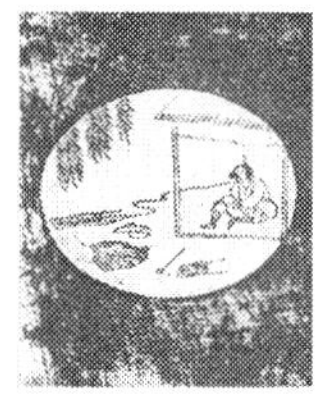

채찍과 소, 사람 모두 空하니
푸른 하늘 멀고 넓어 소식 통하기 어렵네
붉게 끓는 솥 위에 눈 모양 다투겠는가
이에 이르니 바야흐로 조종과 하나 되네160)

---

158) 騎牛迤邐欲還家 羌笛聲聲送晚霞 一拍一歌無限意 知音何必鼓唇牙, <騎牛歸家>.
159) 騎牛已得到家山 牛也空兮人也閑 紅日三竿猶作夢 鞭繩空頓草堂間, <到家忘牛>.
160) 鞭索人牛盡屬空 碧天遼闊信難通 紅爐焰上爭容雪 到此方能合祖宗, <人牛俱忘>.

<人牛俱忘頌>이다. 소도 잊고 또 자기도 잊는다는 것을 뜻하기 위해 세상을 아우르는 텅 빈 원만을 그려 놓았다. 즉 情을 잊고 세상의 物을 버려 空에 이르렀음을 비유한 것이다.

이제 오도과정의 마지막 단계인 <返本還源頌>이다.

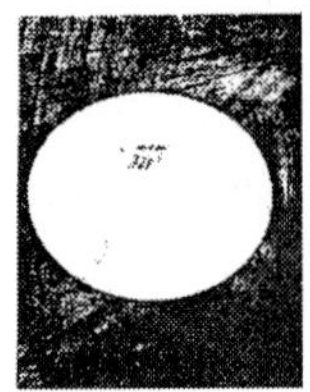

근원으로 돌아오는 것 이미 헛된 공이니
바른 도를 다툼도 맹농과 같네
암자에 앉아 암자 앞 사물을 보지 않아도
물은 절로 아득하고 꽃은 절로 붉게 피네[161]

티끌 하나도 없는 水綠山靑의 광경을 그렸다. 즉 본심은 본래 청정하여 한 티끌의 미혹도 받지 않으며, 아무런 번뇌가 없어 산은 산대로 물은 물대로 보게 되는 경지, 즉 있는 그대로를 볼 수 있는 참된 지혜를 얻었음을 비유한 것이다.

이상에서 살폈듯이 오도과정의 각 단계는 모두 참된 지혜를 얻어낸 경지를 그리고 읊었다고 볼 수 있다. 이러한 과정에 해당되는 선사들의 悟道詩는 일일이 열거하기도 어려울 만큼 많은 예가 있어 본 항에서는 어느 비구니의 오도시 한 작품만을 예시하고자 한다.

盡日尋春不見春	종일토록 찾는 봄 볼 수가 없어
芒鞋踏遍隴頭雲	산머리 구름 따라 종일 헤매다
歸來笑撚梅花嗅	돌아와 웃으며 매화 꺾어 맡으니
春在枝頭已十分	봄은 가지 끝에 분명히 있는 것을[162]

이 시는 지은이가 명확하지 않은 채 전해지고 있는 어느 비구니의 오도시이다. 본래 찾을 것 없는데 무엇인가 찾으러 다니는 모습에서

---

161) 返本還源已費功 爭如直下若盲聾 庵中不見庵前物 水自茫茫花自紅, <返本還遠>.
162) 이종찬, 앞의 책, 86쪽, 재인용.

일단은 수행자의 고행이 느껴지나, 돌아와 문득 뜰 앞의 매화향을 맡는 순간 도를 깨우친 기쁨을 노래했다.

<목우도>에서 보이는 오도과정의 게송과 선사들의 오도시에는 약간의 차이점이 있다. <목우도>에서 오도를 노래함은 그 수행과정의 고난과 오도 이후의 지속적인 수행을 점차적으로 강조해나가는 반면 선사들의 오도시는 문득 깨치는 오도의 기쁨을 자발적으로 노래한다는 점이다. 즉 <목우도>의 송은 그 기능에 맞게 대상자를 두고서 오도의 경지를 노래하지만, 선사들의 오도시는 순전히 자신에게 들려주는 독백의 노래가 되는 것이다. 물론 여기에는 타인이 끼어들 여지가 전혀 없음이다.

3.4. 示法過程의 게송과 선시

시법과정은 <목우도>의 열 단계 그림과 송 가운데 가장 마지막 열 번 째에 해당한다. 바로 송을 보겠다.

가슴 헤치고 맨발로 거리에 나서니
흙을 바르고 재투성이지만 뺨에 가득한 웃음
신선의 진짜 비결 쓰지 않고도
바른 가르침으로 고목에 꽃 피게 하네163)

<入廛垂手頌>이다. 중생제도를 위해 자루를 들고 자비의 손을 내밀며 중생이 있는 곳으로 향하는 모습을 그렸다. 이제는 利他行의 경지에 들어 중생제도에 나선 것을 비유한 것이다. 여기에서는 자기의 풍광을 모두 묻어 버리고 옛 祖師들이 밟은 길 역시 모두 저버린 다음,

---

163) 露胸跣足入廛 來 抹土塗灰笑滿顋 不用神仙眞秘訣 直敎枯木放花開, <入廛垂手>.

표주박 하나 차고 거리에 들어 지팡이를 끌고 집집마다 다니며 보살
행을 설파하는 것이다.

이 단계에서 나오는 선사들의 선시는 크게 두 가지 정도로 구분될
수 있다. 대중들에게 직접 교와 법을 강의하고 게를 내리는 의미의
선시와 민중들의 삶으로 철저히 파고들어 붓다의 가르침을 실천하고
자 한다거나 또는 그 가르침으로 민중들을 붓다의 품안으로 들어오도
록 하는 선시가 그것이다.

충지의 선시 2수를 그 예로 들고자 한다.

鷄足峰前古道場	계족봉 앞 옛 도량
今來山翠別生光	이제 오니 푸른 산 빛 유별나게 빛나네
廣長自有淸溪舌	맑은 시냇물 소리에서 장광설이 나오니
何必喃喃更擧揚	어찌 잔소리로 다시 설법하랴

<至元九年壬申三月初入定惠作偈示同梵>

<지원 구년 임신 3월, 처음으로 정혜사에 들어가 게송을 지어 동
지들에게>라는 제목의 시이다. 계족봉의 정혜사는 지금의 순천 조계
산 송광사를 말하는 것이고, 충지가 이곳에서 제6세 조사로 선풍을
떨칠 때, 그 아래에서 수행하던 동지들에게 게를 내려준 것이다. 굳
이 멀리 찾으러 돌아다닐 필요가 없고, 주변에 있는 그대로가 모두
깨우침이라 했다. 산은 산대로 물은 물대로 깨우침을 향한 방편이요,
자성 그 자체라 설파함이다.

다음 시를 보자.

嶺南艱苦狀	영남의 간고한 참상
欲說涕將先	얘기하려니 눈물이 앞서네
(중략)	
帝德靑天覆	제덕은 푸른 하늘처럼 덮어주고

皇明白日懸　황명은 대낮인 듯 밝았다
愚民姑且待　어리석은 백성들이여 잠깐만 기다려라
聖德必當宣　성덕이 필히 펼쳐지리니
行見三韓內　삼한의 모든 곳에서 볼 수 있으리요
家家奠枕眠　집집마다 베개 높여 잠을 자리라

<嶺南艱苦狀>

　1274년과 1281년은 두 번에 걸쳐 원나라가 일본을 원정하면서 우리나라를 그 전략기지로 삼았을 때이다. 백성들의 동원과 물자의 수탈이 극에 달했던 때이며, 특히 영남은 그 집결지로 그 참상이 극에 달했을 때의 작품이다.

　시의 중략 부분은 당시의 참상을 눈에 보이는 그대로를 옮겨놓은 것으로 불력이 전혀 미치지 못하는 현실을 안타까워하는 마음이 내포되어 있다. 그리하여 결구에 이르면 충지는 이러한 상황에 자신만이라도 몸을 던져 백성들을 붓다의 품에 이르게 하겠노라고 다짐하는 것이다. 利他行의 실천을 말함이다.

4. 〈牧牛圖〉 십게송의 불교문학적 가치

　소를 인간의 주체적인 자기형성인 선의 心法에 비유하고, 이를 자각, 수행해 나가는 과정을 열 단계로 설명하는 <목우도>는 인간의 자기 회복에 관한 방법과 그 과정을 평이하게 시각화164)하고 있다. 수선의 과정과 그 의미를 그림과 시로써 圖像化시킨 <목우도>는 선의 시각화에 가장 성공한 禪畵라고 할 수 있겠다. 또한 <목우도>에 병기된 게송 역시 그 가치는 이루 말할 수 없다.

---

164) 法興 엮음, 앞의 책, 57쪽.

불교에는 본래 언어를 불신하는 사상이 있다. 특히 선종에 있어서는 그러한 사상이 더욱 강하게 나타난다. 그렇기 때문에 선가의 깨달음의 표현은 말로 세워 전할 수 없다고 한다. ‘直指人心 見性成佛 敎外別傳 不立文字’라는 말은 달마가 동쪽으로 건너와 말로도 세울 수 없고 가르침으로도 전할 수 없는 선의 宗旨를 말함이다.

전달 수단으로서의 언어나, 그것의 표현인 문자 없이 전달하는 것이 바로 이 별전이요 선이겠으나, 언어 표현으로 전하지 않을 수 없을 때, 그 언어의 표현은 되도록 압축 내지는 함축성을 띠어 극도의 상징이 될 수밖에 없다.165)

또한 예전 선승들은 깨달음을 묻는 제자에게 棒이나 喝을 안겨주거나, 아니면 아예 주먹질을 하는 등의 극단적인 방법을 썼음은 여러 문헌에서도 증명된다. 또한 이러한 방법들이 효과적이지 못할 때에는 법을 보여주는 偈를 남겼는데, 선 그 자체의 세계란 것이 워낙 미묘하고 어려운 것이어서 구체적인 설명보다는 아이러니한 상징과 비유를 동원하여 그들의 마음을 열어주려 하였다.

이러한 과정에서 나온 시가 바로 선시이다. 그렇기 때문에 선시의 이해는 난해할 수밖에 없다. 그러나 이는 선시에서 표현된 극도의 상징성을 해결하는 것이 곧 선시 이해의 지름길이 될 수도 있다는 말이 된다. 이러한 상징성은 화자와 독자 간에 동등한 의미로써 수용될 때 이해 가능한 것이 됨은 물론이다. <목우도>는 화자와 독자들을 이러한 동등한 의미로 이끌어 줄 훌륭한 매개물이며, 또한 상징 그 자체로서의 가치도 획득하고 있다. 앞서 살폈듯이 선 수행의 과정에서 생겨난 선시를 선 수행과 더불어 이해한다면, 나아가 시각화된 상징성 자체를 매개로 삼는다면 이해되지 않을 선시가 없을 것이기 때문이다.

<목우도>와 그 게송을 이해함으로써 우리는 보다 쉽게 선시의 세

---

165) 이종찬, 앞의 책, 21쪽.

계로 접어들 수 있을 것이다. 〈목우도〉는 우리에게 선의 길을 걷는 수행자의 어려움과 깨달음 그리고 修證一如의 세계에서도 한걸음 더 나아가 선의 일상화에 대한 방편을 제시하고 있다. 오늘날 우리의 언어와 정신으로 거듭 이해되어 누구나 쉽게 선시에로 다가설 수 있도록 이끌어주고 있는 것이다.

'인지과정'의 그림과 게송을 이해함으로써 선사들의 염송시를 보다 쉽게 이해할 수 있으며, '수행과정'의 그림과 게송을 읽어냄으로써 옛 선사들이 수행자들에게 주었던 게 또는 선시의 이해가 더욱 수월해지는 것이다. 수많은 선사들의 오도시는 '오도과정'의 그림과 게송만으로도 그 오도의 희열을 함께 느낄 수 있으며, '한중잡영'류의 선시나 이타행의 선시 역시 '시법과정'의 그림과 게송으로 충분히 이해 못할 바 없게 되지 않을까 한다.

이제 〈목우도〉를 보고 감상하는 차원을 넘어 이제 〈목우도〉를 읽으면 아주 자연스럽게 선시의 세계에 젖어들 수 있을 것이다. 〈목우도〉는 우리에게 있어 가장 현대적인 선어록으로 다시 태어나, 현대를 살아가는 우리의 삶과 정신을 가꾸는 데 있어 또 하나의 방편으로 다가왔다고 말할 수 있을 것이다.

5. 맺음말

지금까지 필자는 선종 〈목우도〉에서 선시를 읽고자 하였다. 애초에 의도했던 바, 선시의 원천 혹은 원형으로서의 〈목우도〉와 그 게송을 이해하기에는 그 근거가 아직은 여림을 인정할 수밖에 없다. 그러나 어차피 선 수행의 과정에서 나온 그림, 선시 모두 悟道를 위한 각각의 방편들이라는 사실은 부인할 수 없을 것이다.

시는 선을 만나 그 상징의 깊이를 더했고, 선은 시를 만나 그 오묘한 깨달음의 立文字化에 성공했다. 그리고 그림이라는 옷을 입으면서 우리에게 좀 더 명확하게 선시와 함께 선 수행의 본질을 보여주고 있는 것이다. 그렇기 때문에 선종 <목우도>는 마음을 닦아 해탈을 구하고 그것을 중생들에게 회향하는 구도의 정신을 일반 대중들도 쉽게 이해할 수 있도록 그림과 시를 통해서 표현한 특이한 작품이 된 것이다.

전술한 바, 선종 <목우도>는 10장의 그림이 선 수행에 있어서의 각각의 의미와 제목을 가지고 있음을 알았다. 그리고 그림과 게송으로 표현된 이 열 단계의 선 수행은 다시 크게 네 부분으로 나눌 수 있는데, 필자는 이를 '인지과정―수행과정―오도과정―시법과정'으로 구분하여 고찰함으로써 <목우도>에 내포된 선시의 원천을 찾고자 하였다.

그리하여 우리는 선종 <목우도>와 그 게송을 이해함으로써 더욱 쉽게 선시의 세계로 접어들 수 있으며, 뭇 선사들의 선시 역시 보다 수월하게 접해볼 수 있는 하나의 방편을 손에 쥘 수 있었다. 이제 <목우도>와 그 게송은 오늘날 우리의 언어와 정신으로 거듭 이해되어 누구나 쉽게 선시의 원천으로 다가설 수 있도록 이끌어주는 채찍의 역할을 다하게 될 것이라는 데 본 고찰의 의의를 두고 싶다.

제 9 장
佛敎歌辭 〈參禪曲〉의 理解

1. 머리말

현재까지 알려진 불교가사 작품은 약 71수 정도이며, 이 중 대다수의 작품이 논의되었지만, 아직 〈참선곡〉류 가사166)에 대한 연구는 미진한 실정이다. 제목에서 그렇듯이 여타의 불교가사처럼 참선이나 불교 포교에 관한 내용일 것이라는 짐작이 여기에 한몫을 했을 것이다. 물론 작품만을 놓고 보았을 때는 그러한 감이 없지 않으나, 당시의 시대 상황이나 불교계의 정황을 함께 살펴볼 때, 그때 다시 이 작품들이 갖게 되는 의미는 결코 적지 않다.

〈참선곡〉류 가사는 면면한 불교가사의 역사 중에서 어느 한 시대에만 집중적으로 나타나고 있다. 또한 공교롭게도 같은 제목의 가사가 지은이만 다를 뿐 세 편이나 전하고 있으며, 조선 정조 이후 근세로 가는 길목에서 제작되었다는 시대적 배경을 함께 가지고 있다.

그렇다면 선불교가 도입된 이래 수많은 학승들의 화두가 되었을 법

---

166) 여기에서 〈참선곡〉류 가사란 작품의 내용과는 상관없이 제목이 〈참선곡〉인 가사를 말한다.

도 한 '참선'이, 그리하여 누구든 한두 번 쯤은 읊었어야 할 <참선곡>이 왜 이 시기에만 집중적으로 나타나게 되었을까?

본 장에서는 이러한 의문을 바탕으로 당시의 시대적 상황이나 불교계의 정황과 함께 작품을 분석하면서 <참선곡>류 가사가 나타나게 된 계기나 動因을 추론해보겠다. 이어 이러한 추론을 통하여 당시 <참선곡>류 가사가 지녔던 성격과 그 의의 또한 도출해보고자 한다.

2. 〈참선곡〉류 가사의 제작 배경

휴정과 서산대사 이후의 조선 후기 불교계를 통시적으로 살폈을 때, 불교계는 그야말로 국가와 사회로부터의 압박과 천대가 더할 나위 없이 심해져간 상태였다. 그러나 불교계는 무저항의 반발로써 종단을 統和團結시키고, 融和會通하는 협동총화정신으로 불교의 본 면목을 되살리며 복지사회를 건설코자 한없이 용맹, 정진해나갔다.

휴정과 서산대사가 교선일치나 염불겸수를 주장하고 강조함으로써, 看經·坐禪·念佛 등 불교의 중요 3부문은 마찰 없이 통일, 조화되었고, 원융무애하게 통화, 회통하는 우리나라 불교의 전통적 이념이 조선시대에도 되살아나게 되었던 것이다.[167]

그러면서도 불승에 따라 간경이나 좌선 등 하나에 치중하는 현상이 나타나기도 하였다. 간경, 즉 敎學·敎理에 치중하는 일은 대개 대승불교의 정상을 차지하는 화엄과 법화를 연구하는 데 있었다. 西山 계통의 주류 문파는 모두 화엄과 법화에 대한 연구가 깊었고, 또한 浮休 계통의 문파에서도 많은 화엄학자가 배출되어 불교 교학의 권위를 세우게 된다.

---

167) 曉城 趙明基先生 遺文稿, 『韓國佛教思想史論集』(서울: 民族社, 1989), 403쪽.

이렇듯 서산 문하와 부휴 문하로부터 화엄을 위주로 한 看經教學에 능통한 불교 학승이 연면히 계속되어 근세 전라도 두륜산 일대에서는 13대종사·13대강사라는 教宗大匠, 즉 講師가 배출되었던 것이다.

또 한편에서는 '不立文字 教外別傳 直指人心 見性成佛'이라는 말로 대표되어지는 禪門에 대한 연구도 활발해졌다. 대표적인 사람이 白坡 亘璇(1767~1852)인데, 백파는 서산계의 법손으로 화엄·율·선에 정통한 학승이었다. 『禪門手鏡』, 『禪門念頌記』 등을 지었으며, 『선문수경』에서는 선을 조사선·여래선·의리선 등 삼종선으로 나눠 설명하였다.

그러나 백파의 이 『선문수경』이 古義에 맞지 않다고 하여 草衣 意恂이 『禪門四辨漫語』를 지어 곧바로 반박한다. 게다가 부휴의 10대 법손인 優曇 洪基(1822~1881) 역시 『禪門證正錄』을 지어 백파의 『선문수경』을 비판하고 나섰다.

이들과는 달리 백파를 좇아 『禪源遡流』를 지어 초의와 우담을 반박한 이가 雪竇 有炯(1824~1889)이다. 그는 원래 백파의 5세손에 해당되지만 세간에서는 백파의 직제자라고 불리어 설파·백파·설두의 3代 直傳授受를 말하게 될 만큼 西來祖師의 묘체에 통달했었다.[168] 또한 설두는 후에 鶴鳴이 출가를 하게 하는 간접적인 동인을 제공했던 사람이기도 하다.

여기까지는 조선 후기 불교계의 긍정적인 모습만을 살폈다. 백파와 초의에서 비롯된 선 논쟁 역시 불교의 발전에 힘쓰려는 모습에 다름 아니다. 그러나 불교계의 이상 현상의 원인은 전혀 다른 데에 있었다.

조선 후기 불교계에 가장 시급했던 일은 억불정책으로 말미암아 고갈된 사원의 경제를 회복하고 우리나라 불교의 전통을 되살리는 일이었다. 그러나 그 당시 사원은 조정으로부터 사전과 노비 등 재산을

---

168) 曉城 趙明基先生 遺文稿, 앞의 책, 406쪽.

몰수당했고 승려들은 갖가지 부역에 동원되어 사원은 거의 황폐한 지경에 이르게 되었다. 길거리에는 곳곳에서 산을 나선 탁발승의 염불소리가 끊이질 않았으며, 여기에 가짜 승려들마저 등장하게 되어 불교계는 피폐할 대로 피폐해졌다. 이러한 상황에서 산속의 승려들은 理判僧과 事判僧으로 갈라져 사원 제반 사무나 잡역은 사판승이 처리하고, 이판승은 간경과 참선 등 수도에만 열중하여 불법을 계승하는 데 힘쓰게 된다.

문제는 길거리의 탁발승과 사원의 제반 사무를 맡은 사판승에게서 일어났다. 정조 이후 약간 숨이 트인 틈을 타서 산을 나선 탁발승과 사판승들은 대중 속으로 들어갈 준비도 없이 무작정 나섬으로써 불교에 대한 대중의 혼란을 야기하게 하는 원인을 제공하고, 게다가 일부 고승대덕을 제외한 이판승들은 살아남기 위해 유가와의 교류라는 명목으로 그들 속으로 들어가게 된다. 상황이 이러하다 보니 세간에는 불교에 대한 온갖 헛된 말들이 난무하게 되고, 가짜 승들의 헛된 소리로 말미암아 불교에 대한 오해의 소지마저 생길 지경이었다.

印慧信士 智瑩의 <참선곡>은 바로 이러한 시기에서 나온 노래이다. 信士란 곧 居士와 같은 말로서 평신도를 넘어선 경지에 있는 불가의 사람을 일컫는다.

智瑩은 자신의 <참선곡>에서 허물을 벗어나라고 일관되게 말하고 있다. 주된 청자는 탁발승이나 사판승일 것이다. 마지막 구 '有智丈夫 살피시소'의 '유지장부'는 '출격장부'에서 벗어난 바로 이런 가짜승이나 탁발승, 사판승 등을 이르는 말인 것이다.

또한 작품에서 '方圓長短 업다하나', '內外中間 업다하나', '心行處가 업다 하나', '言語道가 끈첫시되' 등의 시구는 바로 이들의 허튼소리에 대한 반박으로 사용되었음이 분명하다. 어설픈 교리로 모든 것이 허물이라 의심하지 말고 다시 산으로 돌아가 수행에 힘쓰라는 경고를 작품에 담아 노래한 것이다.

이후 십수 년이 지나 鏡虛의 〈참선곡〉이 나온다. 鏡虛는 조선이 근세로 들어가는 길목의 한가운데 서서 조선 불교의 선 논쟁을 종식시키려고 노력한 선승이다. 그러한 노력에 걸맞게 그의 수행방식 또한 특이해서 일반 대중들은 오히려 그를 비난하는 경향까지 보였다.

한편 그의 〈참선곡〉은 너무나 쉽다. 智瑩이 출가승을 대상으로 〈참선곡〉을 지었던 것처럼, 鏡虛 역시 그들을 대상으로 〈참선곡〉을 지었지만, 내용이나 구성상 智瑩의 그것과는 전혀 성격이 다른 작품인 것이다. 까다로운 불교용어의 사용이나 시적 은유 등의 수사법을 거의 사용하지 않았던 것이다.

이는 그의 선 결사 운동과도 밀접한 관련을 맺고 있다. 수행하는 자신들이 누구인지, 어떠한 존재인지도 깨닫지 못하고 오로지 경전만을 부둥켜안고 도의 경지에 이르려는 당시의 학승들에게 올바른 수행의 방법이 어떠한 것인지를 작품을 통하여 가르쳐주고자 했던 것이다.

鶴鳴의 〈참선곡〉은 이 두 개의 〈참선곡〉을 혼합시킨 듯한 느낌을 준다. 鶴鳴은 처음에 설두화상의 강연에 감명받아 출가 이후 교학에 몰두했다가 불교의 궁극적인 목표가 생사해탈에 있다는 것을 깨닫고는 곧 선 수행에 몰입하게 된다. 그렇기 때문에 그의 작품 역시 생사해탈을 화두로 하여 시작하고 있는 것이다.

또한 鶴鳴의 작품이 鏡虛의 작품보다 늦다고 한 것은 비록 동시대의 인물일망정, 鶴鳴의 〈참선곡〉이 그가 선 수행에 들어간 이후에 지어진 작품으로 보았기에 鏡虛의 작품보다 늦다고 한 것이다. 더구나 鶴鳴의 작품은 완전히 연행을 위한 창의 형식으로 되어 있어 이전의 〈참선곡〉류 가사들보다 훨씬 세련된 모습을 보여주는 것도 그 이유가 될 수 있다.

3. 〈參禪曲〉류 가사의 실제

3.1. 智瑩의 〈參禪曲〉

먼저 智瑩의 <참선곡>을 살펴보자. 智瑩의 생몰년도는 미상이며, 그의 작품인 <참선곡>은 작품의 끝 부분에 "甲寅孟冬 法性山無心客 印慧信士智瑩述"이란 기록이 있는 것으로 보아 정조18년(1794) 겨울에 노래한 것으로만 알려져 있다.

작품의 내용은 나옹화상이 지었다는 <尋牛歌>와 異名同曲이고, <魔說歌>란 이본과도 같은 것이라고는 하나 작품 말미에 적힌 위의 글로 보아 智瑩의 작품임이 분명하다.

智瑩의 <참선곡>은 모두 261구로 되어 있는 장편가사이다. 첫 1, 2구를 '하하하 우사올사 / 허물된 말 우사올사'라 하여 앞으로 전개될 내용이 혹은 주제가 무엇인지를 넌지시 암시하고 있는 것이 한 가지 특징이기도 하다.

이 가사는 내용상 크게 네 부분으로 구분할 수 있겠다. 먼저 1구에서 57구까지를 그 첫 부분으로 起, 127구까지를 그 둘째 부분으로 承, 224구까지를 셋째 부분으로 轉, 그리고 마지막까지를 넷째 부분인 結로 구분하는 것이다.

何何何　우사올사　　　　허물된말 우사올사
엇지하야 허물인고　　　　본래空寂 無相事를
漏泄하야 일으려니　　　　엇지아니 허물인고
평등부동 無高下를　　　　動舌하야 자랑하니
이런고로 허물일세　　　　불생불멸 무거래를
닥가가라 일으오니　　　　근들아니 허물이며
부증불감 一圓相을　　　　有라無라 妄談하니

그도역시 허물이며   有相無相 둘아님을
名相일워 是非하니   깁흔허물 더욱되네

위는 起에 해당된다고 보는 부분으로 1행에서 18행까지의 내용이다. 여기에서는 우선 어떠한 것이 허물인가를 말하고 있다. 본래의 空寂과 無相事에서부터 四相法, 摠持法에 이르기까지 불교의 어떠한 가르침일지라도 모두 허물이라 우습기만 하다고 말하고 있다. 게다가 수많은 선승들이 수행하며 가르치고 배우는 과정에서 알고도 못 볼 일을 바로 '見性'하라 하였으니, 이런 것들 또한 허물이 아니면 무엇이 허물이겠느냐며 꼬집는 내용들이 이 부분의 전부를 차지하고 있다.

起心하면 天魔이고   不起하면 陰魔이며
其不起는 戲論魔니   이러키로 혜아리면
무삼方便 行하와야   허물된병 다고치고
眞實道로 精進할꼬   理로들고 혜올진대
聖賢凡夫 둘업시며   古今始終 차제업서
八萬四千 가즌법문   無非허물 다될지며
허물이라 하올진대   凡夫난 永作凡夫
聖賢은 來聖賢   明昧利鈍 의론할까
허물중에 善察하면   眞實道에 절로들어
허물아니 되난妙理   그중에 있나니라

承의 첫 부분 58행에서 77행까지이다. 여기에서는 이러한 허물들만이 난무하는 가운데 '어찌하면 그러한 허물들을 벗어날 수 있는가' 하는 문제를 제기하며 그에 대한 해답을 찾는 부분이다. 허물이라 일컬었던 그 모든 것의 이면에는 반드시 그 허물을 벗어나게 할 방편이 있으니 빈부귀천 할 것 없이, 과거·현재·미래 할 것 없이 그 이면의 묘리를 찾을 것을 말하고 있는 것이다.

또한 계속해서 '本來空寂 일넛시나 / 見聞覺知 분별 내고'라든가 '有相無相 둘 아니나 / 理와 事가 相對하고', '不垢不淨 無染하나 / 天堂地獄 가추 있고'라는 부분 등이 그 예로써 승구의 거의 전 부분에 나타나고 있다. 다시 말해 앞의 기에서 허물이라 일렀던 부분에 대해 그 이면의 모습을 통하여 묘리의 세계에 들 수 있음을 보여주고 있는 것이다.

現前相을 主人삼아 　　　圓覺山中 깁푼골에
法性寺를 차자들어 　　　自己寶劍 빼여들고
戒城郭을 놉히싸코 　　　六根門을 구지 다더
六賊中의 한놈이나 　　　자최업시 비치거던
劍鋒으로 打殺하고 　　　뒷자최를 아조끈코
찌드잔케 가다듬아 　　　煩惱賊을 다버히고(128~139행)

自己上에 잇난 寶物 　　　나난알고 쓰거니와
남들도　　아르신지 　　　진실로　　모르거던
語默中에 차자내야 　　　나와함께 同行하세
이寶貝를 어든後난 　　　萬乘七寶 부러하며
黃金寶塔 귀할손가 　　　七寶黃金 쓰랴들면
盡할시절 잇거니와 　　　自己上에 어든보물
암만쓴들 다할손가 　　　(211~224행)

轉에서는 구체적 수행방법이 나타나고 있다. 인용문에서 보듯이 묘리의 세계에 들 수 있는 끈을 찾았으면 이제 그 끈을 가지고서 어떻게 해야 하는지에 대해 구체적으로 이야기하고 있다. 보검을 높이 빼어 들고 번뇌와 六賊을 다 벤 다음 善知識을 찾아 문답하고 중생구제에 힘쓰라는 내용인 것이다. 또한 앞서 말했던 허물들이 다시 망상으로 쫓아올 수 있으니 이를 다시 방편 삼아 그 뒤 자취까지도 마저

베어 버려야 한다고 말하고 있다.

呵呵呵　길거울사
樂不樂이 둘아닐세
未證事란 말도마세
나의말삼 들어보소
速效心을 내지말며
슬금슬금 가다듬어
해도들때 아니볼가
聖智種子 어더쓰니
恒常快樂 밧사오며
普濟群品 노잔나니
依此發慧 하오시고
依此度生 하오시고
依此作福 하오시고
依此하여 報를밧내
苦中에도 樂이잇고
苦樂이　一揆니라
一理齊平 하다하니
苦樂은　不平하니
有智丈夫 살피시소

樂耶아　不樂耶아
이무삼　妙理런고
格外丈夫 선군자난
如是道에 滋味부처
懶怠想도 쓰지말고
밤새도록 가고보면
今時大覺 못일워도
凡夫位에 드러서도
聖地에　올라서도
이럼으로 三世佛이
發信大智 菩薩들도
二乘聲聞 緣覺들도
乃至천하 老和尙도
自己보물 알고쓰면
자기보물 모르오면
이럼으로 중생제불
理平은　올커니와
이게무삼 道理던고

結에 해당되는 전문이다. 結에서는 이제 묘리의 세계에 완전히 다다른 기쁨을 말하고 있다. 결구의 시작인 '呵呵呵 길거울사 / 樂耶아 不樂耶아'라는 구절만 보아도 알 수 있다. 기쁨과 슬픔이 둘이 아니며, 도에 다다른 노화상도 그에 합당한 報를 받을 수 있고, 또한 자신의 보물, 즉 '나'라는 본 모습을 찾으면 누구든지 중생제불할 수 있다는 내용으로 끝을 맺고 있다.

전체적으로 작품의 내용을 다시 보자면, 곧 세설이 다 허물이 된다고 하면서 부정적인 의혹심으로 詞意를 일으켜 現前相을 주인 삼아 是心麽로 방편을 삼고 轉輾히 擧覺하여 자기 보물을 찾아 쓰라고 하여 僧이라는 신분의 사람들에게 신앙심을 갖고 수행하라는 내용이다.

이러한 智瑩의 <참선곡>은 당시의 시대상과도 밀접한 연관이 있다. 조선 중기 임진왜란을 겪는 동안 서산과 사명의 활약으로 이후 잠시 기지개를 켜는 것 같던 불교 세력은 그러나 인조 이후 다시 승려의 입성까지 금하는 압박을 받게 된다. 또한 영조 39년(1763)에는 사찰에 殿牌奉安을 금하는 영이 내려지고, 다시 영조 46년(1770)에는 왕릉 근처에 사찰 건설을 금하는 영이 내려졌다.

그러나 정조 2년(1777), 다시 僧尼의 입성을 금하고 불교는 그림자도 남기지 않고 없애 버리겠다는 의지를 보이던 정조는 우연히 寶鏡獅馹을 만나 『大報父母恩重經』을 얻어 듣고는 자연스럽게 깨달은 바가 있어 龍珠寺를 창건하고 祈福偈를 지어 恩重經을 주석하고 편찬하게 한다. 또 이를 용주사에 소장하게 하고 조상의 명복을 비는 데 소용되도록 하였다. 당시의 불교계가 다시 숨통이 트이게 되는 계기를 맞이하게 된 것이다.

이러한 시대적 상황으로 말미암아 이 시기가 불교가사의 전성기[169]로 불려지지 않았나 싶다. 그러나 불교가사의 전성기라는 말과는 걸맞지 않게 가사 장르의 최고의 문학적 가치라 할 수 있는 대중성에서는 다소 뒤떨어지고 있음을 우리는 이 작품에 사용된 시어를 통해 확인할 수 있다. 지나치게 많은 불교용어가 시어로 사용되어 일반 백성에게 쉽게 다가설 수가 없었던 것이다. 이 시기의 불교가사가 양적으로는 풍부해졌다 할지라도, 그 동안 산간에만 파묻혀 있던 불교 자체의 비사회성이 작품 속에 '불교용어의 시어화'라는 형태로 투영되어 그다지 큰 문학적 가치를 품어내지 못하고 있는 것이다.

---

169) 이상보는 그의 저서인 『한국불교가사전집』(서울 : 민속원, 1996)에서 한국의 불교가사를 시대별로 발생기·계승기·전성기·원숙기·개화기로 구분하고 있다.

후술하겠지만 이러한 '불교용어의 시어화'는 작품의 청자가 일반 대중이 아닌 당시의 山僧들이었다는 것과도 무관하지 않으며, <참선곡>이라는 작품을 쓰게 된 계기가 일반 대중을 위한 불교의 포교가 아닌 또 다른 계기가 있음을 짐작케 한다.

3.2. 鏡虛의 〈參禪曲〉

鏡虛(1849~1912)는 법명이 惺牛이고, 성은 송씨요 첫 이름이 東旭이었다. 본관은 礪山이며 전주에서 헌종 15년에 태어났다. 9세 때에 어머니를 따라 상경하여 경기도 광주군 淸溪寺에서 桂虛大師에게 祝髮受戒하였고, 14세 때에는 계룡산 동학사에서 공부했으며, 32세 때에 홍성 天藏庵에서 慧彦의 법을 잇고, 禪風을 떨치면서 해인사, 범어사 등 여러 절에 주지스님으로 지내다가 64세에 갑산에서 입적한 분이다.

이 시기 선의 논쟁을 극복하는 길을 수도 결사하는 길에서 찾고자 하는 선승들의 새로운 修道結社의 움직임이 크게 두 방향에서 일어나게 되는 데, 鏡虛가 51세(1900) 때 해인사에서 이룩한 同修定慧·同生兜率·同成佛果로 된 稧社의 내용과 범어사, 화엄사에 있었던 結社禪規가 그 하나이다. 또 惺牛보다 15년 후배인 龍城 震鍾(1864~1940)이 大寺洞에 새롭게 선종교당을 세우고 62세(1926) 되던 해에 이룩한 修別傳活句禪과 萬日結社會가 그 나머지이다. 이 두 결사는 한국 근대 선승계에 새로운 바람을 일으키는 규합의 기도였다.

이능화의 『조선불교통사』에 보면 鏡虛의 辨才는 옛 祖師 못지않았으나 방탕하고 姪殺하는 것에 대해서는 세상 사람들 모두가 다투어 논박했다고 전한다. 더욱이 그의 유명한 말 가운데 "飮酒食肉이 不礙菩提요 行盜行姪이 無妨般若"170)라 하여 이런 심경이라야 대승선이라고 불러온 사실은 당시 일반인들의 많은 지탄을 불러일으켰다.

鏡虛의 <참선곡>은 모두 163구로 되어 있다. 智瑩의 <참선곡>과 마찬가지로 내용상 기승전결의 구조로 되어 있다.

<table>
<tr><td>홀연히   생각하니</td><td>都是   夢中이로다</td></tr>
<tr><td>千萬古   영웅호걸</td><td>북망산   무덤이요</td></tr>
<tr><td>富貴文章 쓸대업다</td><td>황천객을 면할소냐</td></tr>
<tr><td>오호라   너의 몸이</td><td>풀끝에   이슬이요</td></tr>
<tr><td>바람속의 등불이라</td><td></td></tr>
</table>

起의 전문이다. 먼저 기 부분은 1구부터 9구까지로 누구나 죽음을 피할 수 없다는 내용으로 시작하고 있다. 인간사 모든 것이 곰곰이 생각하면 모두 꿈속의 일이요, 영웅호걸도 죽음을 면치 못하며 부귀공명 또한 죽음에서 피할 수 없다는 숙명적 이야기로 서두를 꺼낸 것이다.

<table>
<tr><td>팔만장경 遺傳하니</td><td>사람되야 못닥그면</td></tr>
<tr><td>다시공부 어려우니</td><td>나도어서 닥가보세</td></tr>
<tr><td>닥난길을 말하랴면</td><td>허다히   만컷마는</td></tr>
<tr><td>대강추려 적어 보세</td><td>안꼬서고 보고듯고</td></tr>
<tr><td>着衣喫飯 대인접어</td><td>一切處 一切時에</td></tr>
<tr><td>昭昭靈靈 知覺하난</td><td>이것이   어떤겐고</td></tr>
<tr><td>몸뚱이난 송장이요</td><td>妄想煩惱 本空하고</td></tr>
<tr><td>天眞面目 내의부처</td><td>보고듯고 안꼬눕고</td></tr>
<tr><td>잠도자고 일도하고</td><td>눈 한번   깜짝할새</td></tr>
<tr><td>천리만리 단여오고</td><td>허다한   神通妙用</td></tr>
<tr><td>분명한   내의마음</td><td>어떠케   생겻난고</td></tr>
<tr><td>의심하고 의심하되</td><td>고양이가 쥐잡듯이</td></tr>
<tr><td>주린사람 밥찻듯이</td><td>목마른이 물찻듯이</td></tr>
<tr><td>육칠십   늘근과부</td><td>자식을   일흔후에</td></tr>
</table>

---

170) 李能和, 『朝鮮佛敎通史』 下(서울: 慶熙出版社, 1968), 962쪽.

자식생각 간절툿이   생각생각 잊지말고
깊이궁구 하여가되   一念萬年 되게하야
廢寢忘飡 할지경에   大悟하기 각갑도다

다음 위는 承 부분의 전문으로 10구부터 50구까지라 할 수 있다. 팔만대장경이 아직도 전하고 있으니 그것을 방편 삼아 공부에 임할 것이며, 또한 어떻게 임해야 하는지 그 공부하는 방법에 대하여 이야기하고 있다.

홀연이   깨다르면   본래생긴 내의 부처
천진면목 절묘하다   아미타불 이아니며
석가여래 이아닌가   점도안코 늑도 안코
크도안코 적도안코   본래생긴 自己靈光
盖天盖地 이러하고   涅槃眞樂 가이없다
지옥천당 本空하고   생사윤회 본래없다(51행~62행)

오호라   슯으도다   타일러도 아니 듯고
꾸지저도 조심안코   심상이   지내가니
희미한   이마음을   어이하야 인도할꼬
쓸대없난 貪心嗔心   공연히   일으키고
쓸대없난 許多分別   날마다   紛擾하니
우습도다 내의지혜   누구를   한탄할꼬
知覺없난 저나뷔가   불빗을   탐하여서
저죽을줄 모르도다   내마음을 못닥으면
如干戒行 少分복덕   도모지   허사로세(131행~148행)

轉에 해당되는 부분은 51구에서 148구까지라 할 수 있다. 그 내용은 두 가지로 나누어지는데 먼저 깨달음에 이른 후의 모습과 생활에 대하여 이야기하고, 다음은 그렇게 깨달음에 이르지 못한, 아니 그 깨

달음에 이르려 노력하지 않은 자신의 모습에 대해 한탄하듯이 이야기
하고 있는 내용이다.

오호라	한심하다	이글을	자세보와
하로도	열두시며	밤으로도 조금자고	
부지러니 공부하소		이노래를 깊이믿어	
책상우에 펴여놓고		시시때때 警策하소	
할말을	다하랴면	海墨寫而 不盡이라	
이만적고 끚이오니		부대부대 깊이아소	
다시할말 있아오니		돌장성이 아희나면	
그때에	말하리라		

마지막 結에 해당되는 전문으로, 149구에서 163구까지이다. 자
신의 과오를 깨우치면서 수행하는 모습이란 어떠한 것인지, 그리
고 깨달음에 이르기 위해서는 무조건 공부를 열심히 해야 한다는
훈계로 끝을 맺고 있다.

智瑩의 <참선곡>이 작품 표면적으로는 세상사와 불교교리의 허물을
들어 수행의 중요성을 이야기하고 있다면, 鏡虛는 자신의 모습을 직접
적으로 이야기하면서 수행의 중요성에 대해 보다 설득력 있게 설파했
다. 鏡虛 <참선곡>에서 보이는 직설성은 그 자신의 수행과도 무관치
않다. 그는 어느 무엇에도 거리낌 없는 수행, 즉 無碍行을 항상 강조
하고 그렇게 생활했다. 당대인들은 그를 비난하고 멀리 했지만 그는
그마저도 무시했다. 그러한 행동으로 선의 묘체를 알리고, 가르치고자
했던 것이다.

3.3. 鶴鳴의 〈參禪曲〉

鶴鳴은 속성이 백씨로 1867년에 태어났다. 어렸을 적에 아버지를

여의고 홀어머니를 모시고 살다가 어느 날 탁발승의 염불소리에 강한 출가의 유혹을 느끼게 된다. 그러나 홀어머니를 의식하지 않을 수 없었는데 이때 어느 독지가의 도움으로 드디어 길을 나서게 된다.

그러던 어느 날 雪寶和尙을 중심으로 40여 명의 學人들이 講經하는 모습을 보고 큰 충격을 받았으며 이에 출가를 결심하게 된다. 이후 불갑사에서 득도하고 구암사, 선암사, 송광사 등지에서 경학을 공부하며 후학을 양성하였다.

그러나 불교의 궁극적인 목표가 생사해탈에 있다며, 경전을 연구하는 것만으로는 해탈이 불가능하다는 것을 깨닫게 되고, 이에 학인들을 모두 해산시키고 홀로 정진 수행에 나선다. 이로부터 부안 내소사, 월명사 등으로 자리를 옮기면서 선원을 짓고 선풍을 일으켰다. 그는 언제나 수좌들에게 半農半禪을 주창하면서 승려가 무위도식한다는 비난을 듣지 않도록 하게 했다. 즉 一日不作이면 一日不食한다는 白丈의 淸規를 확립시킨 것이다.

이제 작품을 살펴보자. 鶴鳴의 <참선곡>은 모두 64구로 되어 있는 단편가사라 할 수 있다. 생로병사를 소재로 한 내용이 주를 이루고 있다. 또한 『西方琴曲』이라는 악곡집에도 실려 있는 것을 보면 일종의 연행가사로서의 모습도 담고 있음을 짐작할 수 있겠다.

生死大事 무서워라	有情無情 허망하다
生老病死 네가지로	동서남북 대문다라
胎卵濕化 四生으로	地獄餓鬼 三惡道에
鐵網짓고 鐵車 지어	無常殺鬼 모라닉새

먼저 起에 해당되는 부분으로, 1구에서 8구까지이다. 아주 간략히 생로병사의 무서움과 허망함을 이야기하며 죽지 않기를 희망하는 내용이다.

<table>
<tr><td>期約업시 잡아가니</td><td>뉘아니갈 壯士 잇나</td></tr>
<tr><td>충신열사 영웅호걸</td><td>제왕후비 할낄업서</td></tr>
<tr><td>수양산에 고사리는</td><td>백이숙제 주려죽고</td></tr>
<tr><td>汨羅水에 깁흔물은</td><td>三閭大夫 빠진흔적</td></tr>
<tr><td>瀟湘江에 아롱듸은</td><td>娥皇女英 눈물이오</td></tr>
<tr><td>蒼梧山에 한무덤은</td><td>舜님금의 혼백이오</td></tr>
<tr><td>驪山속에 장사ᄒᆞ니</td><td>진시황의 觸髏이며</td></tr>
<tr><td>불사약을 못구ᄒᆞ니</td><td>한무제가 신선될가</td></tr>
<tr><td>煉丹臺가 비엇스니</td><td>呂純陽이 신선될가(9행~26행)</td></tr>
</table>

承은 9구에서 42구까지이며, 옛 성현에서부터 당시의 인물들까지 유·불·도·천주교인을 두루 망라하며 늙음과 죽음에 대해 구체적인 예를 들어가며 이야기하고 있다. 누구도 죽음을 피할 수 없으며 그 죽음에서 벗어나는 길은 불법을 닦고 중생을 구제하는 일밖에 없다는 것을 미리 알려주고자 하는 의도가 보인다.

<table>
<tr><td>物外高見 누구런가</td><td>우리大覺 출세ᄒᆞ니</td></tr>
<tr><td>不生不滅 드러닉여</td><td>중생의게 보시ᄒᆞ니</td></tr>
<tr><td>유아독존 그아니며</td><td>천상천하 다시업네</td></tr>
<tr><td>不二法門 지시하니</td><td>염화미소 應機런가</td></tr>
<tr><td>달마조사 西來하사</td><td>불립문자 주창하니</td></tr>
<tr><td>世界花가 피어나고</td><td>無盡燈이 밝엇서라</td></tr>
<tr><td>千經萬論 두어두고</td><td>직지인심 하시오니</td></tr>
<tr><td>有情無情 성불이라</td><td>觸目菩提 이아닌가</td></tr>
</table>

轉에 해당되는 부분으로, 43구에서 58구까지이다. 오직 성불만이 모든 것을 초월할 수 있다고 이야기하고 있다. '不立文字 敎外別傳 直指人心 見性成佛'이라는 달마선의 핵심을 그대로 인용하고 있는 것이다. 즉 부처의 법안으로 세상을 살피고, 가르침을 설파하여 성불

에 이르게 하면 이 모두 중생구제의 길이라 이르고 있는 것이다.

勇斷하고 하여보시   彼丈夫요 아장부라
赤肉團上 無位眞人   面門出入 是個甚麼
看看하라 返照하라   惺惺하라 不昧하라

結의 전문이다. 59구에서 64구까지로, 이제 성불, 즉 위아래가 없는 참사람이 되기 위해 항상 깨어서 수행하라고 이르고 있다.

鶴鳴의 <참선곡>은 그 내용이 간결하기도 할 뿐더러 시어 역시 일반 대중이 쉽게 알 수 용어를 채택하고 있고, 또한 누구나 알 수 있는 역대 성현이나 제후를 예로 들어 생로병사의 요점을, 나아가 해탈에 이르는 길을 쉽게 풀어 주고 있다는 점이 특징이다.

또한 鶴鳴의 <참선곡>이 무엇보다도 대중적이었다는 점은 29구~30구에서 극명하게 드러나고 있다. '십자가에 죽엇스니 / 耶蘇氏가 영생인가' 하는 구절들이 그것이다. 당시에 막 받아들이고 있던 천주교의 사건까지도 언급하고 있는 것이다.

그리고 또 하나의 특징은 이 가사의 64구 전체가 4·4조로 이루어져 있다는 점이다. 즉 창에 걸맞게 단형화한 흔적이 확연히 드러나고 있는 것이다. 이 시기의 가사가 창을 위한 단형화와 사실의 정확한 기록을 위한 장형화라는 두 갈래로 변천했다는 사실을 증명하기도 하는 것이다.

鶴鳴의 <참선곡>은 이제 불교가 산간에서 내려와 완전히 대중 속으로 흡수되어 가고 있음을 '창을 위한 단형화'라는 형식적 요건으로 보여주고 있으며, 소재나 시어 역시 그러한 의의에서 벗어나지 않고 있음을 알 수 있겠다.

4. 〈參禪曲〉류 가사의 문학사적 의의

〈참선곡〉류 가사는 지은이가 가졌던 사상의 차이, 구체적으로 말해 지은이의 禪觀과 깊은 연관이 있다.

먼저 智瑩의 〈참선곡〉부터 살펴보자. 智瑩은 僧이 아니었다. 〈참선곡〉 말미에 적혀 있는 '甲寅孟冬 法性寺 無心客 印慧信士 智瑩述'에서 信士라는 단어가 그것을 단적으로 말해준다. 智瑩은 법성사를 근거로 한 불심 깊은 신도였다고 할 수 있다. 智瑩이 지었다는 여타의 작품들, 즉 〈修善曲〉, 〈勸禪曲〉 등의 작품을 보더라도 그는 僧의 입장에서 포교류의 가사를 지었다기보다는 평신도의 입장에서 보시와 참선에 임할 것을 권하는 가사를 지었던 것이다.

그러나 일반 평신도의 신분으로만 보기에는 다소 무리인 듯하다. 그의 가사 대부분이 불가의 수행승이나 학승들이 사용했던 전문용어가 주를 이루기 때문이다. 평소 글을 접하지 못하는 평민이 지었다고 보기에는 너무 어렵고, 그렇기 때문에 중인 이상의 혹은 유학을 접했던 양반가의 사람이 아니었나 짐작해 볼 수 있으며, 더 나아가 몰락가의 양반층이 아니었나 싶다. 왜냐하면 불교에 심취한 유학자들이 불교가사를 지었다고 하는 경우에 그 내용은 주로 개인의 생활에 국한되어 있는 반면,171) 智瑩의 가사에서는 그러한 모습이 거의 드러나지 않고, 완전히 불가의 사람처럼 불교를 이해하고 勸善과 修善을 대중들에게 이야기하고 있기 때문이다.

어쨌든 智瑩의 가사는 당시 산간에만 묻혀 있는 불교를 속세로 이

---

171) 이러한 모습은 유학자가 쓴 유일한 불교가사라 할 수 있는 三淵 金昌翕의 〈염불가〉에서 확인된다. 〈염불가〉에는 불교사상이 깊이 배어 있다거나, 자신 스스로 어떤 수행에 정진하는 모습 혹은 일반 대중을 위해 포교하려는 흔적은 전혀 묻어나지 않고 있다. 몇 가지 불교 용어를 제외하면 단순히 세속을 떠난 자신의 심회를 읊고 있을 뿐이다.

끌어내는 데 커다란 기여를 했다고 보아도 무방할 것이다. 작품 자체의 내용이나 화자와 청자와의 관계 여부를 떠나 속세에서 흔들리던 불교를 올바르게 자리매김 시키고자 하는 의도가 엿보이기 때문이다. 또한 그의 가사 대부분이 구술된 작품들이고 보면, 아직 그 내용에 있어서는 어려웠다고 할지라도 대중들이 마음속으로만 품고 있던 불교를 직접적으로 접하게 했다는 데 그 의의가 있을 것이다.

단도직입적으로 智瑩의 <참선곡>은 당시의 불교계 사정을 수많은 허물에 빗대어 꼬집으면서 그러한 허물에서 벗어나야 진정한 불도에 이를 수 있다고 말하고, 또한 그에 이르는 방편이 자기의 보물을 찾는 것이라고 말하고 있다.

여기서 우리는 이전의 불교가사와는 다른 그 이면의 가사가 등장하고 있음을 알 수 있겠다. 즉 염불이나 권선 등 알기 쉬운 내용을 표현하던 이전의 가사와는 다르게 처음부터 비웃는 듯한 어조로 시작하는 智瑩의 <참선곡>은 불교를 받아들이는 대중의 입장이 아니라 불교에 직접 임하는 이들에 대하여 그 수행의 필요성과 방법 등을 이야기하고 있는 것이다.

다음은 鏡虛의 <참선곡>이다. 鏡虛는 智瑩보다 좀 더 구체적으로 도에 이르는 길을 말하고 있다. 자나 깨나 앉으나 서나 오로지 공부이며, 이날저날을 헛되이 보내다 죽을 때 후회하지 말고 무조건 공부하라는 내용이 주를 이루고 있다.

내용상 鏡虛의 <참선곡>은 평민 대중을 대상으로 한 것이 아니라 불가에서 수도를 업으로 삼고 있는 승려들을 대상으로 한 것 같다. 대상이 평민 대중이었다면 공부에 임하는 구체적 태도를 말하는 것이 아니라 이전의 가사들에서 드러나듯 그저 극락왕생을 빌어 주어 대중들을 불교에 끌어 들이는 내용이면 그만이기 때문이다.

그렇다면 鏡虛는 어찌하여 학승들을 위해 이러한 내용의 <참선곡>을 지었을까? 이는 당시 불교계의 사정과 관련이 깊다. 당시 정조가 불교계에 대해 약간의 호의를 베풀었다고는 하나 어쨌건 조선왕조를 이어오면서 끊임없이 계속되는 억불정책에는 변화가 없었다. 그리하여 불교는 살아남기 위한 몸부림의 일환으로 어쩔 수 없이 천민 계층 위주의 대중들과 공존, 공생하는 관계에 이르게 된다.

거기에 불교가 어찌되었던 유교의 평가를 받아야 살아남을 수 있었으므로 대개의 선승들은 나라에 경사가 있으면 이를 칭송하는 글을 짓곤 하면서 근근이 그 명맥을 유지하였던 것이다. 그러나 겉으로는 선승이면서도 유가의 사람처럼 행동하면서 안으로는 불교의 이치를 글로 나타내기 위해서 힘쓰며 도를 찾기 위해 애썼던 모습들은 여러 선승들의 모습에서도 확인된다.

이러한 모습들이 표면에 나타나기 시작하던 때가 바로 智瑩과 鏡虛 그리고 鶴鳴이 활동하던 시기와 일치되고 있다. 즉 정조가 아버지인 사도세자의 명복을 빌기 위해 수원에 용주사를 세우고, 恩重經을 주석·편찬했던 시기와 맞물리고 있는 것이다. 불교가 지배체제를 옹호하는 데 일정 정도의 기여를 하고, 또 당시 유가로서는 감당하지 못했던 부분을 불가에서 다지는 것을 임무로 맡아 어느 만큼의 인정을 획득하였다고도 볼 수 있다.

그러나 이는 순수한 불교의 이치에 벗어나는 것이라 하여 鏡虛는 이에 반기를 들고 스스로 선결사를 만들고 선을 중심으로 한 불교 중흥 운동을 펼치게 된다. 그 자신 역시 無碍行을 앞세우며 선의 가치를 전면으로 내세웠던 것이다. 이렇듯 당시의 이러한 상황, 즉 유가와의 영합으로써만 살 길을 찾으려 한 까닭에 스스로의 수행에 게을리할 수밖에 없었던 학승들을 꾸짖고 나아가 그들에게 올바르게 수행하는 방법을 제시하고자 하는 의도에서 나온 작품이 바로 鏡虛의 <참선곡>이라 할 수 있는 것이다.

마지막으로 鶴鳴의 <참선곡>이다. 시기적으로 <참선곡> 중 가장 늦게 나타났다고 할 수 있으나 증명할 길은 없다. 그러나 鶴鳴이 활동하던 시기가 鏡虛보다 약 20년 이후이니 동시대의 작품이라고 볼 수는 없으며, 鶴鳴 역시 智瑩이나 鏡虛의 <참선곡>에 영향을 받았다고 봄이 옳을 것이다.

그러나 鶴鳴의 <참선곡>은 그 내용이나 구성에 있어서 이전의 <참선곡>들과는 확연한 차이가 드러난다. 먼저 그 구성이 매우 단형이라는 점이다. 앞서 이야기한 바 있듯이 4·4조를 1행으로 보았을 때는 모두 64구, 그리고 연행을 염두에 두어 8·8조를 1행으로 보았을 때는 32구의 단편가사로 연행되어 불리기가 가장 쉬웠던 가사이다. 이는 鏡虛 이후 시기적으로는 얼마 지나지 않았지만 鶴鳴의 <참선곡>이 이제 완전하게 불교가 대중 속으로 파고들었음을 반증하는 자료가 될 수도 있다.

내용 역시 누구도 부인할 수 없을 만큼 대중적인 공감대를 형성하고 있다. 鶴鳴은 鏡虛처럼 어떠한 목적을 특히 교리와 관련된 목적을 염두에 두고서 작품을 쓴 것이 아니라 그야말로 순수하게 불교를 널리 알리고 또한 대중을 포교하려는 목적으로 <참선곡>을 지은 것이라 할 수 있는 것이다.

이상에서 살펴본 바와 같이 <참선곡>류 가사는 각각 특별한 목적을 가지고 제작된 만큼 그 안의 내용이나 사상 역시 확연히 차이가 드러나고 있음을 알 수 있었다. 따라서 <참선곡>류 가사가 어떤 특정한 불교사상을 담고 있다거나, 무조건적인 참선만을 권장하고 있다고 말하는 것은 다소 무리가 따를 것이다. 결국 <참선곡>류 가사에서 보이는 것은 '참선' 그 자체가 아니라 불교계의 현상이었으며, 이를 통하여 우리는 당시 불가와 유가와의 관계, 불교의 당면 상황, 그리고 불교와 일반 대중과의 관계까지도 유추해낼 수 있는 것이다.

5. 맺음말

  <참선곡>이라는 제목을 가진 가사 작품은 총 세 편이다. 또한 이 세 편 역시 거의 한 시대에 창작되었다. 그리하여 본 장에서 이 세 편의 작품이 서로 어떠한 연관을 맺고 있으리라 보고, 작품 분석에서부터 그 창작 배경 또는 계기, 그리고 작품들의 성격과 의의를 살펴보았다.

  우선 <참선곡>류 작품의 창작 배경 혹은 그 계기가 조선 후기의 선 논쟁과 불교계의 자정 노력에서 비롯되었을 수도 있다는 점을 살펴보았다. 작품의 제목에서 보면 참선을 권면하는 내용일 것이라는 짐작이 앞서며, 또한 작품의 내용 역시 겉으로는 그렇게 보인다. 그러나 그 이면의 배경을 살필 때, 그리고 작품 속의 청자가 누구인가를 살필 때, <참선곡>류 가사는 그 내용을 떠나 불교사적으로 매우 커다란 의의를 지니고 있음을 알 수 있었다.

  또한 智瑩을 지나 鏡虛와 鶴鳴에 이르면서, 이들은 <참선곡>을 통하여 오랫동안 지속되어 오던 한국 불교의 선 논쟁을 불식시키고, '一日不作 一日不食'이라는 노동을 강조하는 한국 선불교의 확고한 전통을 다지며, 이후 1900년대에 들어서면서 불교진흥회를 중심으로 한 居士佛教運動에 기반을 제공했다는 것 등이 또 하나의 의의가 될 수 있을 것이다.

제 10 장
〈禪雲寺風景歌〉의 문화적 가치

1. 머리말

<禪雲寺風景歌>는 『鹽城三世世稿畧』 내의 『湖隱詩集』 卷之一에 실린 필사본 작품172)으로, 전체 148행 295구의 장편가사이다. 이 작품은 선운산에 올라 선운사를 둘러보며 그 주변의 경관까지 함께 읊은 기행가사라고 할 수 있다. 그러나 이 문집의 '湖隱'이 누구를 칭하는가는 필사본 내에 밝혀진 바 없고, 또한 임기중173)에 의하더라도 작자는 미상이라고 하였으나, 최근 전남대학교 도서관 소장 『鹽城三世稿』 목판본을 입수하게 되어 그 작자를 밝혀낼 수 있었다.

이 책은 모두 3卷 1冊으로 구성되어 있는데, 제1권은 『南下成均生員公遺稿』, 제2권은 『平岡公遺稿』, 그리고 마지막 제3권이 바로 『湖隱公遺稿』이다. 이 3권의 <家狀>과 <墓碣銘>에 각각 다음과 같은

---

172) 여기에서 말하는 필사본 작품이란 필자가 연구를 위해 가장 먼저 접한 자료를 뜻하며, 담양군 한국가사문학관 소장 자료를 지칭한다.

173) 임기중의 『한국가사문학주해연구』 10(서울: 아세아문화사, 2005)에 실린 <선운사풍경가>에 대한 해제를 보면, 이 작품의 출전이 유재영 소장 목판본 『감역삼세고(監域三世稿)』로 되어 있다. 또한 여기에서는 작자를 미상이라고 하였다.

기록이 나온다.

> 府君諱洪九字正執號湖隱 …… (<家狀>).
> 李公洪九字正執號湖隱延安人也 …… (<墓碣銘>).

<선운사풍경가>는 이 목판본의 제3권 『湖隱公遺稿』의 <歌> 편에 실려 있으며, 그러므로 이 작품의 작자는 李洪九(1879~1944)임이 자명하다. 또한 작가 문제가 해결됨으로써, 작품이 실린 출전 역시 『監域三世稿』가 아닌 『鹽城三世稿』로 수정되어야 할 것으로 생각된다.

그리고 이 문집을 엮은 族孫 李璘寧은 서문에서 이 책을 엮은 동기와 함께 문집을 남긴 조상들의 간략한 정보를 밝히고 있다. 대략을 보면 '팔세 조상인 同樞公 이후 남겨진 문헌이 미미하거나 전무하여 집안의 내력을 전하기가 어려우므로 조금이라도 그 흔적으로 모아 이어간다.'고 하였다. 그리하여 '남하공이 생원 시절에 쓴 시와 책문, 평강공이 지은 시와 제문, 호은공의 잡영시와 노래, 제문, 만사 등을 묶어 엮었다'고 하였다.

게다가 외종 아우인 李陽範이 쓴 <제문>에 '기유년 봄 선운사와 그 산의 유적을 돌아다녔다[174]'는 구절과, 吳秉壽가 지은 <묘갈명>에도 평소 산과 물을 좋아하여 '누구든지 선운장연공이라 부르는 것이 다반사였다[175]'는 구절을 보면, 작자가 평소에 선운사와 그 산을 얼마나 좋아했는지 미루어 짐작할 수 있다. 또한 손수 지은 시 중에도 <禪雲寺儒林鍊成會吟>라는 작품이 있는 것을 보면 선운사에 대한 작자의 사랑은 매우 각별한 듯 보인다.

이런 배경 속에서 제작된 <선운사풍경가>는 선운산의 선운사에 들어가면서부터 내려오기까지의 과정과 그때마다 마주치는 선운사의 부

---

174) ……己酉春禪雲寺遊山之跡……(李陽範, <祭文>).
175) ……誰乎禪雲長淵公之茶飯也……(吳秉壽, <墓碣銘>).

속 경개에 대해 매우 상세하게 설명하는 가운데, 자신의 느낌을 덧붙이는 형식으로 전개된다. 또한 선운사에 대한 설명이 매우 자세한 편이라 현재의 선운사의 모습과 비교하여 옛 선운사의 모습을 찾는 데에도 매우 소중히 사용될 수 있는 史料로서의 가치도 확보하고 있는 작품이라고 하겠다. 작품 말미에 경술년에 지었다는 부기가 있는 것으로 보아 1910년도에 지어진 작품임을 알 수 있다.

본 장은 아직 연구되지 않은 본 작품의 내용을 분석하여 현대 가사 문학의 자산 확보에 일조하고자 함을 목적으로 한다. 나아가 본 작품이 그 제목에서 드러난 대로 선운사와 그 주변의 특정 지역의 풍경을 자세히 노래하고 있다는 점에 주목하여, 그곳의 당시 모습을 밝혀 오늘의 모습과 비교해봄으로써 그 문화적 가치까지 밝히는 것을 또 하나의 목적으로 삼겠다.

본 장은 전남대학교 도서관 소장 목판본 『鹽城三世稿』에 실린 <선운사풍경가>를 연구의 주 대본으로 삼았으며, 전라남도 담양군 한국가사문학관 소장 필사본 『鹽城三世世稿畧』 내의 『湖隱詩集』 卷之一에 실린 작품을 참고하여 비교·검토하고 교정할 것이다.

2. 기행가사로서의 〈선운사풍경가〉

기행가사라고 하면 '觀遊紀行歌辭, 流配紀行歌辭, 使行紀行歌辭'를 말하는 것이 일반적이다. 정기철[176]은 여기에 '漂流紀行歌辭'를 더하여 네 가지 유형으로 보기도 하였다. 이들 기행가사의 유형 중에서도 특히 관유가사는 우리 기행가사의 대부분을 차지하고 있다고 해도 과언이 아니다.

---

176) 정기철, 『한국기행가사의 새로운 조명』, 도서출판 역락, 2001.

이러한 기행가사의 유형에 대해서는 최강현[177]의 연구가 매우 자세한 편인데, 이에 의하면 본 장에서 다루고 있는 <선운사풍경가>는 관유가사의 유형에 속한다고 볼 수 있다.

또한 그에 의하면 기행가사는 '첫째, 그 문학 양식이 한국 고전문학 영역 속에서 중요한 자리를 차지하고 있는 특별한 문학 양식이라고 할 가사 형식이어야' 하고, '둘째, 작품 내용이 작품 창작의 동기 또는 등정 원인이 여행과 관계가 있어야' 하며, '셋째, 그 내용이 출발·노정·목적지·견문이나 소감 등을 담고 있어야 한다.'[178]고 하였다. 이런 면에서 보자면 <선운사풍경가>는 그 요구 조건을 충분히 갖추고 있다고 할 수 있다.

우선 이 작품의 형식을 보면 가사의 형식적 요건을 잘 갖추고 있음을 알 수 있다. 즉 가사 장르의 주된 음조라 할 수 있는 4·4조가 전체 296구 중에 217구, 3·4조가 58구로 전체 음조의 약 93%를 차지하고 있기 때문이다.

또한 이 작품의 마지막 여섯 구에는 작품 창작의 동기가 명확히 제시되어 있는데, 이는 다음과 같다.

禪雲山　자시알이면　　　　　奇絶景致 만컨마은

脫生後世　一介人이　　　　　千百年　曾往事을

難可知悉　하갓기로　　　　　畧擧其槩 하엿로라

이 구절에서 작자는 선운산을 자세히 알게 되면 그곳의 기이한 경치가 많다는 것을 알게 될 터인데 아마도 그렇지 못한 상황이며, 후세의 사람들이 오래 전의 지나간 일들을 모두 알기가 어려울 것이기

---

177) 최강현, 『한국기행문학연구』, 일지사, 1982.
178) 최강현, 「한국기행가사의 현황과 연구 동향」, 제5회 가사문학전국학술대회 발표집(2004. 9), 2쪽.

에 스스로 그에 대한 이야기를 간략히 약술하였다고 밝혔다. 작자 스스로 선운산과 선운사의 여행을 통해 그에 대한 옛이야기들과 현재의 풍경을 자세히 남겨 후세인들에게 전해주고 싶은 목적이 드러나 있다고 할 수 있는 구절이다.

이러한 작품 제작 목적은 비슷한 류의 기행가사에서는 좀처럼 찾아보기 힘들다. 대부분의 기행가사는 그 등정 원인이 작자의 일상적 여행 혹은 공적인 여행과 결부되어 그 이상의 뚜렷한 목적을 갖고 있지 않다고 볼 수 있다. 그러나 이 작품은 선운산과 선운사의 단순한 여행과 그로 인한 감흥을 위해 제작된 것이 아님을 분명히 밝히고 있다.

작자는 이 주변을 하나의 소중한 문화적 자산으로 명확히 인식한 가운데 그러한 자산이 잊혀지거나 사라지지 않도록 하겠다는 의지를 작품에 밝힘으로써 작품 제작의 직접적인 동인을 보여주고 있는 것이다. 작자가 평소에 선운사와 그 주변 지역을 얼마나 사랑하였는지는 앞서 '禪雲長淵公'이라는 단어로 설명한 바 있다. '禪雲長淵'이란 당연히 선운산과 그 앞을 흐르는 장연강을 말하는 것으로, 사람들이 작자를 '禪雲長淵公'이라고 부르는 것이 다반사였다면 그가 얼마나 이 지역에 애정을 갖고 있었는지 능히 짐작할 수 있을 것이다.

이러한 애착은 단순히 선운사와 그 주변의 경관을 읊는 것으로 그치지 않는다. 하나하나의 유적에 대해 그 연원과 혹은 깃든 전설 등을 고구하여 함께 밝히는 작자의 저술 태도에서도 충분히 확인된다. 이 점이 바로 우리가 <선운사풍경가>를 주목하는 가장 큰 이유인 것이다.

그리고 마지막으로 작자가 선운산에 오르는 첫 관문이라고 할 수 있는 선운사의 입장에서부터 각각의 풍경, 그리고 선운사를 품고 있는 주변 산들에 대한 풍경 및 감회를 노정에 따라 읊고 있음을 작품의 내용에서 확인할 수 있다. <선운사풍경사>의 노정은 선운사에 도착하면서부터 시작하여, 本詞라고 할 수 있는 부분에서 본격적으로 펼쳐진다.

그 과정을 보자면 이 작품에 보이는 작자의 노정은 선운사의 기원을 노래하는 序詞를 시작으로 '앞뜰로의 입장 → 대보전 → 만세루 → 서래각 → 영산전 → 산신당 → 시왕전 → 팔상전 → 내원암 → 고암 → 후원 → 만세루 → 비각길 → 동운암 / 석상암 → 수침골 → 염불암 → 일수정 → 도솔암 → 칠성각 → 삼영불전 → 동불암 → 우제단 → 만월대 → 학소대 → 용문굴 → 참당사 → 청렬천'으로 이어지다가 작품 제작의 목적을 말하는 結詞로 끝을 맺는다.

특히 結詞에 이르면 대개 하산의 과정과 감흥이 나오는 것이 일반적이겠으나, 이 작품은 전개한 마지막 부분의 노랫말처럼 작자 자신이 이 노래를 읊은 이유를 설명하고 있다는 것이 특이한 점이기도 하다. 각각의 노정과 그에 따른 감흥은 다음 절에서 살피도록 한다.

3. 〈선운사풍경가〉의 路程과 내용

〈선운사풍경가〉[179]는 선운사에 도착하여 선운사의 창건에 대해 읊는 것으로부터 시작된다. 이는 序詞라고 할 수 있는 부분으로서, 제1구부터 16구까지라 할 수 있는데, 그 내용은 다음과 같다.

天開地闢 하온後에	禪雲山高 하엿스니
高麗史　樂志에	禪雲山曲 載在하고
百濟時　長沙人이	征役遠方 하올젹의
過期不返 하략이면	其妻思止[180] 하난마음

---

179) 지면상 원문을 그대로 게재하되, 현대역을 돕기 위해 그 주해를 각주로 처리한다.

180) 임기중(앞의 책, 305쪽)에는 '止'가 '之'로 되어 있으며, '之'로 표기해야 함이

登是山而　望歌터니	아매도　漢나라　明帝時[181]
天竺寺의　몹든佛像	往古來今　本을바더
南中此山　開基하여	刱建佛宇　하얏난게
茫茫年代　可攷하니	三韓古刹　이아닌가

　이 부분에서 작자는 백제의 가사 부전 가요인 〈禪雲山曲〉을 언급하면서, 더불어 선운사의 오랜 역사에 대해 이 노래를 예로 들어 이야기하고 있다. 선운사는 한나라의 명제가 천축으로 사신을 보내 불경과 불상을 들여왔던 때의 일을 배워, 우리도 남쪽 선운산에 절집을 지었던 까닭에 그 창건 연대가 매우 오랜 절이라고 읊고 있는 것이다.

　다음은　대보전 → 만세루 → 서래각 → 영산전 → 산신당 → 시왕전 → 팔상전 → 내원암 → 고암 → 후원으로 이르는, 本詞 1[182]에 해당한다고 볼 수 있는 제17구부터 제90구까지이다.

壯麗한　　大寶殿	丹靑色色　玲瓏하여
世人間의　高出하야	白石川流　橫帶하고
九層石塔　屹立이며	千箇童佛　羅列인대
三金佛이　正坐하야	坎中連屈　指하고
大慈大悲　하난樣은	祈禱發願　아니할가[183]
前門의　　萬歲樓	一大鼓音　鼕鼕하고
後園의　　千百林	上下禽聲　口桀口桀일세
그젓태　西來閣은	主僧徒의　宿食處라

옳은 듯하다.

181) 漢나라 明帝는 후한의 顯宗으로 孝明皇帝라고도 한다. 서기 57년부터 75년까지 재위하였다.

182) 본사의 구분은 작자의 여정 중에 잠시 쉬어가는 부분이나 자신의 감흥을 토로하는 부분을 기준으로 삼았다.

183) 임기중에는 '아니홀가'로 되어 있다. 목판본과 필사본의 가장 큰 차이로 볼 수 있는 부분인데, 목판본에는 '翼翼한듸, 활쏫하니, 바릭보니' 등의 고어가 아직 쓰이고 있다는 점이다.

守令方伯　行次時와
支供凡節　所當이오
擊報朝暮　하난쇼래
夾門外　　靈山殿
畵棟楹이　翼翼한대
上上臺　　山神堂
眉皓白　　二老叟가
降臨神靈　한듯하니
義雲國師185)　影幀일셰
開門見之　할작시면
列坐其次　十王이며
无毒鬼王　傍從이며
守衛한　　兩門直이
䲂拳大踢186)　怒氣像이
可笑可畏　이아닌가
中門안의　드러서며
懸板의　　三刻字
樹林間　　一里許에
緩步徐行　올라가셔
五浮屠　　白面石에
次第刻立　하엿거날
孤菴前門　臨見한즉
數級鍊石　爲除하고
二間長房　通闊한대
數幅銷畫　掛壁이며
絶浮埃逼　些凉長夏
後園의　　도라드니
居僧徒의　緣水飲은

騷人行客　往來間의
重大한　　千斤懸磬
十里洞의　鳴震하고
風磬聲이　錚錚하며
十六亂殿　列坐로다
壁上의　　活動畵鬚
把扇騎虎　하얏스되
黔堂禪師184)遺像이며
그아래　　十王殿
龍鳳刻　　座臺上의
金菩薩이　中坐하야
道明尊者　近侍하고
一左一右　하얏스되
打之蹴之　할뜻하니
右便에　　八相殿
額號을　　바래보니
瞻星殿이　分明하고
內院菴이　復有하니
距里中央　當到하니
西山蓮峰　諸堂號을
暫時彷徨　하온後의
一峯絶頂　開基하여
疊榭層楹　對起하야
小金佛이　端坐하고
一層空樓　在傍하니
居處　　　第一이요
小泉이　　湧出하야
極樂界의　兼仁智라

---

184) 黔堂禪師는 백제 위덕왕 때 선운사를 창건한 黔丹禪師의 異稱이다.
185) 義雲國師는 신라 진흥왕 때의 고승으로, 선운사의 말사를 세웠다고 한다.
186) 임기중(앞의 책, 305쪽)에는 '䲂拳大踢'이 '麗拳大踢'으로 되어 있다.

訪風景　登臨客이　　　　　　渴喉斜陽 어이하리

　작자는 먼저 웅장하고 수려한 대보전의 모습을 중심으로 그 안마당에서 주위의 풍경과 어울리는 절집의 모습을 전체적으로 이야기하고 있다. 그리고 이어 시선에 따라 구층 석탑과 천 개의 童佛, 三金佛을 차례로 살피면서, 다시 만세루와 후원의 정경을 읊어낸다. 시각적 이미지를 주로 전개하면서, 아직은 실제로 볼 수 없는 후원의 정경을 짐승의 울음소리로 풀어내는 모양, 지나온 만세루의 형용을 등등한 북소리로 풀어내는 모양은 시각적 이미지에 더해 청각적 이미지까지 구사하는 작자의 작시 수준을 간접적으로나마 짐작하게 해준다.

　이어서 작자는 각 전각들의 형용을 이야기하는데, 그 진술 방식이 매우 다양하다. 처음으로 거쳐 간 서래각에 대해서는 스님들의 숙식처이거나 절집의 손님들을 맞이하는 곳이라는 등 그 건물의 쓰임새를 주로 이야기하였다. 그리고 이어 거쳐 간 상상대와 산신당에서는 그곳에 걸려 있는 초상화에 대해서 자신의 느낌과 더불어 그림의 모양을 매우 자세히 묘사하였다.

　그 다음으로 시왕전[十王殿]의 모습을 12구에 걸쳐 상세하게 설명하고 있다. 이 설명대로 보면, 시왕전의 중심인 금보살과 그 곁에 무독귀왕 및 도명존자의 모습까지 자세히 살필 수 있으며, ‘우습고도 두려운[可笑可畏]’ 느낌이 들게 하는 시왕전의 분위기까지 묘사하였다. 그리고 星殿이라 불리는 팔상전을 지나 내원암의 모습과, 청정하여 거처로는 제일로 꼽히는 고암의 풍경까지 막힘없이 풀어내고 있다. 이어 후원으로 돌아 들어와 처음 만나는 小泉의 샘물은 풍경 찾아오른 이들의 목마름을 달래주는데, 마치 스님들이 극락계의 仁智를 겸하는 듯하다고 언급한다.

　다음은 本詞 2에 해당한다고 볼 수 있는 제91구부터 171구까지이다. 만세루에서　시작하여　비각길 → 동운암 / 석상암 → 수침골 → 염불암 →

일수정 → 도솔암으로 이르는 길이다.

一盃水을 快飮하고
萬歲樓의 偃息할새
奇怪形蹟 만하도다
他山石을 可攻이라
磨之琢之 하엿스되
數斛水을 可盛인대
火山이　近視하야
水克火元　元理을
長時盛水 云云하고
所自出이 잇셔꾸나
連抱之材 斫代하야
黔堂師의 妙한道術
千百年　지낸後의
列邑寺의 播用이며
檜木間의 차자가니
一間小門 다든안의
雪白坡의 碣銘인대
一則蔡樊菴의 所製로다
寺後洞　石上菴은
此皆雲寺 所助키로
如此物色 다본後의
四近方兮 小景을
五里東　險山外에
漁樵船　往來間의
寒山寺와 彷彿하고
白余峙가 屹然하니
沙門外　樹林間에
水砧洞이 在玆하니

更從來道 내려와셔
往事歷歷 생각하니
馬房前　白石碓은
方直한　그 形體
千斤重이 難動이며
古人傳說 드러보니
寺中失火 間有커날
舊時推造 하얏기로
禮佛前　沉木香도
本寺刱建 하올적의
難悉用之 하것기로
長淵江의 投之터니
朽敗餘 木沉香되야
百步許의　碑閣街
數仞墻垣 둘너시며
雙立石　朱紅刻
一則金秋史의 所書오
鷲峯巓 東雲菴과
別無奇觀 할지라도
贅道不已 하엿도다
餘興이　陶陶하야
更加評賞 하오리라
長淵江이 帶流하야
朝暮鍾이 鳴到하니
十里南　大道走에
箇中耽翫 亦多로다
蜈蚣墻을 石築인듸
桑海復史 改變하야

白石碓만 猶存하고
南無阿彌 陁佛字
草雲僧의 所製로다
連抱之才 可成하야
樵客行旅 休息所며
雨洗風磨 하얏도다
重疊靑山 環寺하고
顚之倒之 너머가니
西十里 兜率菴은
唐貞觀年 所建이오
小金剛을 일너스니
秋九晴霜 晩節의
盍往觀乎 하올손가

路傍咫尺 念佛岩의
朱紅深刻 하엿기난
그밧게 一樹亭
挾路特立 하엿스니
數三處 石長承은
北便을 바래보매
無媒逕路 草蕭蕭의
海上蓬萊 接見이오
聞有俗傳 하엿시되
萬千氣像 絶勝하야
春三甘雨 花開時며
遊賞興樂 하난사람

본사 2에서는 작자가 만세루로 돌아와 절집과 관련한 옛일을 회고하는 내용이 주를 이루며, 이에 더해 만세루에서 바라본 주변의 풍경을 읊는 내용이다. 먼저 작자는 馬房 앞에 서 있는 白石의 웅장함에 대해 묘사하는데, 다른 산들을 제압할 만큼 크다 하였다. 그리고 여기에는 전해오는 이야기가 있는데, 선운사 주변에 火山이 있어 그대로 두면 절이 타 없어질까 걱정하여 水剋火의 원리를 이용하여 물을 담아 놓을 돌을 세웠다는 것이다.

또한 은은히 흘러나오는 沉木香 역시 그 까닭이 전해오는데, 검단선사가 선운사를 창건할 때 묘한 도술을 부려 주변의 장연강에 재목을 던졌더니 후에 목침향이 되어 수많은 절에서 나눠 쓸 수 있었다는 것이다. 작자는 본사 2부분을 이렇게 절집과 관련한 전설로 시작하면서 다시 주변의 경관을 찾아 나선다.

만세루 주변의 노송나무 사이에는 담장으로 둘러싸인 조그만 비각이 나오는데, 이곳에는 쌍립석에 주홍글씨를 새긴 비가 있다고 말하고, 이는 각각 설두와 백파선사의 碑銘이라고 설명한다. 게다가 두 비에 새겨진 비문의 글씨는 각각 김추사와 채번암의 글씨라고 부연하였다. 그리고 그곳에서 보이는 취봉의 동운암과 절 뒷골의 석상암은 그 형용이 비록 평범할지라도 모두 선운사를 받쳐주는 곳으로서의 의미를 찾을 수 있다고 하였다. 여기에 약간의 경치를 더할 수 있는데, 동쪽으로 오리만 가면 장연강이 흐르고, 저녁 종이 울려 퍼지는 가운데 고깃배의 한가로운 모습이 마치 한산사와 비슷하다고 묘사하였다.

다시 절집 밖으로 나서면 염불암을 거쳐 여행객들의 휴식처인 일수정에 이른다. 그곳에 서 있는 '비에 씻기고 바람에 닳은' 세 곳의 석장승 또한 이 절집의 오랜 연원을 대변한다. 이곳에서 서쪽으로 십여 리쯤에는 도솔암이 있는데, 당나라 정관년(627~649년)에 세웠던 암자이며, 소금강이라 일컫는 빼어난 경치를 두고 있다고 설명한다.

다음은 本詞 3에 해당된다고 할 수 있는 제172구부터 250구까지이다.

水砧洞의 죠금나와　　谷水畔　石逕斜의
步步遠上 이내몸이　　短笻의　비겨셔셔
前瞻後顧 徘徊하니　　四環峯巒 作障이며
千層巖石 奇怪하고　　幽竹淸陰 不俗인대
下兜率이 여기로다　　絶壁水난 灌園하고
白石泉이 出場하야　　翼然한　七星閣이
臨于泉上 하엿스며　　上兜率이 어대매요
高高地形 傾危하고　　層層石棧 崎嶇하야
僅通行路 하얏거날　　不臨無地 올나가니
香風不動 松花老의　　淸淨한　三楹佛殿
體樣이　奇古하야　　各色彩　刻木圖畫
金鯉水鰲 活動하듯　　剞劂之工 神妙할셰
그아래　銅佛菴　　不何時　造成인지

千秋往蹟 怊悵하다
丈六佛像 刻하얏고
鑄銅之　하엿다가
戊子大風 부를젹의
數十里의 震動하고
兩邊鐵釘 猶存한대
當處의　穿孔하여
飛鳥上의 逈臨하고
千尺斷崖 極落하야
人跡不到 하난處오
巖壁을　바래보니
昔宰是邑 하올젹의
그우의　雩祭壇
天旱不雨 하거드면
蒼蒼感應 하난배오
北兜率을 俗傳인대
依俙風光 如舊할셰
掩上通下 窟이되고
百餘人이 可以坐며
凄涼山月 띄어잇고
攀鶻巢　履巉巖
曾棲玄鶴 간대업고
石間泉水 自流라
石苔上의 移坐타가
俗傳하난 西兜率이
絶峯上　瀑布水난
掛長川이 分明일세

千百尺　截巖壁의
儼然한　그面像을
順治年號187) 曾當하여
墮地片碎 하난소래
그우의 棟宇所架石穴이
完久타　刻印佛像
小石門 놉피다러
右便의　다다르니
密密樹木 森天한듸
左便으로 도라드러
前縣監　李纘夏
姓名字　刻해잇고
金莎鋪地 하얏난듸
白白全誠 禱之하야
北便의　滿月臺
漠然千古 찌친터의
左右層巖 壁立하야
一邊磐石 陂陁하야
金灑竹　셕근숨풀
南峽의　鶴巢臺
飄然羽化 올나가니
至今風景 不殊하야
凄然心思 感古하여
登彼西峯 轉眄하니
只存丘墟 하엿꾸나
廬山이　아니로대

---

187) 順治年號를 쓰던 때는 청나라 세조 때이므로, 1644년부터 1661년까지이다. 이 사이에 해당되는 戊子年은 1648년임을 알 수 있다.

본사 3에서는 '칠성각→삼영불전→동불암→우제단→만월대→학소대'에 이르는 노정이 펼쳐진다. 내용으로 보면 크게 하도솔과 상도솔, 그리고 북도솔과 서도솔로 구성되었다.

백석천과 칠성각이 닿아 있는 이곳이 바로 하도솔이요, 상도솔을 좇는 작자의 모습이 절로 그려지는 대목이다. 그렇게 다시 층층의 돌다리를 올라 닿은 곳은 삼영불전으로, 작자는 세 개의 기둥에 새겨진 각각의 그림을 보고 그 기이함과 오래됨을 찬탄하고 있다.

어느 때 조성했는지조차 모를 동불암을 거치니, 천 백 척 높은 암벽에 새겨진 六丈佛像이 다가선다. 작자는 여기서 육장불상의 형용을 매우 세세하게 묘사하고 있다. 처음엔 구리를 부어 만든 불상이었으나, 戊子年인 1648년의 큰바람에 훼손당했음을 일러주고 있으며, 그때 만든 불상 양 곁의 쇠못은 아직도 건재함을 묘사하였다.

또한 불상의 오른쪽은 천 척의 벼랑이라 사람의 자취가 없는 곳이며, 왼쪽의 바위 절벽엔 전 현감이었던 이찬하의 이름이 새겨져 있는 것을 볼 수 있다고 하였다. 그리고 그 절벽 바로 위에는 우제단이 있는데, 이는 가물고 비가 오지 않을 때 기우제를 지내던 곳이며, 그 효험이 매우 컸던 곳이라고 설명한다.

여기서 작자는 발길을 남쪽으로 돌리며, 시선은 북쪽을 향한다. 거기서 보이는, 북도솔이라고도 전하는 만월대에 이르러서는 백여 명이나 앉을 만한 너른 바위가 비탈져 있고, 그 이름처럼 처량한 달이 어울릴 것이라고 비유하였다. 그리고 남쪽 골짜기의 학소대와 이참암에 올라 옛적 검은 학을 그리워하는 모습을 그리고 있다. 학은 간 곳 없으나 풍경은 그대로여서 옛일 생각함에 절로 처연해지는 심사를 그리고 있는 것이다. 그리고 마침내 닿은 곳이 속세에 전하던 서도솔이다.

이제 이 작품의 마지막 부분이라고 할 수 있는 本詞 4의 제251구부터 289구까지이다. 이 부분은 하산하는 노정을 담은 곳으로, '용문굴→참당사→청렬천'을 노래하고 있다.

短杖을	거더집고	步步轉進	내려오니
石窟中	起出菴	古來形跡	奇異하다
曾時龍伏	窟中터니	方丈山	十六羅漢
移居此地	하올적의	喩龍出去	하난뜻을
龍不聽順	하엿기로	拿龍石上	鞭之한뒤
奮迅出去	하난龍이	劈穿前山	巖穴하니
左右兩峽	壁立하야	因成一洞	하얏스며
蜿蜒屈曲	져磐石의	鱗甲之形	印成하야
至今名稱	龍門일셰	更向東峽	올나가니
東兜率	廢한舊地	樹木成林	하엿스며
四面의	尖怪石이	半空의	놉피꼬자
鎗釖形이	仿似로다	周覽興味	不盡하야
懺堂寺	차자오니	前後層巒	相對하여
左便의	挾路하고	右便의	峻嶺인대
雄壯한	大法堂	菊花門	놉히달고
藥師殿	彌勒佛	千年不老	하엿스며
丈室重修	하올적의	梁上所題	仔細보니
大唐貞觀	十八年에	三重釖을	일너스니
眞是古刹	이아닌가	將軍水	淸冽泉은
飮可療病	조흘시고		

　이 부분은 작자의 하산 노정을 그리고 있다. 옛적 자취가 기이한 석굴의 암자를 거쳐, 용문을 지나간다. 작자는 용문에 얽힌 설화에 대해서도 자세히 이야기한다. 즉 옛적 방장산에 살던 십육나한이 이곳으로 옮겨와서, 먼저 살던 용을 깨우치고자 하였으나 용이 순응하지 않자 매질하였더니 용이 떨쳐 나가면서 앞산의 벽을 쪼개었고, 그때 만들어진 양쪽 골짜기가 한 고을이 되었다는 것이다. 그리고 반석에 찍힌 용의 비늘 모양이 지금도 남아 있어 그 명칭이 용문이 되었다는 것이다.

이곳에서 동쪽이 이제 동도솔의 옛터이다. 지금은 그 터만 남아 수목이 무성하고 뾰족한 괴석이 사면에 가득 차 있어 그 형용을 짐작만 할 따름이라 아쉬운 마음에 마지막 노정으로 삼은 곳이 바로 참당사이다. 웅장한 대법당과 국화문, 약사전의 미륵불을 살펴보고, 이어 대들보 위의 글씨를 자세히 보니 이곳이 바로 진정한 고찰임을 말해준다고 하면서 참당사를 형용하였다. 또한 그 곁의 청렬천이 병 치료에 좋은 물임을 더불어 설명하면서 자신의 선운산과 선운사의 노정을 마치고 있다.

기행이라 하면 대체로 그 마지막 노정이 확실하게 드러나는 편인데, 이 작품에는 그러한 부분이 보이지 않는다. 참당사를 보는 것만으로 노정이 끝나버리는 것이다. 애초에 이 작품을 짓게 된 동기가 선운사에 대한 자세한 설명을 후세인에게 남기기 위한 것에 있다고 하였으니, 참당사를 끝으로 더 이상 설명이 필요 없어진 것이 그 이유가 아닐까 짐작할 따름이다. 지금까지 보아온 선운사의 마지막을 기원이 오랜 참당사로 정하고, 그를 끝으로 삼한고찰을 강조한 다음, 기행의 끝에 마시는 물이 좋다는 말로 여정을 끝내는 작자의 솜씨가 결코 예사롭지 않음을 단적으로 보여주는 부분이라 하겠다.

다음은 이 작품의 結詞로, 앞장에서 밝혔듯이 이 작품을 제작하게 된 이유가 드러나 있는 곳이다. 이에 대한 해설은 이미 전술하였으므로 생략한다.

禪雲山　자시알이면　　　　奇絶景致 만컨마은
脫生後世 一介人이　　　　千百年　曾往事을
難可知悉 하갓기로　　　　畧擧其槩 하엿로라

4. 〈선운사풍경가〉의 진술 특성과 문화적 가치

<선운사풍경가>는 작자가 작품 말미에 읊었듯이, 후세인들에게 선운산과 선운사의 풍경 및 옛이야기를 남기기 위한 목적이 강하게 반영된 작품이다. 그렇기 때문에 작품의 곳곳에서 설명을 위한 여러 기법을 활용한 구절이 목격된다. 다음에 드는 '이 아닌가'라는 표현은 보다 강한 설명을 위해 설의법을 사용한 경우이다.

① 茫茫年代 可攷하니   三韓古刹 이아닌가 (서사)
② 三重劒을 일너스니   眞是古刹 이아닌가 (본사 4)
③ 打之蹴之 할뜻하니   可笑可畏 이아닌가 (본사 1)

①과 ②의 경우, 작자는 의도적으로 설의법을 활용하여 선운사만이 삼한의 진정한 古刹임을 주장하고 있다. 그 증거로 현재 가사도 남아 있지 않은 백제시대의 <선운산곡>을 작품의 서두에 언급한 것이다. 전체의 여정을 설의법으로 시작하여 설의법으로 끝내고 있는 작자의 의도적인 어휘 활용이라고 하겠다.

③의 경우는 ①과 ②에서의 활용과는 조금 차이가 있다. ①과 ②에서의 활용이 작품 창작의 목적을 전제하기 위해서였다면, ③의 경우는 실제 눈으로 본 풍경을 좀 더 강하게 드러내기 위해 활용되었기 때문이다. 이는 보다 효과적인 설명을 위한 작자의 시선 처리 능력과도 결부되어 있다.

中門안의 드러서며   額號을   바래보니 (본사 1)
左便으로 도라드러   巖壁을   바래보니 (본사 3)
四近方兮 小景을   更加評賞 하오리라 (본사 2)

‘드러서며 바래보니’, ‘도라드러 바래보니’ 등의 표현은 고정된 시선이 아닌 움직이는 동작과 결부된 시선 처리 방식이다. 마치 독자들로 하여금 자신이 직접 걸어 다니며 감상하는 듯한 느낌을 주는 매우 생동감 있는 표현이라 하지 않을 수 없다. 게다가 작자는 ‘更加評賞’한다고 하여, 근방의 작은 풍경[小景]에도 시선을 집중하게 한다. 자칫 설명식 노랫말이 가질 수 있는 딱딱함에 빠질 수도 있는 내용에 작자는 의도적으로 이런 표현들을 활용함으로써 오히려 생기를 불어넣는 효과를 보고 있는 것이다.

이런 생동감 있는 표현은 ‘선운사’라는 특정 지역으로 그 대상을 한정하였기에 가능하였을 것이라고 여겨진다. 이 작품의 전개가 ‘정철의 <관동별곡>이 <관동속별곡>의 금강산 대목에서 그리고 <금강별곡> 등이 모두 부분적인 被寫體 選擇으로 시심을 펼쳐 나갔던’188) 점에서는 비슷한 면이 보이나, 그 대상의 크기가 확연히 다르므로, 세부적인 감흥에서는 차이가 나지 않을 수 없는 것이다.

이러한 감흥은 具康이 <金剛曲>에서 ‘金剛山을 한눈에 조망할 수 있는 공간을 선택, 촬영기를 회전, 이동시키며 현상들을 수용하듯 被寫體에 초점을 맞춰 나가는 것’189)에서 일어나는 경우와 일맥상통하다고 할 수 있다. 단지 차이라면, <금강곡>의 경우 그 대상이 공간적으로 매우 광범한 ‘금강산’이었기에, 전체적인 조망을 선택하였지만, <선운사풍경가>의 경우 그 대상이 ‘선운사’라는 협소한 장소였기에 직접 몸을 움직이며 세밀하게 이동하는 것이 가능하였다는 점이다. 즉 이 두 작품은 시선 처리 방식의 선택 문제에서 차이를 보일 뿐 대상의 면밀한 파악을 위한 작자들의 노력은 공통적임을 알 수 있는 것이다. 여기에 <선운사풍경가>의 경우 후세인들에게 정확한 정보를 알리기 위한 특정한 목적이 더해진 작품이기에, 작자의 이러한 노력

---

188) 朴堯順, 「具康의 金剛曲 및 叢石歌 硏究」, 『古詩歌硏究』 제5집, 1998, 223쪽.
189) 朴堯順, 위의 논문, 222쪽.

이 더욱 가치를 갖게 되는 것이다.

大慈大悲 하난樣은　　祈禱發願 아니할가 (본사 1)

訪風景　登臨客이　　渴喉斜陽 어이하리 (본사 1)

將軍水　淸冽泉은　　飮可療病 조흘시고 (본사 4)

또한 위의 구절들처럼 작자는 자신의 감정을 적절히 토로하기 위해 반어법과 영탄법을 사용하고 있다. 이러한 표현기법은 작자의 작시 능력을 짐작하게 해 줄뿐만 아니라, 독자들로 하여금 보다 직접적인 감흥을 느끼게 하는 장치로 활용되고 있음을 보여준다.

古人傳說 드러보니 (본사 2)

聞有俗傳 하엿시되 (본사 2)

작자는 선운사의 설명에 필요한 옛이야기들도 효과적으로 사용하고 있다. 선운사에 얽힌 전설이나 속세에 전해지는 이야기들을 통해서 그와 관련한 유래나 기원 등을 자연스럽게 전달하고 있는 것이다.

이러한 유래나 기원은 사실 그 자체만으로도 커다란 문화 자산이 될 수 있다. 문헌에 기록된 각종 사실과 더불어 선운사의 옛 모습을 알게 하는 데에 지대한 역할을 할 수 있기 때문이다. 실제로 <선운사 풍경가>는 그 노래의 내용만으로도 근대 선운사의 모습을 최대한 가깝게 그려낼 수 있게 한다. 오르고 내려가는 작자의 전 노정에서 선운사 전체의 모습뿐만 아니라, 그 주변의 풍경까지도 매우 자세히 읊고 있기 때문이다. 이 작품에 언급된 건물이나 지명만도 대략 50여 개190)쯤 되는데, 그중에는 '西兜率' 및 '東兜率' 등 지금은 현존하지

---

190) 작품에 거론된 선운사의 건축이나 유물의 명칭은 大寶殿, 九層石塔, 千箇童佛, 三金佛, 坎中連屈, 萬歲樓, 西來閣, 靈山殿, 十六亂殿, 山神堂, 黔堂禪師遺像, 義雲國師影幀, 十王殿, 八相殿, 內院菴, 孤菴, 一層空樓, 小泉, 馬

않는 곳도 많은 실정이다.

게다가 작품 가운데 '白石泉이 出場하야 翼然한 七星閣이 臨于泉上 하엿스며(本詞 3)'와 같은 구절에서 칠성각이 위치했던 곳이 바로 백석천 위였음을 확인할 수도 있다. 그리고 '東兜率 廢한舊地 樹木成林 하엿스며(本詞 4)'라는 구절에서 용문의 동쪽 계곡에 조성된 수목림이 예전에 동도솔이 있던 자리라는 사실도 확인할 수 있는 것처럼, 현재와 다른 선운사의 옛 모습을 찾는 일에도 일정한 기여를 할 수 있는 작품이라 여겨진다.

또한 필자는 현대 기행문학이 주는 의의 가운데 하나로 '정보성'을 들고 싶다. 기행문학이 독자들에게 간접적인 체험을 통한 감흥을 불러일으키게 하고, 여기에 더해 직접 가보지 못한 곳에 대한 사실적인 정보를 제공하여 앎의 욕구를 충족시키는 기능을 하고 있음은 이미 주지의 사실이기 때문이다.

그러나 고전문학 작품의 경우에도 이러한 성과는 분명히 존재하며, <선운사풍경가>의 경우가 그 대표 격이라고 할 수 있을 것이다. 즉 수많은 고전 기행 문학 작품들이 기행문학으로서의 역할을 충실히 수행하여 왔다고 하더라도 그 대부분은 단지 '간접적인 체험을 통한 감흥'을 주는 것에 그쳤지만, 이 작품의 경우에는 이러한 감흥과 더불어 직접 가보지 않고도 눈에 보일 듯 생생한 장면들을 제공함으로써 사실적인 정보 제공에도 충실하였다는 점이 확인되고 있기 때문이다.

이러한 '정보성'은 <선운사풍경가>에서의 작자의 노정이 선운사를 자세히 알게 하고, 의미 있게 관찰할 수 있게 하여, 현대인의 노정으로 삼아도 전혀 문제가 없을 정도로 충분하다고 하겠다. 단지 선운사

房白石, 雪白坡碣, 石上菴, 蜈蚣墻, 水砧洞, 念佛岩, 一樹亭, 石長承, 兜率菴, 白石泉, 七星閣, 三楹佛殿, 銅佛菴, 截巖壁丈六佛像, 棟宇所架石穴, 小石門, 前縣監李纘夏姓名字刻, 雩祭壇, 滿月臺, 鶴巢臺, 攀鶻巢履巉巖, 掛長川, 龍門, 東兜率, 懺堂寺, 大法堂, 菊花門, 藥師殿, 彌勒佛, 淸冽泉 등이다.

에 오르고 내려오는 단순한 등정이 아닌, 그 과정에서 마주치는 모든 사물과의 대화가 가능한 옛길이며, 그 옛길을 찾아가게 하는 정보를 충실히 제공하고 있기 때문이다. 또한 이는 현대인에게 <선운사풍경가>에 나타난 작자의 노정을 복원할 만한 가치가 있게 하는 이유를 제공하며, 이 작품이 가진 문화적 가치를 확인하게 해주는 일이기도 하겠다.

5. 맺음말

본 장에서는 <선운사풍경가>가 학계에서는 아직 연구가 되지 않은 현대 가사작품임에 주목하고, 그 내용과 표현 기법, 그리고 작품 자체가 가지는 가치를 파악하고자 하는 의도에서 논의하였다.

또한 이 작품이 아직까지 작자 미상이라고 알려진 작품이었으나, 그 문집이 존재하는 한 작자는 밝혀질 것으로 보고, 그 작자를 추적하고자 하였다. 그리하여 전남대학교 도서관 고서실에서 이 작품이 수록된 목판본 문집을 확인하였고, 이 과정에서 그 작자를 확인할 수 있었다. 연구의 대본으로 삼았던 필사본 『염성삼세세고략』에는 생략되어 있던 '행장'들이 새로 발견된 목판본 『염성삼세고』에는 모두 실려 있었기 때문이다.

그리고 이 작품이 선운사라는 특정 지역을 집중적이고 자세하게 설명하는 내용으로 구성되어 있어, 옛 유적의 유래와 전승을 통해 현대적인 복원에 일정한 기여를 할 것으로 보았다. 실제로 선운사 내 칠성각이 위치했던 곳이 바로 백석천 위라는 사실과, 용문의 동쪽 계곡에 조성된 수목림이 예전에 동도솔이 있던 자리라는 사실도 작품 내용을 통해 확인할 수 있었다.

  형식과 내용면에 있어서도 이 작품은 가사의 주된 음조를 거의 완벽하게 유지함으로써 그 형식면에서 전통 가사를 계승하고 있으며, 내용 또한 사실과 감흥이 적절히 조화되는 어휘들을 사용하여 작품의 수준의 매우 높다는 사실을 확인할 수 있었다. 여기에 더해 이 작품이 갖고 있는 정보성은 현대인이 그 노정으로 삼아도 전혀 문제가 없을 정도로 충분하여 <선운사풍경가>의 노정을 복원할 만한 가치가 있게 하며, 이 작품이 가진 문화적 가치를 더불어 확인할 수 있었다.

찾아보기

작품류

인명류

용어류

참고문헌

문집류

金　正　喜, 『阮堂全集』.
梵海覺岸, 『東師列傳』
梵海覺岸, 『梵海禪師遺稿』.
法宗虛靜, 『虛靜集』.
浮休善修, 『浮休堂大師集』 卷四.
四溟惟政, 『泗溟堂大師集』 卷五.
徐　居　正, 『四佳詩集』 補遺三.
逍遙太能, 『逍遙堂集』.
一　　　然, 『三國遺事』 卷之二.
中觀海眼, 『中觀大師遺稿』.
眞覺慧諶, 『無衣子詩集』.
天鏡海源, 『天鏡集』 卷上.
淸虛休靜, 『淸虛集』 卷三.
草衣意恂, 『艸衣詩藁』.
翠微守初, 『翠微大師詩集』.
楓溪明察, 『楓溪集』.
許　　　鍊, 『小癡實錄』.
虛應普雨, 『虛應堂集』 卷下.
필　사　본 『鹽城三世世稿畧』.
목　판　본 『鹽城三世稿』.

논문 및 단행본류

권기종, 「진각국사와 선문염송집」, 『선의 세계』, 법흥 엮음, 서울: 도서출판 호
       영, 1992.

기세춘, 신영복 편역, 『中國歷代詩歌選集』 2, 서울: 돌베개, 1994.

金達鎭 編譯, 『韓國禪詩』, 서울: 열화당, 1994.

김석태, 「부휴선수의 시에 나타난 선사상과 현실인식」, 『고시가연구』 제12집,
       한국고시가문학회, 2003.

金雲學, 「韓國 禪茶의 研究」, 『佛敎學報』 제12집, 동국대학교 불교문화연구
       소, 1975.

김인덕, 「부휴선사의 선사상」, 『한국불교사상사』, 익산: 원광대출판부, 1975.

대둔사지간행위원회/강진문헌연구회편, 『大芚寺志』, 금성인쇄출판사, 1997.

동국대학교 한국불교전서편찬위원, 『韓國佛敎全書』, 동국대학교출판부, 1997.

柳己洙, 「中國과 韓國의 <巫山一段雲>詞 研究」, 『중국학연구』 8, 중국학연구
       회, 1993.

목정배, 「수선사불교의 수행가풍과 청규」, 『선의 세계』, 법흥 엮음, 서울: 도서
       출판 호영, 1992.

朴熙永, 金南碩 共編, 『韓國號大辭典』, 계명대학교출판부, 1997.

박재금, 『한국선시연구』, 서울: 국학자료원, 1998.

배규범, 『조선조 불가문학 연구―壬亂期를 중심으로』, 서울: 도서출판 보고사,
       2001.

백운역술, 「십육국사전」, 『선의 세계』, 법흥 엮음, 도서출판 호영, 1992.

法興 엮음, 『禪의 世界』, 서울: 도서출판 호영, 1992.

석지현, 『선으로 가는 길』, 서울: 일지사, 1994.

申 緯, 『申緯全集』, 孫八注 編校, 太學社, 1983.

如 然, 「禪과 茶의 文化」, 『禪의 세계』, 법흥 엮음, 서울: 도서출판 호영, 1992.

尹浩鎭, 「建除詩의 表現形式과 內容」, 『慶尙大論文集』 36집, 1997.

李能和, 『朝鮮佛敎通史』下, 서울: 慶熙出版社, 1968.

이상보, 『한국불교가사전집』, 서울: 민속원, 1996.

李仁老, 柳在泳 譯註, 『破閑集』, 서울: 一志社, 1994.

李鍾燦, 『한국불가시문학사론』, 서울: 불광출판부, 1993.

李鍾燦, 『韓國의 禪詩 <高麗篇>』, 서울: 二友出版社, 1985.

이진오, 「원감국사 충지의 시세계」, 『한국불교문학의 연구』, 서울: 민족사, 1997.

인권환, 「佛敎詩의 故鄕意識」, 『韓國佛敎文學硏究』, 고려대학교 출판부, 1999.

임기중, 『한국가사문학주해연구』 10, 아세아문화사, 2005.

任尹高 主編, 『中文大辭典』 3冊, 중국문화대학출판부, 1974.

林鍾旭, 『艸衣選集』, 서울: 東文選, 1993.

유홍준, 『완당평전』 1, 서울: 도서출판 학고재, 2002.

유홍준, 「秋史 金正喜 筆 <雲外夢中>帖 고증」, 『人文硏究』, 영남대학교 인문
        과학연구소, 1997.

張淳容, 『禪이란 무엇인가—十牛圖의 사상』, 서울: 도서출판 세계사, 1991.

정기철, 『한국기행가사의 새로운 조명』, 도서출판 역락, 2001.

정 민, 『한시미학산책』, 서울: 솔출판사, 2001.

鄭 珉, 「石洲 權韠의 雜體詩 硏究(其一)」, 『한양어문연구』 제4집, 한국언어
        문화학회, 1986.

鄭後洙, 「秋史 金正喜의 佛敎詩」, 『백련불교론집』(성철선사상연구원, 1997)

千柄植, 『韓國茶詩作家論』(서울: 國學資料院, 1996)

최강현, 『한국기행문학연구』, 일지사, 1982.

최강현, 「한국기행가사의 현황과 연구 동향」, 제5회 가사문학전국학술대회 발
        표집(2004. 9).

崔完秀, 「秋史實記—그 波瀾의 生涯와 藝術」, 『韓國의 美』 17, 서울: 중앙일
        보사, 1995.

한국불교연구원 저, 『한국의 사찰 6—송광사』, 서울: 일지사, 1999.

한국정신문화연구원, 『민족문화대백과사전』, 1996.

홍윤식, 『5월의 문화인물—초의』, 한국문화예술진흥원, 1997.

曉城 趙明基先生 遺文稿, 『韓國佛敎思想史論集』, 서울: 民族社, 1989.

http://kyujanggak.snu.ac.kr/BA/SGP-185-023867.htm

· 저자 ·

조태성   **· 약 력 ·**
　　　　전남 무안 출생
　　　　전남대학교 국어국문학과 및 동대학원 졸업 문학박사
　　　　현 전남대학교 전임연구원
　　　　현 전남대학교, 순천대학교 출강

　　　　· 주요 논저 ·
　　『논문』
　　　　한국 선시에 나타난 쇠[牛]의 상징성 외
　　『저서』
　　　　가사문학권의 고전문학지도(공저, 2000)
　　　　손가락으로 읽고 쓰는 술술 한자이야기(2006)
　　　　호남의 시조문학(공저, 2006)
　　　　초의선사의 시문학 연구(2006)
　　　　글쓰기(공저, 2007)

본 도서는 한국학술정보(주)와 저자자 간에 전송권 및 출판권 계약이 체결된 도서로서, 당사와의 계약에 의해 이 도서를 구매한 도서관은 대학(동일 캠퍼스) 내에서 정당한 이용권자(재적학생 및 교직원)에게 전송할 수 있는 권리를 보유하게 됩니다. 그러나 다른 지역으로의 전송과 정당한 이용권자 이외의 이용은 금지되어 있습니다.

한국 불교시의 탐구

· 초판 인쇄　　2007년 7월 10일
· 초판 발행　　2007년 7월 10일

· 지 은 이　　조태성
· 펴 낸 이　　채종준
· 펴 낸 곳　　한국학술정보㈜
　　　　　　　경기도 파주시 교하읍 문발리 526-2
　　　　　　　파주출판문화정보산업단지
　　　　　　　전화　031) 908-3181(대표) · 팩스　031) 908-3189
　　　　　　　홈페이지　http://www.kstudy.com
　　　　　　　e-mail(출판사업부)　publish@kstudy.com
· 등　　록　　제일산-115호(2000. 6. 19)
· 가　　격　　15,000원

ISBN　　978-89-534-6973-0 93810 (Paper Book)
　　　　　978-89-534-6974-7 98810 (e-Book)